Tamina Berger

Feenrache

Weitere Bücher von Tamina Berger im Arena Verlag:

Frostengel

Engelsträne

Elfengift

Wenn Küsse töten können

Tamina Berger

Feenrache

Arena

FSC
www.fsc.org
MIX
Papier aus verantwortungsvollen Quellen
FSC® C110508

1. Auflage 2016

Dieses Werk wurde vermittelt durch die Literarische Agentur
Thomas Schlück GmbH, 30827 Garbsen
Covergestaltung: Frauke Schneider
Gesamtherstellung: Westermann Druck Zwickau GmbH
ISBN 978-3-401-60153-3

Besuche uns unter:
www.arena-verlag.de
www.twitter.com/arenaverlag
www.facebook.com/arenaverlagfans

Prolog

Das Mädchen drehte die Lautstärke des iPods lauter. »Louder« von Neon Jungle, einer ihrer Lieblingsbands, drang durch die Kopfhörer an ihr Ohr. Angeblich sah sie Jessica Kate Plummer, einer der Sängerinnen, ähnlich. Ein schmeichelhafter Vergleich. Sie wünschte, sie hätte die gleichen vollen Lippen und eine ähnlich tolle Figur. Oder zumindest eine annähernd so gute Stimme, dann hätte sie vielleicht eine größere Rolle in dem Schulmusical bekommen. Sie führten dieses Jahr »Dornröschen« auf. Für sie hatte es jedoch bloß zu einer der dreizehn Feen gereicht – und nicht einmal zu der bösen.

Selbst für Freitagnachmittag, mitten in der Rushhour, waren heute unheimlich viele Leute unterwegs. Die Ampel schaltete auf Rot. Als der Mann plötzlich vor ihr stehen blieb, rannte sie fast in ihn hinein. Mist, sie war eh schon zu spät dran. Sie wären noch locker über die Straße gekommen.

Sie schlängelte sich an ihm vorbei und stellte sich vorne an die Kante des Bürgersteigs, um gleich losstarten zu können, wenn es Grün wurde. »Feel it louder, louder ...«, sangen die Mädels der Girlband in ihr Ohr. Ihr Blick heftete sich auf die Ampel. Verdammt, warum brauchte die denn so lange?

»Make everything louder ...«, erklang die letzte Strophe

des Songs. Plötzlich wurde sie von hinten angerempelt, stolperte auf die Straße. Reifen quietschten, es klang selbst durch die Kopfhörer unangenehm laut. Dann kam der Aufprall, Glas splitterte, für einen kurzen Moment wurde sie durch die Luft geschleudert. Dann prallte sie mit voller Wucht zu Boden. Im ersten Moment tat es nicht einmal weh. Mit Entsetzen beobachtete sie, wie ihr iPod über die Straße schlitterte und von Autorädern zermalmt wurde. Wie durch Watte hörte sie die Schreie der Passanten. »Wir brauchen einen Krankenwagen!«, rief jemand.

Erst da setzten die Schmerzen ein. An beiden Beinen. Ihr wurde kalt und sie begann zu zittern.

Eine Frau trat an sie heran, hockte sich zu ihr. »Der Notarzt wird gleich da sein. Wie heißt du?«

Mühsam brachte sie ihren Namen zwischen zusammengepressten Lippen hervor. »Was ist mit meinen Beinen?«, fragte sie und wollte sich aufsetzen, um an sich hinunterzusehen. Doch die Frau hielt sie zurück. »Du darfst dich nicht bewegen. Ist bestimmt nicht schlimm.«

»Was ist mit meinen Beinen?«, wimmerte sie und versuchte verzweifelt, sich aus dem Griff der Frau zu befreien. Es gelang ihr nicht und schluchzend ließ sie sich zu Boden sinken.

»Das wird schon wieder«, sagte die Passantin, aber das beruhigte kein bisschen. Die Tatsache, dass sie keine Antwort auf ihre Frage bekommen hatte, hieß nichts Gutes. Genauso wenig, dass sie ihre Beine nicht bewegen konnte, dass da bei jedem Versuch nur höllische Schmerzen waren ... es tat so weh!

Die Frau sprach weiter auf sie ein, doch sie hörte nicht mehr zu. Stattdessen konzentrierte sie sich auf den näher kommenden, ohrenbetäubenden Ton des Martinshorns. Bald würde die Rettung da sein. Hoffentlich, hoffentlich, hoffentlich. Vor Schmerzen biss sie sich so stark auf die Lippen, dass sie zu bluten begannen, dann wurde es schwarz um sie.

Als sie wieder zu Bewusstsein kam, kniete ein Mann mit neongelber Warnweste neben ihr. »Hi, ich bin Jeff vom Roten Kreuz und ich werde dich jetzt untersuchen. Hast du Schmerzen?« Er winkte seinen Kollegen heran und holte etwas aus seiner Arzttasche.

»Offene Frakturen an beiden Unterschenkeln«, sagte er über ihren Kopf hinweg zu den Sanitätern.

Dann wandte er sich ihr zu und lächelte aufmunternd. »Wie es aussieht, hast du Glück gehabt. Es hätte viel schlimmer ausgehen können.«

1

Jana, verdammt noch mal, wir warten!« Mama klang ziemlich sauer. Aber wenn ich schon zwangsverpflichtet wurde, mit zum Flughafen zu fahren, dann wenigstens ordentlich gestylt. Schließlich gab es nur *einen* ersten Eindruck. Ich warf im Flur einen letzten Blick in den Spiegel, überprüfte, ob meine Wimpertusche und mein Kajal nicht verschmiert waren, und zupfte ein paar lange blonde Strähnen aus meinem Pferdeschwanz ins Gesicht. Es half ja doch nichts. Meine Eltern hatten beschlossen, eine Austauschschülerin aus Irland bei uns aufzunehmen. Nach meiner Meinung war ich nicht mal gefragt worden. Und als ob das nicht reichte, hatten sie ebenfalls entschieden, dass wir Cayla – so hieß das Mädchen – gemeinsam vom Flughafen abholten. Da half kein Jammern, kein Protest und schon gar nicht das Argument, ich hätte etwas anderes vor.

»Sieh mal«, hatte meine Mutter appelliert, »sie ist vollkommen fremd hier. Stell dir vor, du würdest dermaßen unfreundlich willkommen geheißen.«

Nur dass ich nie auf die Idee käme, mich in einer fremden Familie einzunisten. Für ein halbes Jahr. Eine unendlich lange Zeit, wenn man darauf wartet, dass sie vergehen soll. Sechs Monate musste ich diese Cayla aushalten und vor allem mein allerheiligstes Heiligtum, mein Bad, mit ihr teilen. Wenigstens nicht mein Zimmer, sagte ich mir. Immerhin ein kleiner Trost.

»Endlich«, sagte Clemens, als ich mich auf die Rückbank des Autos neben meine kleine Schwester fallen ließ und mich anschnallte.

Clemens war mein Stiefvater und Mias Papa. Meistens war er ganz in Ordnung, mit ihm konnte ich sogar fast besser reden als mit Mama. Er war in manchen Dingen einfach weniger streng. Nur manchmal ging er mir einfach auf die Nerven. So wie jetzt.

»Wir haben jede Menge Zeit«, gab ich zurück und steckte meiner Schwester heimlich einen Kaugummi zu. »Aber nicht runterschlucken«, flüsterte ich ihr zu. Mia grinste mich verschwörerisch an und hob den Daumen. Ihre braunen Augen, die sie eindeutig Clemens verdankte, blitzten vor Freude. Überhaupt sahen Mia und ich uns kaum ähnlich. Denn auch die dunklen Locken, um die ich sie glühend beneidete, hatte sie von meinem Stiefvater. Ich musste ständig gegen das Klischee »blond, blauäugig und doof« ankämpfen. Mit diesem Problem würde Mia sich später nicht herumschlagen müssen.

Für ihre fünf Jahre war meine kleine Schwester ziemlich klug. Sie wusste ganz genau, dass Mama und Clemens etwas gegen Kaugummis generell und speziell gegen welche im Auto hatten, seit Mia einmal mit einem eingeschlafen war. Er war ihr aus dem Mund auf die Sitzbank gefallen. Den Fleck hatten meine Eltern bis heute nicht rausbekommen.

»Du siehst schön aus«, sagte Mia kauend, und wenn ich nicht angeschnallt gewesen wäre, hätte ich sie an mich gedrückt. Manchmal hatte ich das Gefühl, dass meine kleine Schwester meine einzige Verbündete in der Familie war.

Ich nahm mein Smartphone, öffnete den Musikordner mit meinen Lieblingssongs und setzte die Kopfhörer auf. Während ich durch die Scheibe auf die vorbeiflitzende Landschaft starrte, wurde mein Kopf von Musik erfüllt. So ließ sich die knapp einstündige Fahrt aushalten. Und hoffentlich Cayla auf dem Rückweg ebenso.

Meine Mutter hatte ein Schild gebastelt, auf dem »Cayla McLaughlin, herzlich willkommen« stand. Das hielt sie nun vor ihre Brust, während wir darauf warteten, dass die Passagiere von Dublin durch die Schranke kamen.

Ich musste zugeben, ein wenig neugierig war ich nun doch. Vielleicht war Cayla ja gar nicht so übel, wie ich es mir die ganze Zeit über ausgemalt hatte. Vielleicht – und das war ein großes Vielleicht – würden wir tatsächlich so etwas wie Freundinnen werden.

Mia hielt Felix, ihren Stoffhund, an sich gepresst. Den schleppte sie wirklich überall mit. Sie hüpfte aufgeregt von einem Bein auf das andere, schließlich war sie noch nicht oft am Flughafen gewesen und für sie war das alles spannend.

Endlich öffnete sich die Glastür und Leute strömten heraus. »Kommt sie jetzt?«, fragte Mia.

»Gleich, mein Schatz«, antwortete Mama und hielt das Pappschild ein wenig höher.

Ich dachte schon, Cayla hätte es sich anders überlegt und wir wären ganz umsonst hergefahren, doch dann trat ein Mädchen durch die Glastür. Sie zog einen riesigen schwarzen Koffer hinter sich her und sah sich suchend um. Dann entdeckte sie Mama mit dem Karton in der Hand und steuerte genau auf uns zu.

Das war Cayla? Ich hatte mir Iren immer rothaarig, mit vielen Sommersprossen, bleicher Haut und grünen Augen vorgestellt. Aber ich musste zugeben, dass ich nicht viele kannte. Genau genommen gar keine. Entweder war ich einem Vorurteil aufgesessen oder Cayla war keine typische Irin. Sie hatte schulterlanges, glattes braunes Haar und sah wie jemand aus, den man sofort wieder vergaß. Alles an ihr war unauffällig. Sie war weder groß noch klein, weder dick noch dünn, sie trug weder eine Brille noch Schmuck, keine offensichtlichen Piercings oder Tattoos. Nichts. Durchschnitt.

»Guten Abend«, sagte sie auf Deutsch und sogar ihre Stimme klang leise, beinahe monoton. Hätte sie keinen Akzent gehabt, hätte man denken können, es würde sich um eine dieser Computerstimmen handeln, die auf Bahnhöfen die Durchsagen machen.

»Cayla, wie schön!«, rief meine Mutter etwas überenthusiastisch, wie ich fand, und schüttelte Caylas Hand. »Wir freuen uns, dass du bei uns bist. Ich bin Susanne.«

»Ich freue mich auch. Sehr sogar.«

Auf der Heimfahrt löcherte Mama Cayla mit Fragen. Sie beantwortete alle höflich. So erfuhr ich, dass unser Gast in Dublin auf eine deutschsprachige Schule ging und nach Österreich gekommen war, um die Sprache noch besser zu lernen. Außerdem lebte sie bei ihrer Großmutter. Sie war in ihrem letzten Schuljahr und sie meinte, sie sei auf den Unterricht bei uns gespannt.

»Ich hoffe, du und Jana werdet euch gut verstehen«, sagte Mama. »Wir dachten uns, es würde ihr guttun, mal über ihren Tellerrand zu schauen.«

»Tellerrand?«, fragte Cayla verwirrt.

»Oh«, lachte Mama. »Das ist so eine Redensart. Es bedeutet, dass man offen für Neues sein soll.«

Ich verdrehte die Augen, denn hinter den Worten hörte ich eindeutige Kritik heraus. Laut Mamas Meinung half ich zu wenig im Haushalt mit, kümmerte mich zu wenig um Mia, lernte zu wenig für die Schule, gab dafür zu viel Geld für Klamotten aus ... Es gab noch tausend andere Dinge, die sie und, wenn es hart auf hart kam, sogar Clemens mir ständig vorhielten. Auch, dass ich die meiste Zeit mit meinen Freunden abhängen und mich für meine restlichen Mitmenschen kaum interessieren würde. Lauter so übertriebene Vorhaltungen eben, was aber überhaupt nicht stimmte.

Sicher, meine Freunde waren mir wichtig. Besonders Emma, meine beste Freundin ever. Doch ich erledigte meine Pflichten in der Schule und auch zu Hause. Also, zumindest meistens. Klar kam es schon mal vor, dass ich was vergaß. Von meinen Freunden musste sonst keiner im Haushalt helfen oder die kleine Schwester vom Kindergarten abholen. Ich schon, und das fand ich unfair. Doch ich wollte jetzt nicht wieder deswegen herumstreiten, das hatten wir bereits vor zwei Tagen mal wieder durchdiskutiert.

»Wir sind beruflich ziemlich eingespannt«, hatte Mama gemeint. »Du bist immerhin sechzehn, da kann man von dir ein wenig mehr Mithilfe erwarten.«

»Aber das muss doch nicht *jetzt* sein! Ich treffe mich gleich mit Emma, Verena und Lisa.« Der verdammte Geschirrspüler würde mir ja nicht weglaufen.

»Doch. Danach vergisst du es wieder. Hast du nicht außerdem übermorgen einen Test?«

Das verflucht ausgezeichnete Gedächtnis meiner Mutter mal wieder. Wie so oft wünschte ich mir, ich hätte es anstatt der blonden Haare und der blauen Augen von ihr geerbt. Dann müsste ich den Stoff in Mathe nur einmal durchlesen und würde ihn behalten.

»Dafür habe ich schon gelernt.« Das war nicht mal gelogen gewesen, ich hatte immerhin die Hälfte aller Übungsbeispiele gemacht.

»Zuerst der Geschirrspüler«, war meine Mutter hart geblieben und mir war nichts anderes übrig geblieben, als die dummen Teller in den Schrank zu räumen. Willkommen in meinem Leben.

Ob Cayla auch mithelfen musste? Ich glaubte nicht, dass sie Mamas Regiment entkam. Wenigstens blieb dann nicht alles an mir hängen. Geteiltes Leid war halbes Leid, hieß es. Wenn man es so betrachtete, hatte es durchaus Vorteile, dass Cayla für das nächste halbe Jahr bei uns wohnte.

2

Als Clemens in unsere Einfahrt einbog, entfuhr Cayla ein andächtiges »Oh my god!«. Gleich darauf wechselte sie ins Deutsche: »Was für ein schönes Haus!«

Wir stiegen aus und Mia ließ ihre Hand vertrauensvoll in Caylas verschwinden. »Komm, ich zeig dir alles.«

Ich sah den beiden nach, als sie Richtung Eingangstür gingen, und in mir regte sich noch mehr Unwille als ohnehin schon. Wieso gelang es Mia, so schnell eine Fremde ins Herz zu schließen, während ich voller Vorbehalte war? Sie kam mir fast wie eine Verräterin vor. Ich seufzte und beeilte mich, ihnen nachzukommen. Wenn Cayla das erste Mal mein Badezimmer betrat, wollte ich unbedingt dabei sein, um ihr gleich klarzumachen, dass sie dort allerhöchstens geduldet wurde.

Ich war kein neidiger Mensch, niemand konnte mir nachsagen, ich würde nicht teilen. Emma lieh ich andauernd Klamotten von mir. Und wenn ich mit meinen Freunden unterwegs war, gab ich ihnen von meiner Cola ab oder ließ sie bei meinen Pommes mitessen. Kein Thema. Ich teilte sogar mein Wissen und ließ beide meiner Sitznachbarn bei Tests von mir abschreiben – auf eigene Gefahr, betonte ich allerdings immer vorher.

Aber um dieses Badezimmer hatte ich echt kämpfen müssen. Ich hatte gejammert und getrotzt. Zwei Wochen lang hatte ich mein Zimmer nur für die Schule verlassen und kaum ein Wort mit meinen Eltern gesprochen, doch es hatte nichts geholfen. Weder meine Mutter noch Clemens hatten eingesehen, dass ein Mädchen in meinem Alter – ich war damals gerade vierzehn geworden – mehr Privatsphäre brauchte. Und natürlich mehr Platz. Schließlich ging ich zu einer anderen Taktik über.

»Im großen Bad wird es langsam echt eng. Außerdem kann dann keiner mehr klagen, weil ich in der Früh so lange brauche«, argumentierte ich. An Clemens' Blick konnte ich erkennen, dass er darüber nachzudenken begann. Schnell fügte ich das Versprechen hinzu, ich würde natürlich alles selbst putzen, und dass es eine gute Übung wäre, um selbstständiger zu werden. Ob das nun den Ausschlag gegeben hatte oder doch die Aussicht, in der Früh nicht länger Schlange stehen zu müssen, wusste ich nicht so genau, aber das war auch nicht wichtig. Wichtig war bloß, dass ich Clemens überzeugt hatte. Und wenn er mir etwas erlaubte, konnte meine Mutter schlecht Nein sagen. Drei Monate später war mein Bad fertig und ich liebte es.

Der einzige Nachteil an der Geschichte war, dass an das Bad ein weiteres Zimmer grenzte. Es war eigentlich als Gästezimmer gedacht, doch es war nie wirklich als solches benutzt worden, sodass ich das Dachgeschoss im Großen und Ganzen für mich alleine gehabt hatte. Bis heute.

Mein Handy summte. Eine Nachricht von Emma.

Emma: *Wieder zurück vom Flughafen? Wie ist C denn so?*

Ich: *Wir sind da. Außer unscheinbar kann ich dir zu C nicht mehr sagen. Hören uns später.*

»Da geht es zur Küche und dort drüben ist das Wohnzimmer«, erklärte Mia eben unserem Gast und zog Cayla gleich weiter. »Komm, ich zeig dir mein Zimmer. Da kann man in den Garten sehen. Spielst du dann etwas mit mir?«

»Jetzt lass Cayla doch erst mal richtig ankommen«, mischte sich Mama schmunzelnd ein.

»Ach, das ist schon okay«, gab Cayla lächelnd zurück und Mia warf Mama einen triumphierenden Blick zu.

»Spielen hat Zeit bis später«, meinte Mama streng und meine Schwester zog eine Schnute.

»Gut, dann bring ich dich in dein Zimmer. Das ist ganz oben.« Mia stampfte lauter als nötig die Stufen hinauf.

Im Gänsemarsch folgten wir meiner Schwester, ganz hinten mühte sich Clemens mit Caylas Koffer ab.

Mia öffnete die Tür zum Gästezimmer. »Hier, bitte schön!«

Mama drängte sich an mir vorbei und deutete auf die Tür gegenüber. »Dort geht es zum Bad. Vielleicht möchtest du dich ein wenig frisch machen. Jana zeigt dir, wo alles liegt. Hast du Hunger? Ich dachte, zur Feier des Tages fahren wir später zum Abendessen in die Pizzeria. Du magst doch Pizza, oder?«

Cayla hatte die ganze Zeit über noch kein Wort gesagt. Nun drehte sie sich um die eigene Achse und meinte: »Es ist ganz wunderbar. Vielen Dank, dass ich hier sein darf. Ich würde jetzt gern auspacken und komme dann hinunter.«

Mama nickte und nahm Mia an der Hand. »Komm, wir lassen die beiden Mädels ein wenig alleine.« An der Tür wandte sie sich noch einmal um. »Ich hoffe, du wirst dich bei uns wohlfühlen.«

»Danke, davon bin ich überzeugt«, antwortete Cayla und hob ihren Koffer auf das Bett.

Ich stand unschlüssig in der Tür und sah ihr beim Auspacken zu. Als sie einen Beutel mit Toilettensachen herausnahm und auf die Badezimmertür zusteuerte, überrollte mich urplötzlich Verzweiflung. *Mein* Bad!

Ich setzte mich in Bewegung und war vor ihr drin. Widerwillig hatte ich heute Morgen – ich hatte bis zum letzten Moment damit gewartet – zwei Fächer freigeräumt.

»Hier«, ich öffnete den Schrank, »kannst du deine Sachen hintun.« Und weil ich mir dachte, dass es am besten wäre, gleich für klare Grenzen zu sorgen, fügte ich hinzu: »Du rührst mein Zeug nicht an, ich deins nicht. Eine Woche machst du sauber, die nächste ich und in der Früh bin ich zwischen sieben und halb acht ...«

Cayla unterbrach mich. »Bis dahin bin ich dreimal fertig, kein Problem.« Sie stellte ihre Zahnbürste, die Zahnpasta, Duschgel und Shampoo ins Regal. Im Vergleich zu meinen vollgestopften Fächern sah ihres regelrecht leer aus. »Das zweite Fach brauche ich nicht«, meinte sie.

Fassungslos starrte ich auf die mickrigen Toilettenartikel. *»Das* ist alles?«

Gut, dass sie keinen Föhn dabeihatte, sah ich ja noch ein, auch wenn ich niemals ohne meinen weggefahren wäre. Aber keine Schminksachen? Nicht einmal ein simpler Kajalstift oder Wimperntusche? Never ever! Kein Wunder, dass sie aussah wie Aschenputtel höchstpersönlich. Wenn sie Aschenputtel war – was machte das aus mir? Die böse Stiefschwester? Nein, ich beschloss, mich nicht in diese Rolle drängen zu lassen. Aber wohl oder übel musste ich am Montag mit Aschenputtel in die Schule gehen. Was meine Freunde wohl zu ihr sagen würden?

Cayla sah mich verständnislos an. »Ja, klar. Ich brauche nicht mehr.«

»Hast du denn kein Make-up? Eyeliner, Mascara, Lippenstift?« Hätte ja sein können, dass ihre Schminksachen noch im Koffer waren. Doch sie schüttelte den Kopf. »Ich verwende das alles nicht. Meine Augen fangen dann an zu weinen.«

»Tränen, meinst du. Sie fangen an zu tränen«, korrigierte ich sie. Vielleicht war sie allergisch. Na ja, wenigstens brauchte ich mir keine Sorgen zu machen, dass sie meine Schminksachen nehmen würde. Die hatte ich mir zum Großteil selbst gekauft und passte höllisch auf sie auf. Ein wenig beruhigt, weil mein Zeug vor Cayla offensichtlich sicher war, zeigte ich ihr den Schrank mit den Handtüchern und deutete dann auf die Tür, die zu meinem Zimmer führte. »Wenn du was brauchst, klopf an. Sonst sehen wir uns in einer halben Stunde zum Essen.«

3

Ich rief Emma an, die sofort abhob. »Endlich. Und, wie ist sie? Deine Nachricht war ja nicht gerade aufschlussreich«, fragte meine Freundin und kam wie immer direkt auf den Punkt. Sie redete nicht gerne um den heißen Brei herum, was ihr manche Leute krummnahmen. Aber ich mochte diese Eigenschaft an ihr. Man wusste immer, woran man bei ihr war, und konnte sicher sein, dass sie einem die Wahrheit sagte.

Ja, wie war Cayla? Wie sollte ich sie beschreiben? »Enttäuschend langweilig«, antwortete ich nach kurzem Nachdenken.

»Kannst du dich mit ihr überhaupt unterhalten?«

»Ja, sie spricht sogar gut Deutsch. Das Problem liegt nicht an der Sprache, sondern eher daran, dass ich nicht weiß, worüber ich mit ihr reden soll.« Ich seufzte. »Sie schminkt sich nicht mal, sie ist allergisch, meint sie. Aber Mia hat sie irgendwie gleich ins Herz geschlossen.«

»Höre ich da etwa Eifersucht heraus?«

»Nein«, gab ich schnell zurück. »Na gut, vielleicht ein bisschen«, fügte ich dann wahrheitsgemäß zu. Bisher war ich Mias einziges Idol gewesen. Das war schon irgendwie cool, auch wenn ich es mir nie so recht eingestanden hatte, dass mir dieser Status gefiel. Andererseits war es manchmal ganz schön anstrengend, die Kleine ständig um mich zu haben. Dauernd wuselte Mia um mich herum und plapperte mir die Ohren mit Kindergartengeschichten voll – meistens dann, wenn ich einfach nur meine Ruhe haben oder Musik hören wollte.

»Sei doch froh. Wenn Mia jetzt Zeit mit Cayla verbringt, heißt das mehr Freiheit für dich«, erwiderte Emma. So hatte ich das noch gar nicht betrachtet, aber meine Freundin hatte recht. Ein weiterer Pluspunkt für Cayla. Wenn es so weiterging, würde ich vielleicht sogar noch froh sein, dass sie da war.

Von unten hörte ich meine Mutter rufen. Ich sah auf die Uhr. »Emma, ich muss aufhören, wir wollen Pizza essen gehen. Das heißt, die anderen wollen. Mir würde es nichts ausmachen hierzubleiben.«

Emma lachte. »Wäre schade. Hey, wer geht denn nicht gerne Pizza essen? Sehen wir uns morgen?«

»Kann nicht. Ich habe versprochen, mich um Cayla zu kümmern. Als ob sie ein Kleinkind wäre. Aber du kennst ja meine Mutter ...« Ich seufzte noch mal tief. Sonntage verbrachte ich meistens mit meinen Freunden. Dass ich morgen daheimbleiben musste, um unserem Gast das Händchen zu halten, störte mich. Dabei war Cayla ja sogar zwei Jahre älter als ich. Ich an ihrer Stelle wäre vor so viel Fürsorglichkeit geflüchtet. Aber wie ich Cayla bisher kennengelernt hatte, war sie entweder zu schüchtern oder zu höflich dazu. Wer weiß, vielleicht genoss sie sogar die Aufmerksamkeit, die ihr entgegengebracht wurde. Ich konnte mir vorstellen, dass sie normalerweise nur selten im Mittelpunkt stand. Oh Mann, Jana, sei nicht so gemein, ermahnte ich mich. Wie dem auch sei, ich würde es ihr gönnen und meiner Mutter einen Gefallen tun.

Eben rief Mama ein zweites Mal nach mir, diesmal bereits etwas lauter und ungeduldiger.

Schnell verabschiedete ich mich von Emma. »Ich komme!« Eilig lief ich die Treppe hinunter. Wieder einmal war ich die Letzte.

Clemens sah mich böse an. Mama blies genervt die Luft aus und Mia ignorierte mich, sie blödelte mit Cayla herum. Ich schnappte meine Jacke vom Haken, schlüpfte in meine Schuhe und sagte betont fröhlich: »Worauf warten wir denn? Gehen wir.«

Wir fuhren mit dem Auto, obwohl es bis zur Pizzeria bloß ein Spaziergang von fünfzehn Minuten war. »Cayla ist bestimmt müde von der Reise«, meinte Mama. Dass Dublin von Wien-Schwechat nicht einmal drei Flugstunden entfernt war (ich hatte mal im Internet recherchiert) und man im Flieger ohnehin die ganze Zeit über saß, hatte sie wohl vergessen. Vielleicht wäre Cayla sogar froh über ein wenig Bewegung gewesen, dachte ich, sprach es aber nicht laut aus. Manchmal war es besser, sich ruhig zu verhalten. Überhaupt dann, wenn man eh schon unangenehm aufgefallen war.

Die Pizzeria lag so ziemlich im Zentrum von Molden. Großstadtfeeling? Weit gefehlt. Molden hatte etwa siebentausend Einwohner. Es gab ein paar Restaurants, drei Kindergärten, zwei Volksschulen, zwei Mittelschulen und ein Gymnasium, das auch ich besuchte.

Vor fünf Jahren hatte ein großes Einkaufszentrum am Stadtrand eröffnet und dort verbrachten die meisten Jugendlichen ihre Freizeit. Auch meine Freunde und ich waren häufig in den Freistunden oder nach der Schule da. Manchmal trafen wir uns auch in einem Café in der Fußgängerzone. Viel häufiger hingen wir im Jugendzentrum ab, neben einem Kicker und Tischtennisplatten gab es auch coole Musik und günstige Getränke. Und es gingen alle dorthin – war also immer was los.

Meistens fand ich unser Städtchen ganz okay. Alles war leicht zu Fuß oder mit dem Rad erreichbar. Ich hatte meine Freunde hier und wir hatten einen großen Garten. Im Sommer konnte ich im Pool schwimmen und musste mich nicht in überfüllte Schwimmbäder auf ein handtuchgroßes Stück Wiese zwängen. Nur manchmal wünschte ich, meine Eltern hätten sich irgendwo ein Haus gebaut, wo es wenigstens ein Kino gab. Aber gut, man konnte schließlich nicht alles haben.

In der Pizzeria wurden wir mit Namen begrüßt. »Eine neue Signorina«, meinte Filippo, der, davon war ich überzeugt, weder aus Italien stammte noch einen italienischen Namen in seiner Geburtsurkunde vorzuweisen hatte. Wahrscheinlich hieß er in Wahrheit Philipp. Umso »echter« kehrte er sämtliche Klischees des typischen Italieners heraus. Ständig flirtete er mit allen weiblichen Gästen, sprach mit Akzent und streute ein paar italienische Wörter ein. Gehörte wohl zum Ambiente.

Mia liebte Pizza und sie vergötterte Filippo, weil er ihr bei jedem Restaurantbesuch einen Lolli schenkte. Sie strahlte ihn an. »Das ist Cayla aus Irland, aber sie kann Deutsch. Sie wohnt jetzt bei uns.«

»Au-pair?«, fragte Filippo an Cayla gewandt.

Die bekam wegen der plötzlichen Aufmerksamkeit rote Flecken am Hals. »Nein, Austauschschülerin.«

»Bene, du hast Glück. Nette Familie, nette Stadt und die beste Pizza im Umkreis von dreißig Kilometern.«

Das mit der besten Pizza gehörte zu Filippos Standardspruch und war nicht einmal gelogen. So viele Pizzerias gab es nämlich nicht. Zwei weitere, um genau zu sein. Und die kamen tatsächlich nicht an Filippos heran.

Wir setzten uns an unseren Lieblingstisch, von dem aus man den Pizzaofen im Blick hatte, und bestellten die Getränke. Mia versuchte wie jedes Mal, Mama und Clemens davon zu überzeugen, dass sie alt genug für Cola war. Und wie jedes Mal musste sie sich mit Apfelsaft zufriedengeben.

Ich trank Eistee und Cayla wollte bloß Wasser. »Ist am meisten gesund«, erklärte sie.

»Am gesündesten«, verbesserte ich sie automatisch, auch wenn ich ihre kleinen Fehler irgendwie drollig fand.

»Sind die Pizzen sehr groß?«, fragte Cayla, nachdem sie einen Blick in die Karte geworfen hatte.

Filippo, der neben ihr stand, um unsere Essensbestellung aufzunehmen, antwortete: »Nicht so groß. Angenehm.«

Ich musste lachen. Auch das gehörte zu seinen Standardsprüchen. Alles war »angenehm«: die Größe der Portionen, ob scharf oder nicht scharf, ob viel oder wenig Käse ... wobei ich mich fragte, was er unter »nicht so groß« verstand. Die Pizzen waren riesig.

Ich bestellte Salamipizza, wie immer. Mia teilte sich eine mit Mama. Clemens aß eine Pizza Diavolo extrascharf. Und Cayla nahm nach langem Überlegen einen Haussalat und schnappte nach Luft, als Filippo kurz darauf eine riesige Schüssel brachte. »Oh!« Mehr brachte sie beim Anblick der großen Portion nicht heraus. Ich musste laut auflachen und auch Clemens schmunzelte angesichts dieser Mörderschüssel an Salat. Es würde mich nicht wundern, wenn Cayla weniger »angenehme« Portionen gewohnt war.

Später, als wir gezahlt hatten, sagte ich: »Also, ihr könnt ja mit dem Auto zurückfahren, aber ich brauche jetzt echt einen Spaziergang.« Ich hoffte, dass ich unterwegs auf einen Sprung bei Emma vorbeischauen konnte.

»Ach, das ist eine gute Idee«, sagte Cayla. »Ich gehe ebenfalls zu Fuß. Mia, kommst du mit?«

»Äh ... ja klar, kommt doch mit.« Das war zwar nicht mein Plan gewesen, aber ich konnte ja schlecht protestieren.

Ehe Mia jubeln konnte, meinte Mama: »Geht ihr nur. Aber Mia fährt mit uns. Sie muss noch baden und gehört dann ins Bett.«

Meine Schwester zog ihre typische Schnute. »Bitte, bitte, bitte, Mama. Ich schlafe auch ganz schnell ein.«

»Wir beeilen uns«, schlug Cayla sich auf Mias Seite. »Und bestimmt ist sie danach richtig müde.«

»Ja, und morgen ist Sonntag und ich kann ausschlafen«, versuchte Mia weiter, Mama zu überzeugen.

Die wechselte mit Clemens einen Blick, der nur mit den Schultern zuckte. »Also gut«, gab sie sich geschlagen, »aber kein Herumtrödeln.«

»Danke!« Mia umarmte Mama und vollführte einen kleinen Freudentanz, während ich mich fragte, weshalb ich den Wunsch nach einem Spaziergang überhaupt laut geäußert hatte. Den Besuch bei Emma konnte ich jedenfalls vergessen.

»Der Hund fährt aber mit dem Auto«, warf Mama ein und deutete auf Mias Stofftier. Ich wusste, was sie meinte, denn leider hatte der Stoffhund nämlich die Angewohnheit, wie ein echter Hund an jeder Ecke und jeder Blume zu schnuppern. Was eigentlich kurze Wege mit Mia und Felix erfahrungsgemäß ewig in die Länge zog.

»Ach, Felix kann ruhig mitkommen«, mischte ich mich für Mia ein, die ganz enttäuscht guckte, weil sie Felix so gut wie nie hergab. »Er ist sicher schon ganz müde und muss nicht an jeder Ecke schnüffeln, oder Mia?«

Die Hundeherrin nickte, drückte ihr Stofftier fest an sich und sah mich dankbar an.

Kurz darauf schlenderten wir die Straße entlang. »Es ist schön hier«, meinte Cayla. »Ganz anders als in Dublin.«

»Gefällt es dir dort nicht?«, fragte Mia, die eine Hand mir und die andere Hand Cayla gegeben hatte, sodass wir den ganzen Gehsteig für uns benötigten. Den Hund hatte ich einstweilen in Obhut genommen.

»Nicht sehr«, antwortete Cayla. »Es ist alles hektisch und laut.«

»Hast du ein Haus?«, wollte Mia wissen. Mir war es nur recht, dass die beiden sich miteinander unterhielten. So konnte ich entspannt zuhören und brauchte mir keine Gedanken über ein Small-Talk-Thema zu machen.

»Nein, meine Oma und ich leben in einer Wohnung.«

»Mit deiner Oma? Und wo ist deine Mama?«

»Gestorben. Da war ich ungefähr so alt wie du.«

»Vermisst du sie?«

»Manchmal«, gab Cayla zu. »Wir reden nicht viel über sie und ich erinnere mich kaum mehr.«

»Aber du hast doch Fotos, oder?«

Cayla nickte. »Ja, eines habe ich immer bei mir. Willst du es sehen?«

Mia nickte. Cayla blieb stehen und holte ihre Geldbörse aus der Handtasche. »Hier, das ist meine Mama«, sagte sie und reichte Mia ein Passfoto.

»Die sieht aus wie du«, befand meine Schwester und gab

mir das Foto weiter. Sie hatte recht. Das Bild war ziemlich alt, auch schon verblasst und abgegriffen. Eine der Ecken löste sich ab. Aber die Ähnlichkeit mit Cayla war beinahe gruselig. Ich gab das Foto zurück. »Kommt, wir haben versprochen, dass wir uns beeilen«, sagte ich, um Cayla nicht das Gefühl zu geben, wir würden sie nach ihrer verstorbenen Mutter aushorchen. Ich wusste, wie blöd sich diese Betroffenheit von Außenstehenden manchmal anfühlte, wenn es doch niemand nachvollziehen konnte, wie es sich anfühlt, einen Elternteil zu verlieren. Vielleicht hatten wir mehr miteinander gemeinsam, als ich zunächst gedacht hatte? Ich nahm mir vor, in Zukunft netter zu ihr zu sein.

4

Ich schaffte es tatsächlich, meinen Vorsatz den restlichen Samstag und auch noch am Sonntag einzuhalten. Ich glaube, meine Eltern waren regelrecht überrascht von meiner Freundlichkeit Cayla gegenüber. Ich sah sie einige Male verwunderte Blicke tauschen, wenn ich unserem Gast etwas erklärte oder zeigte. Als ob ich nicht nett und offen sein konnte, wenn ich wollte, also echt! Aber ich beschloss, mich von ihrer offenkundigen Verwunderung nicht aus der Ruhe bringen zu lassen.

Dank meiner entspannten Grundhaltung flippte ich nicht einmal aus, als ich bemerkte, dass Cayla mein Duschgel, ohne zu fragen, verwendet hatte. Ich ärgerte mich zwar, doch ich dachte mir, ein fehlender Klecks vom Duschbad war leicht zu verschmerzen.

Allerdings wollte ich es auch nicht auf sich beruhen lassen, deshalb sprach ich Cayla darauf an: »Du riechst genau wie mein Duschgel. Jasminduft. Voll lecker, oder?«

»Oh, ich wollte nur wissen, wie es duftet. Tut mir leid, ich hätte fragen sollen.«

Konnte man so jemandem böse sein? Ich winkte ab. »Schon okay. Ist ja bloß Duschgel, du darfst es ruhig verwenden.«

»Danke, das ist sehr nett von dir«, antwortete sie und ich kam mir tatsächlich richtig großzügig vor.

Am Montag in der Früh wartete ich zehn Minuten vor der Badezimmertür, weil Cayla, ganz im Gegensatz zu ihrer anfänglichen Beteuerung, nicht zum Ende kam. Ich fragte mich, was sie zum Kuckuck dadrinnen tat. Schminken wohl kaum.

Ich klopfte leise an die Tür. »Cayla, ich möchte jetzt auch gern ins Badezimmer.«

»Sorry, ich bin gleich so weit«, versicherte sie mir.

Mein Frühstück bestand später wegen Zeitmangels bloß aus einem Glas Milch, zu mehr reichte es nicht mehr. Meine Mutter wuselte in der Küche herum, richtete für Mia ein Pausenbrot für den Kindergarten und fragte, ob auch wir Brote mitnehmen wollten.

»Bekommen wir nicht in der Schule etwas zu essen?«, fragte Cayla verwundert.

»An manchen Schulen schon, aber in unserer nicht. Wir nehmen uns was mit oder wir müssen hungern, bis der Unterricht aus ist.«

»Oh ... also, dann ja, bitte.«

Ich nahm mir anstelle des belegten Brotes einen Apfel mit. Wenn ich zwischendurch Appetit bekam, würde ich einfach von Emmas Brot abbeißen, es sei denn, sie hatte Leberwurst drauf. Schon vom Geruch wurde mir übel, da würde ich lieber hungrig bleiben.

»Jana, ich verlasse mich darauf, dass du dich um Cayla kümmerst. Wartet nach der Schule aufeinander, nicht dass sie sich verläuft.«

Ich verdrehte die Augen. »Ja, Mama.« Dann sagte ich leise zu Cayla: »Komm, lass uns abhauen, bevor ihr noch etwas einfällt.«

Auf dem Weg zur Schule spielte ich Fremdenführerin

und erklärte Cayla die Sehenswürdigkeiten von Molden. Das Kriegerdenkmal, die alte Burgmauer, den historischen Stadtpark, der früher einer Grafenfamilie gehört hatte und in dem jetzt alle möglichen Feste und Veranstaltungen abgehalten wurden. Er war bei der Bevölkerung zum Spazierengehen und Hundeausführen sehr beliebt. Früher war ich dort auf die Bäume geklettert und hatte mit meinen Freundinnen gespielt, wir wären verwunschene Prinzessinnen. Unser jährliches Sommerfest der Schule fand ebenfalls in diesem Park statt.

Cayla hörte mir interessiert zu und nickte ab und zu. »Und das hier?« Sie zeigte auf eine Statue, die einen Brunnen verzierte.

»Das ist Hildegard von Bingen«, antwortete ich. »Sie war eine gelehrte Klosterfrau und Dichterin im Mittelalter und ist die Patronin von Molden.«

Wir gingen über den Platz und mussten anschließend den Schulgürtel überqueren, um zum Gymnasium zu kommen.

»Das sieht aber sehr modern aus«, sagte Cayla beim Anblick des futuristischen Glasbaus.

»Sie haben es erst vor vier Jahren fast komplett neu gebaut«, gab ich zurück. Es waren nur mehr die Grundmauern übrig geblieben, die Schüler mussten in der Umbauphase in andere Schulen oder Containerklassen ausweichen. Innerhalb eines knappen Jahres wurde ein Bauwerk errichtet. Es gab genug Platz, alles war neu und hell, wir hatten einen tollen Chemiesaal, Computer, eine riesige Sporthalle und einen Schulgarten, in dem wir in Bio Kräuter und Gemüse pflanzten. Der Architekt hatte mit der Schule sogar einen Preis gewonnen und in der Zeitung gestanden.

»Du musst erst im Erdgeschoss ins Sekretariat, dann in den zweiten Stock«, erklärte ich Cayla.

Sie sah mich erschrocken an. »Kommst du nicht mit?« Ich schaute über den Schulhof, wo meine Freunde schon auf mich warteten. Emma winkte ungeduldig und ihre roten Wellen tanzten auf und ab. Im Mittelalter wäre sie allein schon für diese Haarfarbe auf den Scheiterhaufen gekommen. Die Farbe war echt, die Wellen hatte sie allerdings mit dem Glätteisen gezaubert. Ich hatte durch Caylas Ankunft das ganze Wochenende keine Gelegenheit gehabt, mich mit meiner Clique zu treffen. Dann sah ich Caylas ängstlichen Gesichtsausdruck, ihren flehenden Blick und dachte an meinen Vorsatz, nett sein zu wollen. »Okay, ich bringe dich noch zum Sekretariat«, gab ich nach. Ich konnte mir gut vorstellen, dass es schwierig war, sich hier alleine zurechtfinden zu müssen.

Gemeinsam gingen wir die Treppe zum Eingang hoch. »Im Sekretariat kriegst du aber alles alleine hin, oder?«

Cayla nickte. »Danke, das schaffe ich. Es ist hier bloß so ... vereckt, dass ich Angst hatte, ich würde das Klassenzimmer nicht finden.«

»Verwinkelt, meinst du? Das wird schon!«, machte ich ihr Mut. »Also dann, bis später«, verabschiedete ich mich von ihr und begab mich auf den Weg zu meiner Klasse.

Wir hatten abgemacht, dass ich nach Unterrichtsschluss auf sie warten würde, weil ich schon eine Stunde früher aushatte. Es ging mir zwar gegen den Strich, denn ich fand, dass Cayla alt genug war, um alleine nach Hause zu finden. Aber meine Mutter war offenbar anderer Meinung gewesen. »Nur am ersten Tag, damit sie sich nicht verläuft«, hatte sie gesagt und ich hatte es ihr versprochen.

Die Schule war für mich kein unangenehmer Ort. Natürlich mochte ich die Wochenenden und Ferien lieber, aber ich freute mich auch, wenn ich meine Freunde in der Schule wiedersehen konnte. Emma traf ich ohnehin beinahe jeden Tag, aber Lisa, Lukas, Verena und Bastian meist nur ein paarmal die Woche im Jugendzentrum. Die vier und Emma gehörten neben meiner Familie zu den wichtigsten Menschen in meinem Leben. Und dann war da noch Tobias. Er war eine Stufe über mir und der süßeste Typ ever. Ich hatte keine Ahnung, ob er mich ebenfalls gut fand, aber immerhin wusste er, dass es mich gab. Wir hatten bereits ein paarmal im Jugendzentrum miteinander gesprochen. Das hieß, er hatte geredet und ich hatte kaum ein Wort rausgebracht.

Er hatte blondes Haar wie ich, nur ein wenig dunkler, das ihm lässig in die Stirn fiel. Und er roch immer total gut. Am schönsten fand ich seine Augen. Deren Farbe erinnerte mich an Moos. Die dichten, langen Wimpern sorgten dafür, dass seine Augen immer irgendwie strahlten – fand ich zumindest.

Als ich kurz vor dem Läuten meinen Klassenraum betrat, wurde ich von Emma mit einer Umarmung überfallen. »Hey, ich dachte schon, du kommst nicht mehr.«

»Ich musste Cayla zur Anmeldung begleiten«, erklärte ich ihr.

Auch Verena stürzte auf mich zu und gab mir zwei Küsschen rechts und links auf die Wange. »Also, wie ist sie denn?«

»Puh ... also ...«, ich suchte nach den richtigen Worten. »Sie ist freundlich, höflich, zuvorkommend ...«

Verena hob ihre perfekt gezupften Augenbrauen. Sie war

immer top gestylt und geschminkt. Böse Zungen behaupteten, sie würde sogar zum Schlafengehen Make-up auflegen. »Wie langweilig«, befand sie.

Ich grinste. »Das hast jetzt *du* gesagt.«

In der ersten Stunde hatten wir Geschichte bei Frau Schmidthammer. Sie hatte unsere Klasse erst dieses Schuljahr übernommen und dank ihr gehörte dieses Fach neben Geografie, das ebenfalls sie unterrichtete, zum langweiligsten im Stundenplan – abgesehen von Mathe natürlich.

Danach kamen Mathe und Englisch, ehe wir große Pause hatten. Wir gingen in den Hof hinunter. Dort sah ich Cayla mit einem Mädchen reden. Ich winkte ihr zu, ging aber nicht hinüber, weil ich sie nicht stören wollte. Offenbar hatte sie bereits Anschluss gefunden, stellte ich erleichtert fest.

»Ist sie das?«, fragte Verena und deutete mit dem Kopf zu Cayla.

Ich nickte langsam und biss von meinem Apfel ab.

»Sie könnte eine Typberatung brauchen«, meinte Verena.

»Aber echt«, schnaubte jetzt auch Lisa los.

Ich stellte fest, dass mich der geringschätzige Ton der beiden störte. Auch wenn ich durchaus ihrer Meinung war. Cayla brauchte offensichtlich Hilfe bei ihrem Outfit. Dunkelbraune Rollkragenpullis vertrugen sich mit dunkelblauen Jeans einfach nicht.

Aber ich konnte sie doch nicht so schnell nach ihrer Ankunft mit Stylingtipps und Modeideen überfallen, oder? Ganz nach dem Motto: *Hey, willkommen in Österreich, übrigens, dein Style geht gar nicht, aber ich zeig dir, wie's geht.*

»Lass sie sich doch erst mal eingewöhnen. Vielleicht laufen in Irland alle so rum«, gab ich schärfer als beabsichtigt zurück. Dann hängte ich mich bei Emma unter und zog sie ein Stück beiseite.

»Seit wann ist Verena eigentlich so überheblich?«, fragte ich meine beste Freundin.

Emmas graue Augen blitzten schelmisch. »Äh, seit ... immer? Ein bisschen zumindest. Du kennst sie doch. Wenn nicht alle dem neuesten Trend nacheifern, dann sind sie Freaks.«

Ich lachte. »Da hast du recht. Ich frage mich gerade, woran es liegt, dass *wir* in ihren Augen Gnade gefunden haben und sie mit uns überhaupt spricht.«

»Weil es sonst keiner lange mit ihr aushält?«, meinte Emma kichernd und ich stieß ihr halb empört in die Seite. Aber Emma hatte wie immer den Nagel auf den Kopf getroffen.

Viel zu schnell war die Pause vorbei und wir mussten wieder zum Unterricht. Meine Clique und ich hatten uns nach der Schule bei der Eisdiele verabredet. Irgendwie musste ich die Zeit, bis Cayla ebenfalls aushatte, ja nutzen. Und die Eisdiele war ganz in der Nähe, sodass ich rechtzeitig wieder zurück sein würde, um Cayla abzuholen.

5

Ich war nicht mal eine Viertelstunde zu spät, ehrlich. Völlig außer Atem, weil ich von der Eisdiele bis zur Schule gelaufen war, suchte ich die Straße ab, doch von Cayla war weit und breit nichts zu sehen. Mist! Was sollte ich denn jetzt tun? Bestimmt war sie schon ohne mich nach Hause gegangen. Hoffte ich. Das würde Riesenärger geben, so viel stand fest. Besser, ich überlegte mir schon auf dem Weg eine echt gute Erklärung. Bloß wollte mir keine Entschuldigung einfallen, die meine Mutter davon abhalten würde, mir den Kopf abzureißen. Man konnte es drehen und wenden, wie man wollte: Ich hatte Cayla vergessen. Dass ausgerechnet Tobias in der Eisdiele aufgetaucht war und sich an unseren Tisch gesetzt hatte, würde Mama kaum als Ausrede gelten lassen. Und auch nicht, dass er mich die ganze Zeit angesehen und sogar ein bisschen mit mir geflirtet hatte. Am besten, ich würde gar nichts sagen, außer dass es mir leidtat.

Je näher ich unserem Haus kam, desto langsamer wurde ich. Ein schlechtes Gewissen plagte mich und am liebsten wäre ich sofort in mein Zimmer verschwunden. Aber ich hatte einen Fehler gemacht, also musste ich nun auch mit den Konsequenzen leben. Das hatte mein Papa immer gesagt und ganz plötzlich überkam mich riesige Sehnsucht nach ihm. So sehr gefehlt hatte er mir schon lange nicht mehr.

Mein Papa war vor zehn Jahren bei einem Autounfall gestorben. Die erste Zeit nach seinem Tod war echt schlimm gewesen. Für mich und für meine Mutter. Wir hatten uns jeden Abend statt eines Bilderbuchs Fotos von ihm angesehen und Mama hatte mir dazu Geschichten von früher erzählt. Wir hatten viel geweint und manchmal gelacht. Nach und nach wurde das Weinen weniger und das Lachen mehr. Meine Angst, ich würde meinen Papa vergessen, bewahrheitete sich nicht. Die Erinnerungen an ihn blieben. Vielleicht ging es mir deshalb so nahe, dass Cayla ihre Mutter verloren hatte. Ich konnte mich total gut in sie hineinversetzen.

Mit einem mulmigen Gefühl im Magen sperrte ich die Haustür auf. »Ich bin da«, rief ich.

Mama kam aus der Küche und wischte sich die Hände an einem Geschirrtuch ab. »Hallo, ihr seid spät dran ...« Sie stockte, als sie mich sah. »Jana, wo ist Cayla?«

Tränen schossen mir in die Augen. »Ist sie denn noch nicht hier?«, fragte ich mit erstickter Stimme.

»Nein.«

Sie blickte mich ohne ein weiteres Wort an und wartete auf meine Erklärung. Das war schlimmer, als wenn sie mich angeschrien hätte.

Ich senkte den Kopf. »Es tut mir echt leid, ich habe sie verpasst.«

Sie trat einen Schritt zur Seite und ließ mich vorbei. »Ich bin sehr enttäuscht von dir, Jana. Kann man sich denn gar nicht auf dich verlassen? Ich hoffe, dass Cayla jetzt nicht irgendwo hilflos in der Gegend herumirrt.«

Mit einem Mal wandelte sich mein schlechtes Gewissen in Ärger. Ich fand, sie machte mehr Drama um die Sache als nötig. Wieso sollte Cayla denn nicht nach Hause finden? Hatte Mama Angst, sie könne sich in unserem Minikaff verlaufen? Oder entführt werden? In Molden war noch nie etwas Spektakuläres passiert. Und bei aller Sorge: Wir waren den Weg in der Früh gemeinsam gegangen. Cayla war doch kein kleines Kind mehr.

»Du bist echt gemein, in deinen Augen kann ich doch nie was richtig machen!«, schrie ich und lief die Treppe hoch. »Sie hätte ja auch auf mich warten können. Hat sie aber nicht. Selbst schuld. Außerdem braucht sie bloß zu fragen, wenn sie sich nicht auskennt. Und wie blöd muss man eigentlich sein, sich in Molden zu verlaufen! Das geht doch gar nicht! Außerdem ist sie achtzehn!«

Ich hörte, wie meine Mutter meinen Namen rief, doch ich reagierte nicht. Das würde sie zwar noch wütender auf mich machen. Aber ich konnte nicht anders.

In meinem Zimmer warf ich mich aufs Bett, drehte Musik auf und weinte. Vielleicht aus Wut. Oder aus Scham, so genau wusste ich es selbst nicht.

Der Hunger trieb mich schließlich irgendwann wieder hinunter. Meine Mutter ignorierte mich, während sie aus dem Küchenfenster starrte. Sie wartete offensichtlich immer noch auf Cayla.

Plötzlich kam Bewegung in sie. »Da ist sie, Gott sei Dank!« Als ich die Erleichterung in ihrer Stimme hörte, wallte wieder schlechtes Gewissen in mir auf.

Ich folgte ihr zur Tür. Mama riss sie auf und umarmte Cayla, die es steif wie ein Brett über sich ergehen ließ.

»Oh, Liebes, wo warst du denn bloß?«

Cayla suchte meinen Blick. »Tut mir leid, Susanne. Jana

und ich müssen uns verfehlt haben. Und dann dachte ich, ich komme alleine klar und habe die falsche Abzweigung genommen.«

Kein Wort davon, dass ich nicht zum verabredeten Zeitpunkt vor der Schule auf sie gewartet hatte.

»Schon gut. Das nächste Mal rufst du an. Hast du Hunger?« Mama drehte sich um und ging zurück in die Küche.

»Ich habe kein Handy«, erwiderte Cayla.

Meine Mutter wandte sich noch einmal um. »Aber weshalb denn nicht, Liebes?« Dann schlug sie sich mit der Hand auf die Stirn. »Ja, klar, die Roaminggebühren. Wieso habe ich nicht gleich daran gedacht. Ich lass mir etwas einfallen. Ohne Handy geht gar nicht. Es könnte ja ein Notfall sein. Oder so etwas wie heute.« Sie murmelte noch etwas, das ich nicht verstand. Gleich darauf hörte ich sie in der Küche mit den Tellern klappern.

Leise flüsterte ich Cayla ein »Danke« zu und dann folgten wir meiner Mutter. Wäre die, wie sonst, arbeiten gewesen, hätte sie von allem gar nichts mitbekommen. Doch meine Mutter hatte eine Woche lang ihre Termine ganz abgesagt oder auf den Abend gelegt, weil sie Cayla in der ersten Woche so viel wie möglich unterstützen wollte. Ich hatte das zwar erst überhaupt nicht verstanden, aber einen Vorteil hatte es allerdings, dass Mama zu Hause war: Sie hatte gekocht. Normalerweise musste ich mir nach der Schule selbst etwas zubereiten, doch dazu hatte ich meistens keine Lust. Oder ich wärmte mir ein Fertiggericht auf, machte mir ein paar Brote oder lud mich bei Emma ein, deren Mutter mittags, wenn die Bank, in der sie arbeitete, geschlossen hatte, daheim war. Eine Weile hatte ich meine Freundin darum beneidet, aber da war ich noch jünger gewesen. Mittlerweile war ich ganz froh, dass ich ein paar Stunden nur für mich hatte.

Meine Mutter war Innenarchitektin und eine richtig gute noch dazu. So hatte sie auch Clemens kennengelernt. Er war gerade dabei gewesen, seine Rechtsanwaltskanzlei zu eröffnen und hatte sie mit der Einrichtung beauftragt.

Heute allerdings gab es Gemüseauflauf. Umsonst gefreut. Cayla schien er zu schmecken. Ich stocherte auf meinem Teller herum, spießte Erbsen und Mais auf meine Gabel und versuchte, dabei möglichst keinen Broccoli zu erwischen. Mama fragte Cayla zwischen zwei Bissen nach ihrem ersten Schultag.

»Es war interessant«, antwortete Cayla. »Ich habe fast alles verstanden und die Lehrer sind viel netter als bei uns.«

»Da kennst du den Landmann nicht«, gab ich zurück und verdrehte die Augen. »Der schreit die ganze Zeit herum und bewirft die Schüler mit Kreide.«

Cayla machte große Augen. »Ehrlich?«

Ich nickte. »Sei froh, dass der bloß die Unterstufe unterrichtet.«

»Dann habe ich ja Glück gehabt«, meinte Cayla aufatmend.

Mama sah auf die Uhr, nahm ihre Tasche und die Autoschlüssel. »Ich gehe Mia aus dem Kindergarten holen.«

»Jetzt schon?« Normalerweise blieb meine Schwester bis fünf.

»Ja, so kann sie noch ein bisschen Zeit mit euch verbringen.«

Ich schob mir noch eine Gabel Gemüsepampe in den Mund und beschloss, meine Hausaufgaben wohl besser jetzt zu machen, ehe Mia zurück war, denn danach war es mit der Ruhe im Haus vorbei.

»Ich muss für die Schule noch etwas tun«, sagte ich zu Cayla und fügte hinzu: »Und danke, dass du mich vorhin nicht verpetzt hast.« Ich verkniff mir die Frage, warum sie nicht einfach auf mich gewartet hatte.

Sie winkte ab. »Keine Ursache. Ich wollte nicht, dass du wegen mir Schwierigkeiten bekommst. Hast du etwas über die Französische Revolution? Wir sollen eine Arbeit darüber schreiben.«

»Du meinst Bücher? Nein. Solche Informationen finde ich im Internet.«

Cayla sah zu Boden.

»Oh. Du hast wohl auch keinen Laptop dabei«, stellte ich fest und anhand ihres Gesichtsausdrucks merkte ich, dass ich mit meiner Vermutung ins Schwarze getroffen hatte.

»Ich gehe zu Hause immer in die Bibliothek«, gab sie leise zu.

Ich dachte nach. Schließlich sagte ich: »Okay, kein Problem. Während ich Mathe mache, kannst du an meinen Computer.«

»Super, danke. Du bist echt nett.«

Ja, denn jeden ließ ich nämlich nicht an meinen Laptop. Emma natürlich, wenn sie bei mir war. Und hin und wieder durfte Mia spielen, um sie zu beschäftigen, während ich mal zwei Takte ungestört mit meinen Freunden telefonieren wollte. Aber vorhin hatte Cayla die Schuld auf sich genommen, also wollte ich mich dafür erkenntlich zeigen.

Wenig später saß ich im Schneidersitz auf meinem Bett und kaute auf einem Stift herum. Das waren verdammt knifflige Rechenaufgaben, die uns unser Mathelehrer aufgegeben hatte. Cayla saß an meinem Schreibtisch und durchforschte das Internet nach Material über die Französische Revolution.

»Cayla, was hältst du davon, wenn wir morgen ins Jugendzentrum gehen?«, fragte ich aus einer spontanen Laune heraus. Wenn Mama ohnehin erwartete, dass ich jede freie Minute des Tages mit Cayla verbrachte, gab es nur zwei Möglichkeiten: Entweder ich verzichtete darauf, meine Freunde zu treffen, oder ich nahm Cayla mit. Auf Dauer war die zweite Alternative die bessere. Eindeutig. Außerdem würde sie so vielleicht selbst Leute kennenlernen und Freundschaften schließen.

Überrascht drehte sie sich zu mir um. »Oh ... okay. Gerne.« Somit war es abgemacht.

Ich wollte ihr gerade erklären, wo das Jugendzentrum lag, als ich Mia die Treppe hinaufpoltern hörte. Gleich darauf klopfte es und die Tür wurde aufgerissen. »Hallo Cayla. Ich habe heute allen im Kindergarten von dir erzählt. Wir haben uns in einem Buch Bilder von Irland angesehen. Ich glaube, da möchte ich auch mal hin, da gibt es ganz viele Schafe und Elfen, Feen und Trolle.«

»Hallo Mia. War's schön im Kindergarten?«, begrüßte ich meine kleine Schwester und wedelte mit der Hand. Es war ja süß, Mia so aufgeregt zu sehen, aber jetzt, da Cayla auch noch erwiesenermaßen aus einem Land der Fabelwesen kam, war ich, ihre schrecklich normale große Schwester, natürlich abgeschrieben.

»Spielt wer mit mir?«, fragte sie anstatt einer Antwort.

Cayla erhob sich vom Stuhl. »Ich bin schon fertig. Was willst du denn gerne spielen?«

»UNO«, antwortete Mia wie aus der Pistole geschossen.

Was sonst? UNO war ihr absolutes Lieblingsspiel. Und wir alle waren seit Wochen verdammt, es immer wieder zu spielen. Mia wurde mit jedem Mal gewiefter, sie gewann fast jedes Mal.

»Fangt schon mal an, ich mach noch schnell Mathe fertig und dann können wir zu dritt eine Runde spielen.«

Mia strahlte. »Komm, Cayla. Wir gehen ins Wohnzimmer. Du mischst. Das kann ich noch nicht so gut.«

In Windeseile erledigte ich die restlichen Beispiele. Eines, bei dem ich nicht weiterkam, ließ ich aus. Ich würde die Lösung morgen von Emma abschreiben, die in Mathe ein Ass war. Ich schlug das Heft zu, stopfte es in meine Tasche und lief hinunter ins Wohnzimmer, aus dem Gelächter zu hören war. »Mia, du Schwindlerin«, hörte ich Cayla protestieren. Jaja. Bei Mia musste man achtgeben. Sie legte gern mal eine falsche Farbe ab.

Als ich dazukam, war Mia gerade am Gewinnen. Sie rief: »Uno!«, und als sie mich sah, meinte sie: »Du kommst gerade rechtzeitig. Wir sind mit der Runde fertig.«

Wir spielten bis zum Abendessen und ich verlor jedes Mal. Cayla und Mia hatten sich gegen mich verschworen und halfen sich gegenseitig, aber wir hatten echt viel Spaß. Nach dem Abendessen durfte Mia fernsehen. Sie saß zwischen uns auf dem Sofa und genoss das sichtlich.

Als Mama schließlich meinte, es sei Zeit zum Duschen und Schlafengehen, wollte sie von Cayla ins Bett gebracht werden.

Mama wartete, bis die beiden den Raum verlassen hatten, dann sagte sie zu Clemens: »Wir brauchen ein Handy für Cayla. Kümmerst du dich darum?«

Clemens blickte von irgendwelchen Papieren auf. »Wie

wäre es mit Janas altem Smartphone? Das liegt irgendwo herum. Da muss man bloß so eine Prepaid-Karte einlegen.«

»Daran hatte ich gar nicht gedacht. Jana?«

Immerhin wurde ich dieses Mal wenigstens gefragt. »Klar, ist die einfachste Lösung.« Ich hatte letztes Weihnachten ein neues Smartphone bekommen, das alte brauchte ich schließlich wirklich nicht mehr. Und für mich wäre es auch einfacher, wenn ich mich mit Cayla in Zukunft per Telefon absprechen konnte.

Mama machte sich auf die Suche. In der zweiten Schublade, die sie aufzog, lag das Handy. Meine Mutter war ein Phänomen, egal, wer was verlegt hatte, sie fand es garantiert.

»Verrate ihr bitte noch nichts, es soll eine kleine Überraschung sein«, meinte sie.

Ich nickte. »Wann gibst du es ihr?«

»Morgen, wenn ihr von der Schule kommt. Ich muss erst eine Handykarte kaufen.«

Bis dahin dauerte es noch ewig. Aber ich freute mich schon auf Caylas Gesicht, wenn sie ihr Geschenk bekam.

6

Dienstags nach der Schule gab es Spaghetti, eine meiner Lieblingsspeisen. Cayla hatte gerade fertig gegessen, da zog meine Mutter das Handy aus ihrer Handtasche und reichte es Cayla, die sie verwirrt ansah.

»Wir haben uns überlegt, dass du dringend ein Handy brauchst. Es ist nicht neu, aber es funktioniert einwandfrei.«

Cayla blickte von Mama zu mir und wieder zurück. »Ein Smartphone für mich?« Sie klang, als könne sie es nicht glauben.

Ich nickte. »Es ist bloß mein altes Handy. Komm, ich erkläre dir, wie es funktioniert.«

Wir speicherten die wichtigsten Telefonnummern ein. »Und hier«, ich tippte auf das Display, »ist die Fotofunktion. Und Musik hören kannst du damit natürlich auch.«

»Kann ich damit ins Internet?«, fragte sie.

»Logisch.« Ich zeigte ihr, wie sie sich mit unserem WLAN verbinden konnte.

Sie drückte das Handy an ihre Brust. »Danke. Ich weiß gar nicht, was ich sagen soll.«

Ich zuckte mit den Achseln. »Danke reicht schon. Guck, du hast sogar einen Stadtplan von Molden drauf. Damit findest du locker überallhin. Und du kannst anrufen, wenn was ist. Und natürlich kannst du jetzt auch angerufen werden – was manchmal ein Nachteil sein kann.«

Cayla sah mich verständnislos an. »Warum Nachteil?«

Ich grinste. »Na, wenn zum Beispiel Mama anruft und fragt, wo du steckst, weil du fünf Minuten zu spät dran bist.«

Sie lachte. »Ach so. Das nehme ich gerne in Kauf. Meine Oma macht sich auch immer Sorgen und telefoniert mir hinterher.«

»Echt? Aber du bist doch volljährig.«

»Ja, schon. Aber meine Oma will trotzdem wissen, wo und mit wem ich unterwegs bin. Und wenn ich nach zehn heimkomme, gibt's Ärger.«

»Oha. Und ich dachte immer, *meine* Eltern wären streng.«

Cayla lachte. »Deine Eltern sind klasse, glaub mir.«

»Jana! Kannst du bitte den Müll raustragen?«, bat da meine Mutter.

»Na, ich weiß nicht«, meinte ich zu Cayla und rief Mama zu: »Ja, mach ich gleich!«

Cayla sprang auf. »Ich übernehme das«, bot sie an.

»Nein danke.« Ich stand auf. »Mach dich lieber fertig.«

»Fertig? Wofür?«

»Du wolltest doch mit ins Jugendzentrum. Schon vergessen?« Hoffentlich hatte sie es sich nicht anders überlegt und ich müsste ebenfalls zu Hause bleiben.

Sie strahlte. »Oh ja. Natürlich! Ich freue mich darauf.«

Nachdem ich den Müll rausgetragen hatte, schminkte ich mich und glättete mein Haar. Meistens trug ich es zu einem Pferdeschwanz zusammengebunden oder zu einem Zopf geflochten. Das war einfach praktischer, in der Schule und überhaupt. Ich hasste es, wenn mir ständig die Haare beim Schreiben ins Gesicht fielen. Aber heute hoffte ich, Tobias im Jugendzentrum zu treffen, und er hatte letztens gesagt, dass er mich mal gern mit offenen Haaren sehen würde. Das konnte er gerne haben.

»Oh«, sagte Cayla, als ich die Treppe hinunterkam. »Du hast wunderschönes Haar. Du solltest es öfter so tragen.«

Ich hätte Cayla gerne ein Kompliment zurückgegeben, aber es fiel mir beim besten Willen keines ein. Sie sah aus wie immer: ungeschminkt, ungestylt und sie hatte denselben abgewetzten schwarzen Pulli an, den sie schon in der Schule getragen hatte, dazu eine dunkelblaue Jeans. Langweiliger und unmodischer ging es kaum. Ich musste an Verenas abfällige Bemerkung denken und presste unwillkürlich die Lippen zusammen. Einen Teufel würde ich tun und Cayla kränken, bloß weil sie nicht mehr aus sich machte. Vielleicht war es ihr egal, was andere über sie dachten. Und das hätte ich wiederum bemerkenswert gefunden.

Wir fuhren mit dem Bus. Clemens würde uns um neun Uhr wieder abholen, hatten wir mit ihm vereinbart.

Ich fühlte ein nervöses Kribbeln im Bauch, als ich das Jugendzentrum betrat – und das war Tobias' Schuld. Doch die Aufregung war schnell vergessen, als mich meine Freunde mit Umarmungen und Küsschen begrüßten. Cayla stand still neben mir, bis ich mir einen Ruck gab, sie beim Ellbogen nahm und sie mit mir zu den anderen zog. »Das ist Cayla, ich habe euch ja schon von ihr erzählt.«

Nacheinander reichte sie allen die Hand, während ich meine Freunde namentlich vorstellte. Als Letztes kam Emma dran. »Das ist meine allerbeste Freundin«, erklärte ich Cayla und hängte mich bei Emma ein. »Wir sind schon zusammen in den Kindergarten gegangen. Es gibt niemanden, der mich besser kennt als sie.«

»Hast du sie als Anstandsdame mitgebracht?«, fragte Verena, sobald Cayla außer Hörweite war, und Lisa kicherte dazu.

»Kannst du es einfach bleiben lassen?«, gab ich genervt zurück.

Verena zuckte mit den Schultern. »Sie sieht halt echt aus wie eine Gouvernante.«

Ich blickte zu Cayla, die vor dem Getränkeautomaten stand und zu überlegen schien, was sie kaufen sollte. Auch wenn es mir schwerfiel, ich musste zugeben, dass Verena recht hatte. Cayla sah wirklich aus, als wäre sie die Tochter von Mary Poppins – nur in ollen Klamotten.

Mittlerweile war Cayla mit einer Cola wieder zu uns herübergekommen. »Was ist Almdudler?«, fragte sie in die Runde, wobei sie das »u« wie ein »a« aussprach.

Bastian und Lukas prusteten los.

»Hab ich was Falsches gesagt?«, fragte Cayla und ich sah, wie sie rot wurde.

»Es heißt ›Almdudler‹«, korrigierte ich und versetzte den beiden Jungs einen Knuff. »Das ist eine Kräuterlimo. Gibt es das in Irland nicht?«

Cayla schüttelte den Kopf. »Schmeckt es gut?«

»Ich mag es, aber ich mische es immer mit Leitungswasser, weil es mir zu süß ist.«

»Und mich kann man damit jagen«, ergänzte Emma.

In diesem Moment öffnete sich die Tür und Tobias kam herein. Um mich schien plötzlich die Welt stillzustehen. Alle Geräusche waren ausgeblendet, wie wenn man bei einem Film den Ton leise dreht. Einzig mein Herz klopfte so laut, dass ich dachte, alle könnten es hören.

Tobias blieb einen Moment stehen und blickte sich um.

Dann entdeckte er mich und kam zu mir herüber. »Hi.« Er strich über eine meiner Haarsträhnen. »Du hast sie tatsächlich offen gelassen.«

Seine Worte brachen den Bann, ich war wieder in die Realität zurückgekehrt. »Ein gewisser ... wie hieß er noch gleich? ... hatte sich das doch gewünscht«, gab ich mit einem Grinsen zurück.

»Was für eine gute Idee von diesem ›Wie hieß er noch gleich‹«, erwiderte er, doch er sah dabei nicht auf mein Haar, sondern in meine Augen. Mein Magen vollführte einen Salto. Jetzt sollte mir ein megacooler Spruch einfallen, aber mein Mund war vor Aufregung total trocken und ich quetschte mühsam ein Ja heraus.

Emma rettete mich, indem sie herüberkam und fragte, ob wir mit ihr und Lukas eine Runde Tischfußball spielen wollten. Ich war darin eine komplette Niete, aber ich nickte, froh, meiner Sprachlosigkeit zu entkommen.

Zuerst spielten Emma und ich gegen Lukas und Tobias. Ich wurde von Ehrgeiz gepackt und legte mich echt ins Zeug, schon um den Jungs zu beweisen, dass wir Mädels es auch draufhaben. Mit viel Glück schafften wir es dann, nur knapp zu verlieren.

»Jetzt Jana und ich gegen euch zwei«, meinte Tobias schließlich.

»Na schön«, meinte Lukas und wechselte auf die andere Seite des Tisches. »Die Partie haben wir schon gewonnen«, zwinkerte er Emma siegessicher zu.

»Hehe. Unterschätze niemals deine Gegner«, gab Tobias grinsend zurück. Dann ging es los.

Emma schoss das erste Tor, Lukas gleich darauf zwei hintereinander. Die beiden klatschten ab. »Hab ich es nicht gesagt?«, meinte er und war einen Moment lang abgelenkt. Doch das reichte mir, um den Ball ins gegnerische Tor zu befördern. Jubelnd strahlte ich Tobias an, der mir eine Hand ans Gesicht legte und einen zarten Kuss auf die Wange gab. »Hübsch und auch noch eine höllisch gute Kickerin«, flüsterte er. Und ich, ich glühte förmlich!

Den Rest des Spieles schoss ich kein Tor mehr, weil Emma und Lukas jetzt besser aufpassten. Immerhin schaffte Tobias noch den Ausgleich, sodass es am Ende unentschieden stand. Wir hätten gern eine weitere Runde gespielt, wenn nicht schon andere Jugendliche darauf gewartet hätten, dass der Tisch frei wird.

Erst jetzt fiel mir Cayla wieder ein und ich blickte mich nach ihr um. Sie saß ganz allein auf dem Sofa und tippte auf dem Handy herum. Sofort regte sich mein Gewissen. Ich hatte sie – wieder einmal – total vergessen.

Emma hatte meinen Blick bemerkt und wusste sofort, was in mir vorging. »Lass sie doch«, meinte sie. »Sie könnte ja auch ein wenig auf die Leute zugehen.«

»Ist aber ja auch doof, wenn man niemanden kennt«, gab ich zurück und machte mich widerstrebend auf den Weg in Caylas Richtung. Irgendwie fühlte ich mich für sie verantwortlich. Immerhin war ich das einzige bekannte Gesicht für sie.

»Hey«, sagte ich und ließ mich neben sie auf das Sofa plumpsen. Sie schaute auf. »Ach, du bist es.«

»Gefällt es dir im Jugendzentrum nicht?«, fragte ich sie geradeheraus.

»Doch ...«, fing sie an. Dann seufzte sie. »Ehrlich gesagt, ich denke, ich passe nicht so recht hierher.«

»Aber warum denn nicht?« Ich deutete mit dem Kopf auf

zwei Jungs, die Tischtennis spielten. Ich kannte sie aus der Schule. Sie waren wie Cayla in den Abschlussklassen. »Die sind beide achtzehn, also so alt wie du. Und in der Gruppe dort drüben«, ich zeigte auf ein paar Jugendliche, die in der Nähe der Tür standen und sich unterhielten, »sind einige sogar noch älter.«

»Ach, es geht gar nicht um das Alter. Ich komme mir ...«, sie suchte nach den richtigen Worten, »... so unbedeutend vor«, beendete sie den Satz.

»Willst du lieber gehen?« Das anzubieten, fiel mir echt schwer, zumal Tobias gerade erwartungsvoll zu mir herübersah und darauf zu warten schien, dass ich wiederkam.

»Nein, nein. Ich will dir nicht den Spaß verderben. Mach dir keine Gedanken um mich, ich bleibe einfach sitzen und mache mich mit den Funktionen des Handys vertraut.«

Langsam stand ich auf. »Na gut ... dann geh ich mal wieder ... zu den anderen.«

Cayla nickte. »Mach ruhig. Übrigens ist das ein echt netter Typ, dieser Junge.«

Ich wurde rot. »Tobias? Ja, das finde ich auch. Eigentlich sogar mehr als das.«

Sie lächelte. »Er mag dich. Das merkt man daran, wie er dich die ganze Zeit über ansieht.«

»Findest du? Wie sieht er mich denn an?« Ich wurde unwillkürlich rot.

»Als ob er total in dich verknallt ist. Ich habe euch beobachtet. Glaub mir, er mag dich.« Sie lächelte.

Ich ihn auch, fügte ich in Gedanken hinzu.

7

Ich hatte Clemens angerufen und darum gebeten, uns eine Stunde eher abzuholen. Das schien mir ein guter Kompromiss zu sein, meine und Caylas Wünsche unter einen Hut zu bringen. Verena maulte, dass sie noch gar keine Gelegenheit gehabt hätte, mir von den Errungenschaften ihrer letzten Shoppingtour zu erzählen.

»Morgen«, vertröstete ich sie. Schulterzuckend wandte sie sich wieder Bastian zu, der seinen Arm um ihre Schulter gelegt hatte. Bahnte sich zwischen den beiden etwas an? Es hätte mich nicht gewundert. Bastian legte genauso viel Wert auf sein Äußeres wie sie und gab eine Menge Geld für seine Klamotten aus. Ich würde später Emma fragen. Die bekam immer alle Beziehungsgeschichten mit, während ich meist hoffnungslos mit meinem Wissensstand hinterherhinkte. Bis ich merkte, was mit wem lief, war es oft schon wieder vorbei. Der einzige Anhaltspunkt, den ich in dieser Hinsicht hatte, waren die Statusmeldungen auf Facebook. Und die waren bekanntermaßen nicht immer up to date.

»Och, du gehst schon?«, fragte Tobias enttäuscht, als ich mich verabschieden wollte.

»Ja, Cayla will nach Hause. Wir sehen uns in der Schule?«

Er nickte und sah mir dabei tief in die Augen. »Das hoffe ich stark. Ich bin jedenfalls da.«

»Passt doch. Ich auch.« Unschlüssig stand ich da und wusste nicht, was ich tun sollte. Ihm nur tschüs zu sagen, war mir zu wenig, und ihn mit einem Wangenkuss zu verabschieden traute ich mich nicht. Schließlich nahm er mir die Entscheidung ab und umarmte mich. »Tschüs, meine Schöne«, flüsterte er mir ins Ohr. Seine Wange streifte meine und sein Atem kitzelte auf der Haut. »Bis morgen«, murmelte ich und löste mich widerwillig von ihm. Er roch so gut! Und er hatte »meine Schöne« gesagt! Mit einem wunderbar warmen Gefühl in meinem Inneren schwebte ich geradewegs nach draußen.

Da ich zu Hause noch zu aufgekratzt war, um zu schlafen, beschloss ich, zu Cayla hinüberzugehen und mit ihr zu quatschen. Ich klopfte und Cayla öffnete mir die Tür in einem geblümten Nachthemd.

Oh mein Gott! So ein Teil trug nicht mal meine Großmutter, da hätte ich drauf gewettet.

»Cayla ...«, begann ich und überlegte, wie ich es ihr am besten sagen konnte, ohne sie zu verletzen. »In dem Ding schläfst du?«, fragte ich dann ganz und gar nicht diplomatisch.

Sie blickte an sich hinunter. »Ja, ist doch egal. Sieht ohnehin keiner.«

Ich zog gespielt beleidigt die Augenbrauen hoch. »Ich bin also keiner, danke schön.« Ich zwinkerte ihr zu, als sie mich ratlos ansah. »Nein, im Ernst: Sich für sich selbst ein bisschen schön zu machen, das hat was mit Selbstwertgefühl zu tun, verstehst du?«

Cayla legte den Kopf schief. »Nein, was heißt das?«

Okay, das würde schwieriger werden, als ich angenommen hatte. Offenbar kannte Cayla das Wort »Selbstwertgefühl« nicht. Oder sie wusste nicht, was es bedeutete, was ich noch schlimmer fand.

»Darf ich reinkommen?«

Sie trat einen Schritt beiseite und ließ mich in ihr Zimmer. Jetzt wohnte sie schon vier Tage hier und es sah immer noch so aufgeräumt und unbewohnt aus wie vor ihrem Einzug. Nichts lag herum, bloß die Bettdecke war zurückgeschlagen und auf dem Kissen lag ein Buch, das verdächtig nach meinem »Elfengift« aussah.

Sie bemerkte meinen Blick und meinte: »Ich hoffe, du hast nichts dagegen, dass ich es mir ausgeliehen habe. Es lag im Wohnzimmer.«

Ich winkte ab. »Nein, passt schon. Ich habe es eh schon fertig gelesen.« Einen Moment schwiegen wir uns an, ehe ich fortfuhr: »Gut. Heraus mit der Sprache. Woran liegt es, dass du so was ...«, ich deutete auf ihr Nachthemd, »... trägst?«

Sie senkte den Kopf. »Hat meine Oma aus dem Secondhand-Laden.«

Dann sah sie mich an und ich konnte es in ihren Augen verdächtig schimmern sehen. Sie tat mir echt leid, vor allem, weil ich sie so plump danach gefragt hatte. »Deine anderen Sachen auch, nicht wahr?« Ich kannte die Antwort, noch ehe sie nickte.

»Als ich die Bestätigung erhalten habe, dass ich nach Österreich kommen kann, brauchte ich mehr zum Anziehen. Sie hat wochenlang gespart, damit sie mir das kaufen konnte.«

Caylas Geständnis machte mich sprachlos und betroffen. Ich wusste, dass meine Eltern im Vergleich zu vielen anderen Familien wohlhabend waren und dass es bei Weitem nicht allen so gut ging wie mir, Mia oder den meisten meiner Freunde. Aber ich hatte mir noch nie darüber Gedanken gemacht, was es hieß, arm zu sein. Also, richtig arm. Bisher war ich der Meinung gewesen, dass sich das auf die Dritte-Welt-Länder in Afrika oder Südamerika beschränkte. Hatte Mama auch das damit gemeint, als sie sagte, ich würde nicht über meinen Tellerrand schauen?

»Komm mit«, sagte ich zu Cayla, nahm ihre Hand und führte sie in mein Zimmer.

»Setz dich.«

Sie folgte meiner Aufforderung und ließ sich auf die Bettkante nieder. »Was ...?«

Ich öffnete meinen Kleiderschrank und kramte ein wenig herum, bis ich mehrere Hosen, T-Shirts und Pullover gefunden hatte, die ich ohnehin nicht mehr anzog. Mit Schwung beförderte ich den Kleiderhaufen von meinem Arm auf das Bett neben Cayla, die mich wortlos und mit großen Augen ansah.

»Probier doch mal«, meinte ich, als sie keine Anstalten machte, irgendetwas zu sagen oder zu tun.

Sie sah mich nur mit großen braunen Augen an. »Wie? Du meinst, du ... leihst mir deine Kleider?«

»Nein, ich leihe sie dir nicht, ich schenke sie dir. Und ›Kleider‹ sagt man hier nur zu echten Kleidern. Bei uns heißt das ›Klamotten‹ oder ›Kleidung‹.«

Beinahe ehrfürchtig strich Cayla über meine alte Markenjeans. »Jetzt zieh sie an«, drängte ich sie.

Zögernd schlüpfte Cayla in die Hose. Sie saß nicht ganz so locker um die Hüfte wie bei mir, aber sonst passte sie. Cayla drehte sich um ihre eigene Achse. »Die ist soooo cool!«

»Sieht gut aus. Und jetzt was Buntes für oben.« Ich suchte nach der grün-blauen Tunika, die ich letzten Sommer für den Urlaub gekauft hatte, und reichte sie ihr.

»Ich ... geh mal schnell ins Bad«, meinte sie und verschwand mit dem Teil, um gleich darauf zurückzukommen. Ich musste gestehen, dass die Tunika ihr viel besser stand als mir. Was so ein bisschen mehr Busen ausmachte!

»Gefällst du dir?«

Sie lachte glücklich. »Oh ja. Danke, so etwas Schönes hatte ich überhaupt noch nie besessen gehabt.«

Ich musste über ihre komische Grammatik lächeln, verbesserte sie aber nicht.

»Wir müssen mit deinem Haar etwas machen«, überlegte ich laut.

Schlagartig wurde Caylas Miene ernst. »Was meinst du damit?« Sie strich sich über ihr hustenbonbonfarbenes, sprödes Haar.

»Du brauchst einen ordentlichen Haarschnitt. Und vielleicht ein paar Highlights. Die Spitzen sehen aus, als wären sie von einer Maus abgeknabbert worden.«

Erschrocken sah Cayla mich an. »Das geht nicht, ich habe kein Geld dafür.«

Ich grinste. »Zerbrich dir darüber mal nicht den Kopf. Ich habe da so eine Idee ...«

8

Am nächsten Nachmittag nach der Schule standen wir vor dem Haarstudio Hair & Cut.

»Bist du dir sicher, dass ich nichts zahlen muss? Das sieht furchtbar teuer aus«, meinte Cayla.

»Ich habe dir doch erklärt, wie das funktioniert«, gab ich zurück. Wir hatten das jetzt mindestens dreimal durchgesprochen. Tina brauchte für ihre Mitarbeiter und Lehrlinge immer wieder Modelle, an denen sie üben konnten. Ein kleines Restrisiko in Sachen Endergebnis war natürlich dabei, aber in Caylas Fall und bei ihren dünnen Haaren konnte man nichts schlimmer machen, fand ich. Außerdem kannte ich Tina. Sie würde bestimmt über jeden Handgriff ihrer Lehrlinge wachen und zur Not selbst übernehmen, ehe der Haarschnitt zur Katastrophe wurde.

Ich öffnete die Tür und schob Cayla in den Salon. »Hallo Tina«, begrüßte ich die Besitzerin. »Hier ist dein Modell.«

»Nehmt doch einen Augenblick Platz, Steffi ist gleich bei euch.«

Steffi, die Auszubildende, hätte selbst gute Chancen als Model gehabt. Sie war groß, schlank und sah aus, als wäre sie eben aus einem der Magazine gehüpft, die hier überall herumlagen.

»Hi«, begrüßte sie uns und wies Cayla einen Stuhl zu, auf

dem sie Platz nahm. »Was schwebt dir denn vor?«, fragte sie an Cayla gewandt.

Die sah hilflos zu mir und zuckte mit den Achseln.

»Mhm.« Steffi fuhr mit den Fingern durch Caylas Haar. »Von der Länge muss ich auf jeden Fall etwas wegnehmen, die Spitzen sind total spröde. Ein paar Stufen, damit es besser fällt und mehr Volumen bekommt. Und natürlich gehört eine Tönung rein, ein schönes Haselnussbraun, das deine Naturfarbe zum Leuchten bringt.«

Cayla nickte bloß. Ihre Finger schlossen sich um die Lehne des Stuhles, auf dem sie saß. Ich merkte, wie unwohl sie sich fühlte, aber sie würde es nicht bereuen, da war ich mir sicher.

Während Steffi Caylas Haar wusch, vertiefte ich mich in eine Modezeitschrift und blickte erst wieder hoch, als die ersten Haarsträhnen zu Boden schwebten.

Cayla sah ganz unglücklich drein, als sie die abgeschnittenen Büschel betrachtete. Über den Spiegel suchte sie meinen Blick. »Es ist gar nicht so viel, wie es den Anschein hat«, beruhigte ich sie.

Steffi arbeitete ungerührt weiter. Sie schnitt, kämmte das Haar durch, schnitt wieder ... Tina stand ab und zu neben ihr und wirkte dabei sehr zufrieden.

Nachdem Steffi fertig war, überprüfte Tina die Arbeit noch einmal. »Sehr gut«, meinte sie schließlich, »jetzt kannst du die Tönung draufgeben.«

Es dauerte noch einmal eine halbe Stunde, bis die Farbe ausgewaschen wurde und Steffi Caylas Frisur mit Föhn und Rundbürste in Form brachte. »Und, wie findest du es?«, fragte Steffi und hielt Cayla einen Handspiegel an den Hinterkopf.

»Ich ... ich weiß gar nicht, was ich sagen soll«, meinte Cayla. Ich war ebenfalls verblüfft über die Verwandlung. Es war unglaublich, was ein mittellanger Bob, der perfekt Caylas zartes Gesicht umrahmte, und ein bisschen Farbe bewirken konnten. Mit der Jeans, der Tunika, die ich ihr geschenkt hatte, und der neuen Frisur sah Cayla jetzt richtig hübsch aus, fast wie eine der Feen aus Mias Büchern.

Wir bedankten uns bei Steffi und Tina, ehe wir uns auf den Heimweg machten.

Ausgerechnet Verena kam uns entgegen. »Hi, Jana«, begrüßte sie mich schon von Weitem und winkte. »Und das ist ... Cayla? Du siehst ja ganz anders aus«, entfuhr es ihr.

»Ab sofort ist das ihr neuer Look«, meinte ich stolz. Einerseits erfüllte es mich mit Genugtuung, dass Verena aus dem Staunen nicht mehr herauskam. Andererseits ärgerte ich mich über ihre Oberflächlichkeit. Wie es aussah, nahm sie ihre Mitmenschen wohl wirklich erst dann wahr, wenn deren Äußeres ihren Ansprüchen genügte. Warum war mir das bisher nie aufgefallen?

»Habt ihr noch Zeit? Wir könnten zusammen zum Häferl gehen«, schlug sie vor.

Das Häferl war eines der Cafés, in denen wir uns manchmal trafen, doch ich wollte nicht, dass Verena Cayla den anderen vorführte, als wäre sie ein neues Kleidungsstück, das sie sich gekauft hatte.

»Nein, tut mir leid, wir müssen gleich weiter«, erwiderte ich deshalb und hakte mich bei Cayla unter.

»Ja, wir haben noch eine Menge vor«, bestätigte Cayla meine Worte.

»Oh, schade. Dann bis morgen.«

Wir setzten unseren Heimweg fort. »Du magst sie nicht besonders, oder?«, fragte Cayla, nachdem wir außer Hörweite waren.

Ich zuckte mit den Schultern. »Ich weiß nicht. Bis vor Kurzem dachte ich, es wäre cool, mit ihr befreundet zu sein. Aber ... wir sind einfach sehr verschieden.« Das Blöde war nur, dass ich Verena nicht einfach aus dem Weg gehen oder sie ignorieren konnte. Sie gehörte nun mal zu meiner Clique und hing ständig mit uns zusammen herum.

»Oh, du warst beim Friseur«, fiel meiner Mutter Caylas neuer Haarschnitt gleich auf. »Sieht toll aus.«

»Danke«, gab Cayla zurück und wurde rot.

»Das erinnert mich daran, dass ich auch mal wieder einen Termin vereinbaren sollte. Und sind das Janas Sachen, die du da trägst?«, staunte sie weiter.

Schnell erklärte ich: »Ich habe Cayla ein paar Klamotten geschenkt, die ich nicht mehr anziehe. Du hast doch nichts dagegen, oder?«

Meine Mutter schüttelte den Kopf. »Nein, nein, das finde ich nett von dir. Wäre schade, sie wegzuwerfen. Ich hole jetzt Mia vom Kindergarten, habt doch bitte einen Blick auf das Gulasch. Nicht, dass es anbrennt.« Und weg war sie.

»Gulasch? Was ist das?«, fragte Cayla.

»So eine Art Eintopf aus Rindfleisch, ganz viel Zwiebeln und Paprikapulver«, erklärte ich.

Cayla hob eine Augenbraue. »Das riecht auf jeden Fall um Längen besser, als deine Beschreibung klingt.«

Ich grinste. »Und es schmeckt sogar *noch* besser, als es riecht.«

»Dann hoffe ich, dass es bald fertig ist. Ich habe echt Hunger«, sagte Cayla und wie zur Bestätigung knurrte ihr Magen.

Ich wollte gerade das Gulasch umrühren, als mein Handy summte. Eine Nachricht von Emma.

Emma: *Mama will wissen, ob sie für dich eine Karte für die Waloons besorgen soll.*

Die Waloons war die megatollste Band überhaupt. Rick, der Leadsänger, war unheimlich süß und hatte eine Stimme zum Dahinschmelzen. Emma war da nicht ganz meiner Meinung, sie mochte die Musik nicht. Kein Wunder, sie stand mehr auf Hardrock.

Nun spielten die Waloons nächste Woche in Wien und ich wollte dort unbedingt hin. Emmas Mutter bekam über die Bankfiliale alle möglichen Tickets günstiger.

Ich: *Muss erst meine Eltern überzeugen.*

Emma: *Es sind nur mehr ganz wenige Restplätze da, sagt Mama.*

Mist! Als ich letztens vorsichtig zu Hause das Thema angeschnitten hatte, war von meiner Mutter ein kategorisches Nein gekommen. Ich solle doch lieber ins Theater oder in ein Musical gehen, hatte sie gemeint. Da würde sie mich sogar begleiten. Und eine Begleitung wäre sowieso Voraussetzung, wenn ich bis spät in der Nacht unterwegs sein wolle.

Ich: *Würde so gern, aber meine Mutter ... egal, ich versuche, sie zu überreden, und sage dir Bescheid.*

Emma: *Heute noch, sonst gibt's keine Karten mehr.*

Ich: *Ich tu mein Bestes.*

Ich hatte zwar keine Ahnung, wie ich es anstellen sollte, meine Mutter zu überzeugen, aber mir würde schon etwas einfallen. Vielleicht sollte ich lieber zuerst Clemens ...

»Jana? Was riecht da so komisch?«, riss mich Cayla aus meinen Gedanken.

Shit! Das Gulasch!

Ich riss den Topf von der Kochplatte und dachte fieberhaft nach. Hoffentlich konnte ich das Essen retten, sonst könnte ich gleich vergessen, Mama und Clemens wegen des Konzerts zu fragen.

»Mach das Fenster auf, damit der Geruch weggeht«, übernahm Cayla das Kommando.

Dann holte sie einen zweiten Topf aus dem Schrank, schüttete das Gulasch vorsichtig um und ließ heißes Wasser in den ersten Topf ein.

»Ich brauche Waschpulver«, sagte sie.

»Du meinst Geschirrspüler.«

»Nein, Waschpulver. Das, was man in die Waschmaschine tut. Mach schnell, ehe Susanne zurückkommt.«

Ohne weitere Fragen zu stellen, lief ich in den Keller, wo die Waschmaschine stand, und holte das Waschpulver.

Staunend sah ich zu, wie Cayla es in den angebrannten Topf kippte und aufkochen ließ. »Und das soll helfen?« Skeptisch blickte ich auf die dunkelbraune Brühe.

»Hab ich schon öfter gemacht. Damit bekommt man den Topf sauber.«

Caylas Aktion war ein voller Erfolg, das Angebrannte ging ganz leicht wieder weg. Dann versuchte sie, das Gulasch zu retten, indem sie ein paar Gewürze reingab. »Na bitte, ich finde, es schmeckt«, meinte sie schließlich zufrieden.

Gulasch war Clemens' Lieblingsspeise und ich wartete gespannt, ob er etwas von unserem Unfall merken würde. »Irgendwie anders als sonst«, meinte er.

Mama kostete. »Keine Ahnung, ich habe alles so gemacht wie immer.«

»Ich finde es toll«, sagte Cayla. »Das Rezept muss ich meiner Oma mitbringen.«

Auch ich fand, dass man nicht merkte, dass wir das Gulasch hatten anbrennen lassen, und aß meinen Teller leer. Cayla holte sich sogar eine zweite Portion. Bloß Mia tunkte ihre Semmel in den Saft und verzog dabei das Gesicht. »Scharf«, beschwerte sie sich.

»Dann iss eben nur die Semmel«, gab Mama zurück.

Mir schien die Gelegenheit günstig, sie und Clemens noch einmal auf das Konzert anzusprechen.

»Habe ich nicht schon gesagt, dass ich dagegen bin?«, meinte meine Mutter.

»Aber Mama! Bitte. Die Waloons kommen vielleicht erst in drei, vier Jahren wieder nach Österreich.«

»Eben. Bis dahin bist du volljährig und kannst tun und lassen, was du willst.«

Mir schossen Tränen in die Augen. Nicht bloß, weil ich enttäuscht war, sondern aus Wut, weil sie mich behandelte, als wäre ich ein kleines Kind.

»Mama, ich bin sechzehn und keine sechs mehr. Was glaubst du, wie viele andere Mädchen in meinem Alter dort sein werden? Wahrscheinlich sogar noch viel jüngere als ich.«

Mama schüttelte den Kopf. »Die anderen interessieren mich nicht. Du fährst nicht alleine nach Wien zu diesem Konzert.«

Ich knallte die Gabel auf den Teller und stand auf. »Danke auch für dein Verständnis«, rief ich und wollte aus dem Zimmer laufen. Gerade hatte ich die Tür erreicht, als Cayla fragte: »Und wenn ich Jana begleite?«

Überrascht über die neue Wendung drehte ich mich langsam um und wartete. Mein Herz klopfte wild und ich sprach ein stummes Stoßgebet. Bitte, bitte, bitte, lass sie Ja sagen!

Meine Mutter war einen Moment sprachlos, dann räusperte sie sich und meinte: »Also ... ich weiß nicht ...«

»Wenn ich es richtig verstanden habe, wollt ihr nicht, dass Jana alleine hingeht.«

»Ja, sie ist zu jung ...«

Ich riss mich zusammen, um keine patzige Antwort zu geben, das hätte jetzt am allerwenigsten geholfen. Ich musste mich einfach auf Caylas Überredungskünste verlassen. Wenn sie es schaffte, dass Mama und Clemens mir erlaubten, auf dieses Konzert zu gehen, würde ich ihr ewig dankbar sein und ihr noch ein paar Kleidungsstücke aus meinem Schrank schenken, schwor ich mir. Und auch über den Badbenutzungsplan, der bis jetzt immer noch nicht funktionierte, würde ich mich nicht mehr aufregen. Hauptsache, ich durfte die Waloons live sehen!

»Bei uns in Irland ist man mit achtzehn volljährig. Ich weiß nicht, wie das bei euch ist, aber ich würde die Verantwortung übernehmen.«

»In Österreich ist es genauso.« Mama warf Clemens einen fragenden Blick zu.

Er zuckte mit den Schultern. »Ich denke, dass Cayla eine sehr vernünftige junge Frau ist. Warum sollten wir sie nicht gemeinsam gehen lassen? Auf einen Versuch kommt es an.«

So, so. Cayla war also eine vernünftige junge Frau, während ich ... egal. Ich hielt die Luft an und biss mir auf die Lippen, um nicht laut loszujubeln. Die letzte Entscheidung traf immer noch Mama. Schließlich war ich nicht Clemens' Tochter, sondern ihre.

»Okay«, gab sie schließlich nach und ich fiel zuerst ihr, dann Clemens und zum Schluss Cayla um den Hals. »Danke, danke! Ihr seid total cool. Ich rufe gleich Emma wegen der Karten an.«

Später klopfte Cayla an meine Zimmertür. »Komm rein«, sagte ich. »Das war soooo klasse von dir. Ich weiß gar nicht, wie ich dir danken soll, dass du angeboten hast, mich zu begleiten. Sie hätten es mir sonst nie erlaubt!«

Cayla winkte ab. »Kein Thema. Eine Hand putzt die andere.«

»Wäscht. Eine Hand wäscht die andere«, korrigierte ich sie grinsend. Vor nicht einmal einer Woche war ich überzeugt gewesen, dass mit Caylas Ankunft die schrecklichsten sechs Monate meines Lebens beginnen würden. Doch ich hatte mich geirrt. Das kommende halbe Jahr würde toll werden.

Am nächsten Morgen gingen wir gemeinsam in die Schule und ich fühlte, dass sich zwischen Cayla und mir etwas verändert hatte. Sie war viel gelöster als die Tage zuvor, sie lachte mehr. Und ich merkte, dass ich nicht mehr bloß aus Mitleid und Pflichtbewusstsein mit ihr zusammen war, sondern weil ich sie mochte.

Meine Freunde starrten uns an, als wir an der Schule ankamen. Wir waren ein bisschen zu früh dran und mussten warten, bis der Schulwart die Tür aufsperrte. »Hi, Jana. Hi, Cayla«, begrüßte Verena mich mit einem Küsschen auf die Wange, zögerte kurz und dann bekam auch Cayla eins. »Ihr kommt heute doch wieder ins Jugendzentrum, oder?«

»Mal sehen«, antwortete ich absichtlich vage.

Bastian heftete sich an Caylas Fersen und sprach unentwegt auf sie ein. Ich erkannte an ihrer Miene, dass ihr seine Aufmerksamkeit ein wenig unangenehm war. Da sie offensichtlich zu nett war, um ihn in die Schranken zu weisen, übernahm ich das. Ich drehte mich zu ihm um. »Bastian, zieh Leine!«

»Aber warum denn? Prinzessinnen sollten einen Ritter als Geleitschutz haben.«

Ich stemmte meine Hände in die Hüften und funkelte ihn an. »Und was sagt Königin Verena dazu?«

Er zuckte mit den Schultern. »Ach, die. Sie hat schließlich kein Exklusivrecht auf mich oder so.«

Hinter ihm steuerte die eben Erwähnte direkt auf ihn zu. Jemand, der sie nicht so gut gekannt hätte wie ich, hätte ihr Lächeln für echt gehalten, doch ich wusste, dass es bloß Show war und dazu diente, den Schein zu wahren. Sie sah das wohl ganz anders mit diesem Exklusivrecht.

»Na, ob ihr das auch klar ist?«, fragte ich spöttisch, hakte mich bei Cayla unter und dann ließen wir ihn mit seinem Problem namens Verena allein.

9

Nach wenigen Tagen konnte sich Cayla vor neuen Kontakten kaum retten: im Jugendzentrum, in der Schule, zu Hause sowieso. Und das war zum großen Teil mein Verdienst, fand ich. Und ich fand es toll für Cayla, wie sie sich zu ihrem Vorteil verändert hatte.

Es war ziemlich cool, plötzlich eine ältere »Schwester« zu haben. Unser Konzertbesuch der Waloons war ein Mega-Ereignis gewesen und ich hatte das Versprechen, das ich mir selbst gegeben hatte, eingehalten und Cayla weitere Klamotten geschenkt. Es war schon erstaunlich, wie schnell sie sich in ihre Rolle als neue, selbstbewusstere Cayla eingefunden hatte. Lisa und Verena buhlten regelrecht um ihre Freundschaft. Ich vermutete, weil sie älter war als wir. Ins Jugendzentrum gingen wir mittlerweile regelmäßig und Cayla hatte dort einige Leute kennengelernt, mit denen sie sich hin und wieder traf.

Im Prinzip wäre jetzt alles super gewesen, wenn meine Mutter und Clemens mir das Leben nicht unnötig schwer gemacht hätten. Mama hatte unheimlich viel zu tun, nachdem sie wieder zur Arbeit gehen musste. Ständig nörgelte sie an mir herum, fast wie früher. *Mach das, tu jenes, kümmere dich ein bisschen mehr um Mia, du kannst nicht alles Cayla überlassen.*

Dazu kam, dass ich eine Mathearbeit total verhauen hatte. Dabei war das echt kein Weltuntergang, schließlich war es die erste Schularbeit und ich konnte die Fünf noch locker ausgleichen.

Mama aber flippte fast aus, als sie die Arbeit unterschreiben musste. »Du hast eindeutig zu viele Freiheiten. Ab sofort gehst du nur einmal in der Woche ins Jugendzentrum«, bestimmte sie und anhand ihres Tones merkte ich, dass ich null Verhandlungsspielraum hatte.

Auch wenn meine Mutter mir nicht glaubte, hatte ich wirklich für Mathe gelernt. Nur halt nicht genug. Ständig war mir etwas dazwischengekommen, schließlich hatte ich dank Cayla viele Freiheiten bekommen, solange sie mich begleitete. Abgesehen davon musste ich oft an Tobias denken, den ich in den letzten Wochen kaum zu Gesicht bekommen hatte. Da tat er so, als wäre er an mir interessiert, machte mir Komplimente, flirtete mit mir – und dann? Funkstille. Kein Wunder, dass ich mit meinen Gedanken ganz woanders war. Wen interessierte da schon Trigonometrie?

Später am Abend, nach der Standpauke wegen der Mathearbeit, wollte ich mir ein Glas Milch holen und hörte Clemens und meine Mutter im Wohnzimmer diskutieren. Dabei ging es offensichtlich um mich.

»Meinst du nicht, du bist zu streng mit ihr? Sie bemüht sich doch«, schlug Clemens sich auf meine Seite.

»Wenn wir jetzt nicht konsequent sind, tanzt sie uns auf der Nase rum. Sie ist ja kaum mehr daheim. Und wenn sie da ist, tippselt sie in ihr Smartphone oder auf ihrem Laptop und chattet mit ihren Freunden.«

»Da ist sie keine Ausnahme, die Jugendlichen sind alle so.« Ich sandte einen stummen Dank an Clemens.

Meine Mutter blieb trotzdem hart. »Das ist für mich kein Argument. Tatsache ist, dass Jana nichts tut. Hast du dir mal das Badezimmer oben angesehen? Hatten wir nicht abgemacht, dass sie dafür verantwortlich ist, es sauber zu halten?«

Ich musste zugeben, dass ich das in letzter Zeit ein wenig vernachlässigt hatte. Aber es war eben auch schwieriger, seit ich es nicht mehr alleine benutzte.

»Und ihr Zimmer erst ...« Meine Mutter hatte sich nun offenbar warmgeredet. »Es ist ein Schweinestall und ständig lässt sie ihr Zeug im Wohnzimmer liegen. Mir reicht's. Ich habe andere Dinge zu tun, als hinter ihr herzuräumen. Sie ist *sechzehn!*«

»Eben, du sagst es, Susanne. Das liegt am Alter. Pubertäts-Chaos und so. Das Durcheinander in ihrem Zimmer spiegelt ihr Inneres wider.«

Mama schnaubte. »Seit wann bist du Experte für pubertierende Teenager?«

Was Clemens darauf antwortete, konnte ich nicht verstehen, denn ich hatte so oder so genug gehört. Ich schlich leise die Treppe hinauf. Auch wenn Clemens versuchte, bei meiner Mutter Verständnis für mich zu wecken, ahnte ich Übles.

Auch zwei Tage später war Mama nicht viel besser drauf, als sie von der Arbeit kam. In einer Stunde musste sie bereits wieder im Kindergarten sein, weil dort Elternabend war.

»Jana, verdammt! Kannst du nicht deinen Dreck wegmachen, nachdem du gekocht hast?«, motzte sie statt einer Begrüßung los. Ich fand es total ungerecht, dass Erwachsene ihre Kinder anfahren durften, während wir immer nett und höflich zu ihnen sein mussten. Abgesehen davon übertrieb sie maßlos! Ich hatte mir bloß Rührei gemacht und außer der Pfanne, die noch auf dem Herd stand, weil ich sie auskühlen lassen wollte, hatte ich alles, was ich benutzt hatte, weggeräumt.

»Hab ich doch«, gab ich zurück und schaute weiter fern.

Mama kam ohne ein weiteres Wort ins Wohnzimmer und schaltete den Fernseher ab. Sie baute sich vor mir auf. »Ich geh jetzt unter die Dusche, und wenn ich zurückkomme, ist die Küche sauber.«

Ich musste all meine Kraft zusammennehmen, um nicht auszuticken. Wie konnte man nur seine Laune so konsequent an anderen auslassen wie meine Mutter? Doch als ich die Küche betrat, sah sie wirklich wie ein Schlachtfeld aus. Gut, außer der Pfanne hatte ich vergessen, das Brot in die Brotdose zu legen. Davon abgesehen war der Fußboden voller Kaffeeflecken. Der Mülleimer war randvoll, eine leere Milchtüte lag auf dem Boden, überall waren Brösel und es standen zwei benutzte Gläser herum, die definitiv nicht von mir waren. Cayla hatte Mia vom Kindergarten abgeholt, sie hatten Saft getrunken und waren dann in den Garten gegangen. Hatten die etwa die Küche so versaut?

Genervt stellte ich die Pfanne und die Gläser in den Geschirrspüler, räumte das Brot weg, wischte die Brösel von der Arbeitsplatte und putzte anschließend das Ceranfeld. Ich trug den zum Bersten gefüllten Müllsack hinaus, holte den Mopp und wischte sporadisch über den Boden. Danach ging ich in mein Zimmer, ehe meiner Mutter weitere Dinge einfielen, die sie mir auftragen konnte.

Mein Handy summte. Emma hatte mir eine WhatsApp-Nachricht geschickt.

Emma: *Party am Freitag. Ab 20 Uhr in der alten Scheune in der Feldstraße. Kommst du?*

Ich: *Ich darf sicher nicht. Im Moment sind meine Eltern ziemlich uncool. :-(*

Emma: *Frag doch C, ob sie dich begleitet. Beim Konzert hat es geklappt.*

Auch wenn ich mir keine großen Chancen ausrechnete, dass ich die Erlaubnis bekommen würde, lief ich auf Zehenspitzen in die Küche, wo unser Familienplaner hing. Vielleicht würde Cayla mir noch einmal helfen. Ihr hörte Mama wenigstens zu.

Cayla hatte auf dem Kalender eine eigene Spalte bekommen. Freitag stand dort: »Theater mit Jojo und Sabine«.

Na super! Das hieß, ich brauchte gar nicht erst fragen, ob sie mich begleiten konnte.

Wieder summte mein Handy.

Emma: *Tobias kommt auch. Hat er gerade auf Facebook gepostet.*

Mein Puls begann zu rasen. Tobias würde auf der Party sein! Ich hatte ihn die letzten zwei Wochen nur in der Schule gesehen und kaum mit ihm gesprochen. Erst recht nicht allein. Im Jugendzentrum war er auch schon lange nicht gewesen. Und ich musste einfach wissen, woran ich bei ihm war. Diese Party wäre eine einmalige Gelegenheit. Was sollte ich bloß tun? Frust pur!

Ich: *Mist. C fällt aus, sie geht ins Theater.*

Emma: *Dann schlaf doch bei mir. ;-)*

An das Nächstliegende hatte ich gar nicht gedacht! Selbst meine Mutter würde mir nicht verbieten, bei meiner besten Freundin zu schlafen. Das hatte sie noch nie getan. Außerdem war es am Wochenende. Ich konnte behaupten, wir würden Mathe lernen. Dagegen dürfte sie nichts einzuwenden haben. Ich schrieb zurück.

Ich: *Du bist ein Schatz. Was sagt deine Mutter dazu?*

Emma: **grins* Die hat von Freitag bis Sonntag irgendein langweiliges Fortbildungsseminar.*

Ich: *Wie praktisch. Von dem Seminar muss meine Mutter ja nichts erfahren ... ;-)*

Mama kam in die Küche und schaute sich um. »Warum muss ich immer erst mit dir schimpfen, ehe es funktioniert?« Sie seufzte.

Jetzt musste ich taktisch klug vorgehen. Auch wenn ich nicht allein für das Chaos verantwortlich war, wäre es vorerst besser, nicht meine Unschuld zu beteuern. Sie hätte mir ohnehin nicht geglaubt. Also sagte ich: »Tut mir leid«, und sah zerknirscht zu Boden. »Ich weiß, dass du viel zu tun hast. Das nächste Mal räume ich alles gleich weg, versprochen.«

Ihr Blick wurde weicher und sie drückte mich kurz an sich. »Ich muss los. Clemens kommt heute spät. Bitte bring Mia rechtzeitig ins Bett.«

»Mach ich. Du, kann ich von Freitag auf Samstag bei Emma schlafen? Mädels-Abend. Seit Cayla hier ist, hatten wir dazu keine Gelegenheit.«

Sie schnappte sich ihre Handtasche und nickte mir kurz zu. »Ist gut. Jetzt muss ich aber wirklich ...«

»Ja!«, rief ich aus, sobald sie bei der Tür draußen war. Das war einfach gewesen. Ich hatte sie nicht mal überreden müssen. Ich griff zu meinem Handy.

Ich: *Freitag ist gebongt. Das wird sooooo cool.*

Emma: *Super!*

Ich hatte nur ein paar klitzekleine Gewissensbisse – aber die würde ich aushalten. Manchmal musste man eben kreative Ideen entwickeln, wenn einem jeder Spaß verboten wurde. Meine Mutter ließ mir ja keine andere Wahl.

10

Ich fieberte dem Freitag entgegen und bemühte mich, den Rest der Woche Mama alles recht zu machen, um ihr bloß keinen Grund dafür zu geben, mir die Übernachtung bei Emma zu verbieten. Das war gar nicht so einfach, denn irgendwie schien sich so ziemlich alles gegen mich verschworen zu haben. Gleich zweimal rissen die Müllsäcke beim Hinaustragen und ich musste alles wieder mühsam zusammenklauben. Einmal hatte ich gerade oben im Badezimmer aufgewischt, als Cayla hereinkam, prompt ausrutschte und danach zwei Tage humpelte.

Meine Mutter machte ein heftiges Theater, weil ihre Parfumflasche zerbrochen war. Ich glaubte, dass es Mia getan hatte, aber als ich sie darauf ansprach, schüttelte sie ihre dunklen Locken. »Ich hab nichts gemacht, ich schwöre!« Das Blöde war: Meine Mutter meinte ohnehin, dass ich ihr Parfum verwendete und auch ohne Worte spürte ich, dass sie mich für die Schuldige hielt. Vielleicht hatte ja Clemens versehentlich die Flasche runtergestoßen, als er seinen Rasierapparat aus dem Schrank nehmen wollte?

Doch auch diese Tage voller Katastrophen vergingen und endlich war der Freitag gekommen. Wir hatten abgemacht, dass ich gleich nach der Schule mit Emma heimgehen würde.

Die Einzige, die außer uns von meinen Plänen wusste, war Cayla. »Ich kann dich aber auch begleiten, wenn dir diese Party so wichtig ist«, hatte sie angeboten.

»Danke, das ist total lieb von dir, aber das will ich nicht. Ich weiß ja, dass du nicht so auf Partys stehst.«

Sie lachte und nickte.

»Du hast so schon genug für mich getan«, fuhr ich fort. »Und ich habe ja eine Lösung gefunden.«

Caylas Sorge, was meine Eltern dazu meinen würden, hatte ich mit den Worten, sie würden es eh nicht erfahren, abgetan.

Mein Plan stand: Die Party und Tobias konnten kommen!

Emmas Mutter war schon weg, sie hatte einen Zettel auf den Tisch gelegt, auf dem stand, sie würde sich melden, sobald sie angekommen war.

Wir grinsten uns an. Das Gefühl der totalen Freiheit stieg in mir hoch und ich tanzte vor Übermut.

»Schnappst du jetzt über?«, fragte Emma.

Ich grinste. »Nein, keine Sorge, ich freue mich bloß. Du kannst dir gar nicht vorstellen, wie doof es bei mir daheim gerade ist.« Emma hatte natürlich mitbekommen, was bei mir daheim gerade ablief. Aber jetzt hatte ich das erste Mal so richtig Gelegenheit, ihr alles haarklein zu erzählen.

»Ich dachte, du kommst mit Cayla gut aus?«

»Tu ich auch. Ihr habe ich sogar von der Party erzählt. Es liegt nicht an ihr, sondern an meiner Mutter.«

Emma nickte verständnisvoll.

»Weißt du, ich glaube, wenn Cayla nicht so perfekt wäre und hin und wieder auch mal was verbocken würde, dann wäre es bloß halb so schlimm. So heißt es immer: ›Nimm dir mal ein Beispiel an Cayla.‹«

Emma schaute mich ungläubig an. *»Das* sagen sie?«

»Ja! Und dabei kann ich Cayla nicht mal böse sein.«

»Ich weiß nicht. Menschen, die keine Fehler haben, sind mir suspekt«, gab Emma zurück. »Aber jetzt mal zu den wirklich wichtigen Dingen: Wie wär's mit Eiscreme?«

Ich grinste. »Ja, bitte. Am besten eine Riesenportion. Was meinst du mit ›suspekt‹?«

Emma schaufelte Schokoladeneis in zwei Schalen. »Findest du es nicht komisch, dass sie sich verhält, als wäre sie Prinzessin Diana höchstpersönlich?«

»Nein, wieso denn?« Ich merkte, wie Emmas Worte mich ärgerten. Warum sollte Cayla nicht einfach nur nett sein dürfen? Kein Grund, ihr das vorzuwerfen. Sie hat es ja auch nicht gerade leicht, ohne Eltern, bei ihrer Großmutter, ohne Geld ... und außerdem hatte sie meinen Kopf schon oft genug aus der Schlinge gezogen. Mir fiel das Waloons-Konzert ein oder die Sache mit dem Gulasch. Oder auch schon, als sie vergeblich auf mich vor der Schule gewartet hatte, weil ich zu spät dran gewesen war. Meistens war sie es, die Mia vom Kindergarten abholte, wenn mich meine Eltern darum baten, und sie putzte unser Badezimmer bestimmt öfter als jede zweite Woche.

Emma zuckte mit den Achseln und gab mir dann die Eisschüssel. Sie aß einen Löffel voll und deutete dann mit ihm auf mich: »Jeder hat Dreck am Stecken. Auch deine Cayla. Glaub mir.«

»Meine Cayla?« Ich dachte, ich hätte mich verhört. »Emma, bist jetzt etwa du eifersüchtig?« Das war so was von

lächerlich, niemand würde Emmas Platz einnehmen. Sie war und blieb meine beste Freundin.

Sie schüttelte vehement den Kopf. »Auf die? Bestimmt nicht. Mit wem hast du am meisten Spaß?«

»Mit dir natürlich«, gab ich zu.

»Und wem erzählst du alles?«

»Dir.«

»Wer gibt dir Rückendeckung, damit du heute auf diese Party gehen kannst, um Tobias zu sehen?«

»Du.« Ich knuffte sie in die Seite.

»Eben. Deshalb habe ich keinen Grund, eifersüchtig zu sein. Best friends forever.«

Ich umarmte Emma. »Genau, für immer und ewig.«

Nachdem wir unser Eis gegessen hatten, surften wir noch ein bisschen im Internet und loggten uns auf Facebook ein.

»Hier«, zeigte Emma auf Tobias' Statusmeldung.

Tobias Lachner:

Gestern wieder Fahrstunde. Geiles Gefühl.

Melli SanFran, Lisa Holt und 15 anderen gefällt das

Verena Plank:

Da müssen die anderen Autofahrer achtgeben, wenn du die Straßen unsicher machst.

Lisa Holt:

Cool. Nimmst du mich mal mit?

Tobias Lachner:

Lisa, vllt., aber erst in drei Monaten, wenn ich den Schein in der Tasche habe.

Lisas Kommentar gab mir einen Stich. Was sollte das jetzt? Baggerte sie Tobias an?

Dass er den Führerschein machte, wusste ich noch gar nicht. Jetzt war mir klar, warum er sich in letzter Zeit so rar gemacht hatte. Warum hatte er das nicht schon vorher gepostet? Ich setzte ein Like unter Tobias' Meldung und schrieb einen Kommentar.

Jana Wenniger:

Und ich dachte schon, du hast einfach keine Lust mehr, donnerstags ins Jugendzentrum zu kommen.

Beinahe postwendend bekam mein Kommentar ein Like und Tobias antwortete.

Tobias Lachner:

Nein, Donnerstag ist immer Theoriekurs. Sonst würde ich niemals aufs Jugendzentrum verzichten. Schon gar nicht, wenn ich weiß, dass du dort bist.

Btw, sehen wir uns heute Abend?

Mein Herz klopfte schneller. Er war sooo süß! Am liebsten hätte ich ihm geschrieben, dass ich auf jeden Fall kommen würde. Doch dann tat ich lieber auf geheimnisvoll.

Jana Wenniger:

Wer weiß? Lass dich überraschen.

Emma und ich gingen noch die anderen Meldungen durch, posteten etwas oder klickten auf »gefällt mir« und schließlich meinte Emma, es wäre langsam Zeit, uns für die Party zurechtzumachen.

Gegenseitig berieten wir uns in Sachen Outfits und schminkten uns dann. »Was machst du mit deinen Haaren?«, fragte sie, während sie sich die Wimpern tuschte.

»Ich lass sie offen.«

Sie grinste. »Weil Tobias es so am besten gefällt?«

»Nein. Nicht nur. Ich finde auch, dass es gut aussieht.« Tatsächlich war ich der Meinung, dass an mir nichts besonders war, außer meinen langen goldblonden Haaren – und wenn ich sie zu einem Zopf band, fielen sie weniger auf.

Da ich Emma vor einer Weile mal meine Lieblingshose, eine enge schwarze Jeans, geliehen und sie die immer noch hier hatte, konnte ich die anziehen. Dazu riet mir Emma zu einem Glitzertop und einer coolen Anzugweste.

Sie entschied sich für einen Minirock und ein weites T-Shirt, das eine ihrer Schultern freiließ. Ihre rote Haarpracht hatte sie diesmal aufgesteckt. Dann machten wir uns gut gelaunt auf den Weg.

Noch ehe wir die alte Scheune sahen, schallte bereits Musik durch die Dunkelheit. Gleich darauf leuchteten uns einige bunte Lichterketten entgegen, mit denen das Gebäude geschmückt war. Je näher wir kamen, desto lauter wurde es und in mir machte sich ein aufgeregtes Kribbeln im Bauch breit. Ob Tobias schon da war?

»Eine freiwillige Spende für das Saufgelage«, wurden wir von einem etwa achtzehnjährigen Jungen mit pickeligem Gesicht, den ich nicht kannte, am Eingangstor empfangen.

Obwohl ich nicht vorhatte, mich anzutrinken, legte ich fünf Euro in den Schuhkarton. »Danke, amüsiert euch«, sagte er und wir gingen durch die gewaltige Tür hinein.

Drinnen waren an den Balken Scheinwerfer und eine Discokugel angebracht, welche die Mitte des Raumes ausleuchteten. Diese Fläche war offensichtlich zum Tanzen gedacht, obwohl sie im Moment keiner nutzte.

Aus zwei riesigen Boxen an der gegenüberliegenden Wand dröhnte Hip-Hop. Auf einem Tisch waren Verstärker und die Musikanlage angeschlossen. Rechts und links standen weitere Tische mit Wein in Tetrapackungen, zwei Bierfässern sowie Plastikbechern.

Emma zupfte an meiner Weste. »Schau, da drüben ist Verena mit Lisa.«

Mit den beiden im Doppelpack musste man echt auf jeder Party rechnen. Ob die von ihren Eltern die Erlaubnis bekommen hatten hierherzugehen? Wahrscheinlich nicht. Soweit ich wusste, kümmerten sich Verenas Eltern nicht darum, was sie tat. Eigentlich ziemlich traurig. Da war mir meine manchmal etwas zu strenge Mutter fast lieber. Na ja. Vielleicht auch nicht.

Noch vor einigen Wochen waren Verena und ich echt gut befreundet gewesen, aber jetzt erst merkte ich, wie oberflächlich sie geworden war. Es drehte sich bei ihr alles nur noch um Jungs, Outfits und Partys. Und dass Lisa nicht weit sein konnte, war klar. Die beiden waren plötzlich wie siamesische Zwillinge. Dabei ging das noch nicht lange. Mit Lisa war sie erst so eng, seit ich Verena eher aus dem Weg ging.

»Ich sag den beiden mal Hallo«, meinte Emma.

»Geh nur«, gab ich zurück, denn in dem Moment hatte ich Tobias entdeckt, der sich mit ein paar anderen Jungs unterhielt.

»Na los, schnapp ihn dir!«, flüsterte Emma mit einem Grinsen und stieß mich in die Rippen. Langsam setzte ich mich in Bewegung und wünschte, meine Beine würden sich nicht wie Gummi anfühlen. Da blickte Tobias auf und bemerkte mich. Mit einem Lächeln auf den Lippen kam er auf mich zu.

»Überraschung!«, sagte ich.

»Du bist also gekommen«, schrie er gegen die Musik an

und küsste mich zur Begrüßung auf die Wange. »Eine überaus angenehme Überraschung.«

»Gibt es denn auch unangenehme Überraschungen?«, fragte ich.

»Komm mit. Man versteht ja sein eigenes Wort nicht.« Er nahm mich einfach an der Hand und führte mich weg von den Lautsprechern.

Jetzt standen wir neben dem Eingang. »Hier ist es ein bisschen besser«, meinte er schließlich. »Schön, dass du gekommen bist. Ich dachte schon, ich würde dich in diesem Leben nicht mehr zu Gesicht bekommen.«

»Hey! *Ich* war jeden Donnerstag im Jugendzentrum. Aber ein gewisser ›wie hieß er noch gleich‹ nicht.« Ich lächelte breit und Tobias lachte. Dann schob ich als Erklärung hinterher: »Ich kann dienstags nicht mehr, meine Mutter meint, ich müsse mehr Zeit mit Lernen verbringen.«

Tobias hob die Hand und strich eine Haarsträhne aus meinem Gesicht. »Was machen wir denn da?«

»Gegen das Lernen? Ich fürchte ...«

Er grinste und seine moosgrünen Augen funkelten, während sein Blick über mein Gesicht wanderte. »Dagegen auch, aber vor allem dafür, dass wir uns sehen können.«

»Vielleicht könnte ich statt Donnerstag in Zukunft dienstags ins Jugendzen...«, überlegte ich laut.

Tobias blies die Luft aus seinen Wangen. »Hey, ich versuche gerade, dich ganz romantisch zu einem Date einzuladen, falls du das nicht bemerkt hast.«

»Oh!« Das war tatsächlich an mir irgendwie vorübergegangen.

»Wahrscheinlich stelle ich mich wie der letzte Idiot an«,

murmelte er. »Also gut, noch einmal: Jana, ich möchte dich gern einladen. Zum Eisessen. Oder was auch immer.«

Innerlich tanzte mein Herz gerade Salsa. Doch äußerlich gab ich mich cool und verdrehte gespielt die Augen: »Warum sagst du das denn nicht gleich? Geht klar. Dienstag, um sieben in der Eisdiele?« Ich würde das mit meiner Mutter schon auf die Reihe kriegen. Ihr konnte es schließlich egal sein, an welchem Tag ich lernte, zur Not ließ ich einfach das Jugendzentrum am Donnerstag ausfallen. Dann konnte sie nichts dagegenhaben.

Jemand hatte die Musikrichtung gewechselt und Tobias deutete mit dem Kopf zur Tanzfläche. »Hast du Lust?«

Ein langsamer Schmusesong. Mein Mund wurde trocken, deshalb nickte ich bloß. Er nahm meine Hand, als wäre es das Selbstverständlichste auf der Welt, und führte mich an einen freien Platz im Raum. Dort legte er die Arme um mich. Ich folgte seinen Schritten, spürte die Wärme seines Körpers und seinen Atem auf meiner Wange. Ich fühlte seinen Herzschlag unter meiner Hand, die ich auf seine Brust gelegt hatte, und ich wünschte, der Song würde nie mehr aufhören.

Wir tanzten noch zwei weitere Lieder, dann wurde wieder irgendeine Hardrocknummer gespielt und wir verließen die Tanzfläche. »Willst du etwas trinken?«, fragte Tobias.

»Gerne. Gibt es was anderes als Alkohol?«

»Muss schauen. Lauf nicht weg.« Er gab mir einen Kuss auf die Wange, dann ging er.

Ich nahm die Gelegenheit wahr, um mich etwas umzuschauen. Es war jetzt richtig voll, überall standen kleine Grüppchen herum, auf der Tanzfläche war es mittlerweile eng geworden. Bisher hatte ich ja hauptsächlich Augen für Tobias gehabt.

Ich suchte nach Emma, doch ich konnte sie nirgends entdecken. Bei Verena und Lisa stand sie jedenfalls nicht. Vielleicht war sie mit ein paar Leuten draußen, wo man sich in normaler Lautstärke unterhalten konnte. Im Inneren der Scheune war der Lärmpegel seit unserer Ankunft noch mal gestiegen.

Ich wippte mit den Füßen im Takt, während ich darauf wartete, dass Tobias zurückkam. Ein schmächtiger Junge, der keinen Tag älter als vierzehn aussah, glotzte mich ziemlich unverhohlen an. Hallo? Ließen die hier auch Junggemüse rein? Endlich tauchte Tobias aus der Menschenmenge auf. Vielmehr konnte ich seine Hände ausmachen, in denen er zwei Flaschen Cola in die Höhe hielt, um sie vor dem Gedränge auf der Tanzfläche in Sicherheit zu bringen.

»Sorry«, sagte er und drückte mir eine der Glasflaschen in die Hand. »Das war echt schwierig, die aufzutreiben. Ich glaube, die haben wirklich bloß Alk eingekauft. Die Cola ist noch irgendein Restbestand von ...«

Plötzlich setzte Tumult ein und unterbrach Tobias. Jemand kreischte. Die tanzenden Paare blieben stehen, sahen sich irritiert um und wichen dann zur Seite, sodass der Blick auf den reglosen Körper auf dem Boden frei wurde.

Ich erkannte sie sofort an ihrer grünen Hose. Verena. Ohne weitere Erklärung drückte ich Tobias mein Getränk in die Hand und schlängelte mich zwischen den herumstehenden Leuten zu Verena durch. Lisa stand mit geweiteten Augen neben ihr und hatte die Hand vor den Mund geschlagen.

Ich kniete mich nieder und tastete nach Verenas Puls. Er war ziemlich schwach und flattrig.

»Was ist mit ihr?«, fragte nun Lisa. Sie klang, als würde sie jeden Moment in Tränen ausbrechen.

»Lass mich mal«, schob mich Tobias beiseite. »Ich habe gerade einen Erste-Hilfe-Kurs gemacht.« Bereitwillig machte ich ihm Platz. Er überprüfte ebenfalls Verenas Puls und drehte sie dann in die stabile Seitenlage. »Jemand muss einen Rettungswagen rufen«, meinte er. Doch da hatte ich schon mein Handy gezückt und wählte.

Die nächsten acht Minuten, länger dauerte es bestimmt nicht, bis die Sanitäter mit der Trage in die Scheune kamen, zogen sich unendlich in die Länge. Zu allem Überfluss war einer der Männer ein Tennispartner von Clemens. Ich erkannte ihn, weil ich im Sommer manchmal mit Clemens mit auf den Tennisplatz ging. Hoffentlich erwähnte er meinem Stiefvater gegenüber nicht, dass er mich auf der Party gesehen hatte.

Der Rettungseinsatz hatte dafür gesorgt, dass meine Laune im Keller war. Da half nicht einmal Tobias' Arm um meine Schultern, während wir zusahen, wie Verena auf die Trage gelegt wurde. Sie war noch immer bewusstlos und kreidebleich. Was mich am meisten aufregte: Die anderen feierten weiter, als wäre nichts geschehen. Aber ich wollte nur noch nach Hause. Oder besser gesagt: zu Emma. Doch die war verschwunden. Hastig versuchte ich, sie auf dem Handy anzurufen. Es lief nur die Sprachbox.

Am liebsten hätte ich geheult. Wenigstens war Tobias bei mir!

»Was ist los?«, fragte Tobias mitten in meine tristen Gedanken.

»Hab keine Lust mehr auf Party. Emma, bei der ich heute schlafe, ist nirgends zu sehen. Und an ihr Handy geht sie auch nicht.« Meine Freundin hätte die Party niemals verlassen, ohne mir vorher Bescheid zu geben. Ich dachte an Verena und meine Kehle wurde eng. Was, wenn Emma ebenfalls etwas zugestoßen war?

»Die taucht bestimmt auf. Wollen wir draußen auf sie warten?«

Ich warf einen kurzen Blick auf die Leute im Saal, die sich amüsierten, als wäre nicht eben der Notarzt da gewesen.

Ich nickte. »Ja, die frische Luft wird mir guttun.«

Draußen setzten wir uns auf einen Baumstamm. Endlich ein wenig Ruhe. Weit und breit war hier nichts außer Feldern und Wiesen. Über uns erstreckte sich der Sternenhimmel. Ich lehnte meinen Kopf an Tobias' Schulter. Er zog mich an sich. Langsam näherte er sich meinem Gesicht und mein Herz setzte für einen Augenblick aus. Dann legten sich seine Lippen auf meine.

Und für einen langen, wunderschönen Moment blendete ich die ganze Nacht einfach aus – und genoss die Nähe zu Tobias.

»Das wollte ich schon seit Langem tun«, sagte er danach. »Hauptsache, du hast es jetzt getan«, gab ich leise zurück und kuschelte mich an ihn. So saßen wir eine ganze Weile, beobachteten den Sternenhimmel, küssten uns immer wieder und ich dachte an Verena und Emma und dass das einzig Positive an dieser Horrorparty Tobias war.

11

Ich hatte total die Zeit vergessen! Es musste schon eins vorbei sein, als plötzlich mein Handy einen Summton von sich gab. Schnell holte ich es aus der Westentasche und klickte auf Nachrichten. Emma, Gott sei Dank!

Emma: *Hey, Süße, tut mir leid. Ich bin gleich bei dir. War mit einem voll netten Typen spazieren. Erzähl dir gleich alles.*

Erleichtert tippte ich ihr eine Antwort und steckte das Handy wieder ein. »Emma hat wen kennengelernt und kommt gleich«, erklärte ich Tobias.

»Okay, dann müssen wir uns wohl verabschieden?«, meinte er und küsste mich noch einmal.

»Oh, là, là!«, unterbrach uns kurz darauf (ich konnte unmöglich sagen, wie viel Zeit vergangen war) Emmas Stimme. Ich hätte schwören können, dass sie dabei grinste wie ein Honigkuchenpferd, aber es war zu dunkel, sodass ich nur raten konnte. Hinter ihr verschwand eine Gestalt in der Scheune, ohne dass ich erkannt hätte, um wen es sich handelte. Dabei hätte ich nur allzu gerne gewusst, mit wem sie da angebandelt hatte!

»Tschüs, meine Schöne. Wir sehen uns spätestens Dienstag«, sagte Tobias zu mir, strich mir übers Haar und gab mir noch einen Kuss auf den Mund. Dann ging er ebenfalls zurück auf die Party.

»Ich scheine ja eine ganze Menge verpasst zu haben«, meinte Emma.

»Ja. So ziemlich alles. Ist es okay, wenn wir gehen?«, gab ich zurück.

Sie bemerkte den Ernst in meiner Stimme, stellte keine weiteren Fragen, sondern hakte sich bei mir unter. »Erzähl!«, forderte sie mich auf und wir schlugen den Weg nach Hause ein.

Sie war sehr betroffen, nachdem ich ihr von Verena und vom Rettungseinsatz berichtet hatte. »Was für ein Mist«, sagte sie. »Und du bist dir sicher, dass der Sani ein Freund von Clemens ist?«

Ich nickte. »Kein Zweifel.«

»Vielleicht hast du Glück und er hat dich gar nicht bemerkt. Oder er hat ein Herz für die Jugend und verpetzt dich nicht.«

Ich wünschte, ich hätte Emmas Optimismus gehabt. Ich seufzte tief. »Ich hoffe es. Schließlich hab ich nicht mal was gemacht. Ich bin nur brav rumgestanden und hab Cola getrunken.«

Endlich hatten wir den holprigen, unbeleuchteten Feldweg von der Scheune in den Ort hinter uns gebracht. Ganz wohl war mir in der Dunkelheit nicht gewesen und so eine Handytaschenlampe ist dann doch nicht der hellste Begleiter in der Nacht.

»Dass Verena aber auch so übertreiben muss, die dumme Nuss«, regte sich Emma auf. »Aber ein totaler Reinfall war die Party nicht ... oder?« Sie stieß mich in die Seite.

Nun musste ich grinsen. »Nein. Ich würde sagen, in einer Hinsicht war sie sogar ein ziemlicher Erfolg.«

»Das habe ich gesehen.«

»Und bei dir?«, fragte ich, weil sie mir immer noch nicht erzählt hatte, wer ihre Begleitung gewesen war.

»Schauen wir mal. Ich würde sagen, es hat Luft nach oben.« Was hieß, dass nichts gelaufen war, aber die Chancen nicht schlecht standen, dass sich aus dieser Bekanntschaft mehr entwickeln könnte. Er hieß Hannes und kam aus dem Nachbarort. Ich war so aufgeregt und neugierig, dass ich Emma mit lauter Fragen löcherte. Als wir bei ihr zu Hause angekommen waren und später im Bett lagen, quatschten wir noch eine ganze Weile.

»Er spielt in einer Band am Schlagzeug. Und er hat total niedliche Locken. Eigentlich ist Hannes ja gar nicht mein Typ, vom Aussehen her. Aber irgendwie ... hach, ich weiß nicht. Süß war er halt schon.«

Während Emma mir von Hannes vorschwärmte, wurden mir langsam die Lider schwer und ihre Worte drangen nur noch verschwommen zu mir durch. »Lass uns schlafen«, murmelte ich und drehte mich zur Seite.

»Na gut«, antwortete Emma, legte sich auf den Bauch und stopfte das Kissen unter ihren Kopf. Bald darauf hörte ich ihren regelmäßigen Atem.

Obwohl ich hundemüde war und meine Augen nicht offen halten konnte, fanden meine Gedanken keine Ruhe. Wie in einem Videoclip sah ich Verena vor mir. Zuerst noch lachend, dann am Boden liegend. Lisas entsetztes Gesicht. Tobias, wie er sich über Verena beugte, sie zur Seite drehte.

Und ich machte mir Sorgen: Morgen Vormittag ging Clemens zum Tennis. Nein, korrigierte ich mich. Es war bestimmt schon nach drei. Heute. Heute war Samstag. Hoffentlich, hoffentlich, hoffentlich erfuhr mein Stiefvater nicht, dass ich auf dieser Party gewesen war. Doch bevor mich diese Bilder nicht mehr losließen, drängte sich Tobias' Gesicht in meine Sorgen. Ich rief mir unsere Küsse in Erinnerung und alles andere rückte ganz weit weg. Lächelnd kuschelte ich mich in die Decke und schloss die Augen.

Das Läuten meines Handys weckte mich – und Emma ebenfalls. Sie stöhnte und ließ sich wieder zurück in ihr Kissen fallen. »Oh Mann! Echt jetzt?«

Ich war stark versucht, es einfach klingeln zu lassen, doch dann wurde ich mit einem Schlag richtig wach. Was, wenn es Tobias war?

Leider war er es nicht.

»Clemens«, sagte ich zu Emma.

»Shit«, kommentierte sie und setzte sich auf.

»Hallo«, meldete ich mich mit einem mulmigen Gefühl. Es konnte bloß einen Grund haben, weshalb er mich anrief.

Keine Begrüßung, nur: »In zehn Minuten stehst du unten an der Haustür.« Mist! Also hatte Clemens' Tennisfreund nichts Besseres zu tun gehabt, als mich tatsächlich zu verpetzen?! Was für ein Blödmann, der sich in alles einmischen musste!

»Aber ich bin noch ...«, versuchte ich ihm zu erklären, dass ich mich erst anziehen musste.

»Zehn Minuten.« Dann legte er auf.

Ich sprang aus dem Bett, schlüpfte in Windeseile in meine Kleidung und raffte die restlichen Sachen zusammen. Zum Haarebürsten oder Zähneputzen reichte die Zeit nicht mehr. Emma sagte nichts, sondern sah mich mitleidig an, während ich fluchend meine Schuhe suchte. Endlich fand ich sie unter der Weste, die ich gestern angehabt und achtlos auf den Boden hatte fallen lassen.

»Tschüs. Es war schön, dich gekannt zu haben«, verabschiedete ich mich mit einem Anflug von Galgenhumor.

»Viel Glück«, rief Emma mir hinterher, dann warf ich die Tür hinter mir zu und lief die Stufen hinunter.

Clemens' Auto stand bereits da, und als ich mich auf den Beifahrersitz plumpsen ließ, bedachte er mich nur mit einem grimmigen Blick.

Die Fahrt von Emma bis zu mir nach Hause dauerte höchstens fünf Minuten. Mir kamen sie wie fünf Stunden vor. Clemens sagte die ganze Fahrt über kein Wort. Ich fühlte mich unwohl, so ungewaschen, wie ich war. Aufs Klo musste ich auch dringend, was die ganze Sache nicht besser machte.

Als wir vor unserem Haus hielten, bemerkte ich, dass meine Mutter am Küchenfenster stand und nach uns Ausschau hielt.

Noch ehe ich die Tür aufmachen konnte, stand sie bereits im Eingang. Sie hatte ihre Trauermiene aufgesetzt, die sie immer dann zeigte, wenn ich sie furchtbar enttäuscht hatte.

Da ohnehin keiner von beiden Anstalten machte, etwas zu sagen, wandte ich mich der Treppe zu.

»Wo willst du hin?«, fragte meine Mutter nun streng.

Ich blieb stehen. »Auf mein Zimmer. Da hättet ihr mich ja sowieso hingeschickt.«

Mit zwei Schritten war sie bei mir und versperrte mit dem Arm den Weg zum Treppenaufgang.

»Du hast uns angelogen, Jana, du hattest keine Erlaubnis, auf diese Party zu gehen.« Sie wurde nun laut.

In mir erwachte plötzlich Trotz und verdrängte das schlechte Gewissen. »Ich habe nicht gelogen, du hast nicht nachgefragt. Außerdem könntet ihr mal echt lockerer sein.«

Clemens hatte sich hinter meine Mutter gestellt und brüllte plötzlich los: »Bisher waren wir locker, doch das hört jetzt auf!« Sein unerwarteter Ausbruch ließ mich zusammenfahren. Er hatte mich noch niemals zuvor angeschrien. Als wäre er selbst über seine Lautstärke erschrocken, sprach er nun leiser weiter: »Was meinst du, wie wir uns fühlen, von dir so hintergangen worden zu sein?«

Wütend funkelte ich ihn an. »Und wisst ihr, wie *ich* mich fühle, wenn ich nichts, aber auch nichts tun darf? Und da wundert ihr euch, dass ich euch von der Party nicht erzählt habe?«

»Das reicht. Du hast nächste Woche Hausarrest«, bestimmte meine Mutter.

Ich schnappte nach Luft. »Das ist total unfair!«, rief ich aufgebracht, schlüpfte unter ihrem Arm durch und lief die Treppe hoch. Eine Woche!

»Unfair ist es, dass du unser Vertrauen missbraucht hast!«, konnte ich gerade noch die Worte meiner Mutter hören, ehe ich die Tür hinter mir zuknallte. In meinem Zimmer warf ich mich aufs Bett und heulte. Vor Wut, weil ich keine Gelegenheit hatte zu erklären, warum ich auf diese Party gemusst hatte. Und weil ich so kleinkindhaft reagiert hatte, anstatt cool zu bleiben. Und weil ... Tobias! Unsere Verabredung. Ich nahm mein Handy und wollte ihn anrufen. Doch ich brachte es nicht fertig. Was sollte ich ihm sagen? Dass ich meine Eltern beschwindelt hatte, um auf diese Party gehen zu können, und deshalb Hausarrest bekommen hatte? Was würde er dann von mir halten? Bis Dienstag war es noch ein paar Tage hin. Bis dahin würde ich mir irgendetwas einfallen lassen. Irgendetwas, das erwachsener klang als »Hausarrest«.

Es klopfte, doch ich reagierte nicht. Im Moment wollte ich niemanden sehen.

»Jana?« Cayla steckte den Kopf zur Tür herein.

»Lass mich allein«, schniefte ich und setzte ein »Bitte« hinzu. Sie konnte schließlich nichts für meine doofen Eltern.

»Okay, ich bin nebenan, wenn du wen zum Reden brauchst«, meinte sie und schloss leise die Tür hinter sich. Es tat gut zu wissen, dass ich ihr mein Herz ausschütten konnte, doch im Moment wollte ich bloß meine Ruhe.

Den Rest des Tages verbrachte ich allein in meinem Zimmer und ging nicht einmal zum Essen hinunter.

Ich hörte Mia kreischen und Mama mit Clemens lachen. Ich hörte Cayla im Badezimmer kramen. Das Leben schien für alle weiterzugehen wie immer, bloß meins lag in Scherben.

Irgendwann raffte ich mich auf und ging ins Bad, um mir die Tränenspuren vom Gesicht zu waschen, mir die Zähne zu putzen und mein Haar zu bürsten. Ich trank Wasser direkt aus der Leitung, weil ich hoffte, dadurch meinen Hunger zu verdrängen.

Mia kam am späten Nachmittag zu mir. Ich brachte es nicht übers Herz, sie rauszuwerfen, zumal sie zu mir aufs Bett kletterte, ihren Stoffhund auf mein Kissen legte und ihre Arme um meinen Nacken schlang. »Arme Jana, ich habe dir Felix mitgebracht, den kann ich dir borgen. Bist du traurig?« Sie hatte die Situation erfasst.

»Ja, Mia-Maus«, seufzte ich.

»Warum?«

»Weil ... Mama und Clemens böse auf mich sind.«

Sie legte den Kopf schief, dabei wippten ihre Locken. »Hast du was angestellt?«

»Ja«, gab ich zu.

»Dann musst du dich einfach entschuldigen und alles ist wieder gut«, meinte sie und sah mich ernst an.

Ich drückte ihr einen Kuss aufs Haar. Sie war so süß und von ihrer Warte aus betrachtet, hatte sie recht. Wenn es bloß wirklich so einfach wäre!

12

Emma: *Lebst du noch?*

Trotz meiner Kellerlaune musste ich lächeln. Typisch Emma: direkt heraus. Schnell tippte ich die Antwort in mein Handy.

Ich: *Gerade noch so. 1 Woche Hausarrest. Die sind ja total durchgeknallt.*

Emma: *:-(Voll blöd.*

Ich: *Hast du irgendwas von Verena gehört?*

Emma: *Nein. Weshalb machst du dir Sorgen um sie? Den Hausarrest hast du schließlich ihr zu verdanken.*

Ja, irgendwie stimmte das. Hätte Verena sich nicht sinnlos betrunken, wäre es nicht nötig gewesen, den Krankenwagen zu rufen, und Clemens' Freund hätte mich auf der Party nie gesehen.

Ich: *Trotzdem ist mir nicht egal, was mit Verena ist. Ich meld mich später mal bei Lisa.*

Emma: *Wenn du meinst. Und was ist jetzt mit deinem Date?*

Ich: *k.A. Muss mir noch was überlegen.*

Emma: *Mach keine Dummheiten. Eine Woche Hausarrest ist genug. Schließlich sind nächste Woche Ferien und die willst du doch nicht nur rumsitzen.*

Ich: *Schon klar.*

Emma hätte sich die letzte Bemerkung ruhig sparen können. Natürlich hatte ich keine Lust, eine weitere Woche dranzuhängen. Zur Not würde ich Tobias wirklich vertrösten müssen. Aber noch nicht. Vielleicht würde es helfen, wenn ich Mias Rat befolgte und mich entschuldigte. Schaden konnte es jedenfalls nicht, schließlich hatte ich ja wirklich Mist gebaut.

Gegen zehn Uhr abends ging ich hinunter ins Wohnzimmer. Mama und Clemens saßen auf der Couch und sahen fern. Mia war natürlich bereits im Bett und Cayla war wahrscheinlich in ihrem Zimmer. Oder ausgegangen. *Sie* durfte ja.

Unschlüssig stand ich in der Tür. Es war schwieriger, als ich gedacht hatte, den ersten Schritt zu tun. Clemens sah kurz auf, sagte aber nichts und widmete sich dem Spielfilm. Meine Mutter ignorierte mich komplett.

Ich räusperte mich. »Es tut mir leid. Dass ich euch die Party verschwiegen habe, meine ich.«

Endlich wandte sich meine Mutter mir zu. »Ich weiß nicht, was dir eingefallen ist. Und mit Doris muss ich echt ein ernstes Wort reden. Wie konnte sie Emma und dir erlauben, auf so eine Party zu gehen?«

Betreten senkte ich den Kopf und zählte die Punkte auf meinen Socken. Doris war Emmas Mutter. Die gar nicht da gewesen war. Ich wusste ja nicht mal, ob Emma ihr überhaupt erzählt hatte, dass ich bei ihr schlafen würde.

»Die ist das Wochenende in Salzburg auf einem Seminar«, murmelte ich. Es war wohl klüger, mit der ganzen Wahrheit herauszurücken.

»Das wird ja immer besser«, brauste meine Mutter auf. Dann atmete sie tief ein. »Das heißt, in Zukunft werde ich jedes Mal mit einem Elternteil abklären müssen, wenn du bei einer deiner Freundinnen übernachten willst. Wie bei Mia. Eigentlich dachte ich, das wäre bei dir nicht mehr nötig. Da habe ich mich wohl getäuscht.«

»Himmel, Mädchen«, mischte sich nun Clemens in das Gespräch ein. »Versteh doch, was alles hätte passieren können!« Er wandte sich an meine Mutter. »Josef hat erzählt, er habe von der Party ein Mädchen mit Alkoholvergiftung ins Krankenhaus gebracht. Alkoholvergiftung! Und sie war nicht älter als Jana.« Also hatte der Sanitäterfreund meinem Stiefvater tatsächlich *alles* auf die Nase gebunden.

Ich presste die Lippen zusammen, damit mir nicht herausrutschte, dass ich »das Mädchen« kannte, sogar mit Verena befreundet war.

»Weder Emma noch ich haben was getrunken. Keinen Tropfen«, verteidigte ich mich. »Und den Rettungswagen habe übrigens ich gerufen. Ich hätte ja auch einfach abhauen können. Bin ich aber nicht. Zählt das denn gar nichts? Ich müsst mir einfach mal mehr vertrauen.«

Meine Mutter schüttelte den Kopf. »Jana, das versuchen wir. Immer wieder. Aber mit solchen Aktionen machst du es uns verdammt schwer.«

Darauf wusste ich keine Antwort. Wortlos drehte ich mich um, ging in die Küche und machte mir ein Wurstbrot, das ich hungrig noch im Stehen verschlang. Danach räumte ich penibel alles wieder an seinen Platz. Nicht, dass es nachher wieder hieß, ich würde einen Saustall hinterlassen. Dann ging ich in mein Zimmer und loggte mich auf Facebook ein, in der Hoffnung, Lisa würde ebenfalls online sein, um sie nach Verena zu fragen.

Jana Wenniger an Lisa Holt:

Hi, Lisa. Hast du schon was von Verena gehört?

Lisa Holt an Jana Wenniger:

Ja, sie ist noch im Krankenhaus. Kommt wahrscheinlich Montag wieder raus. Schöne Scheiße.

Jana Wenniger an Lisa Holt:

Wem sagst du das? Ich habe wegen ihr Hausarrest kassiert.

Lisa Holt an Jana Wenniger:

Wieso wegen Verena?

Jana Wenniger an Lisa Holt:

Weil einer der Sanitäter meinen Stiefvater kennt und mich verpetzt hat.

Lisa Holt an Jana Wenniger:

Blöd gelaufen.

Jana Wenniger an Lisa Holt:

Kannste laut sagen. Wohin bist du denn gestern plötzlich verschwunden?

Lisa Holt an Jana Wenniger:

Mir war schlecht.

Jana Wenniger an Lisa Holt:

Hast du etwa auch getrunken?

Lisa Holt an Jana Wenniger:

Du nicht? Wozu geht man sonst auf solche Events?

Ich konnte es nicht fassen. Gut, ich hatte Mist gebaut und war unerlaubt auf dieser Party gewesen. Aber im Vergleich zu den anderen war das echt harmlos. Ich schrieb zurück:

Jana Wenniger an Lisa Holt:

Um Leute zu treffen und um sich zu amüsieren.

Lisa Holt an Jana Wenniger:

Wusste gar nicht, dass du so bieder bist.

Wie bitte? Man war also langweilig, wenn man keinen Alkohol trank? Ich tippte:

Jana Wenniger an Lisa Holt:
Lieber bieder als im Krankenhaus.

Ich schloss das Chatfenster. Da hatte ich gedacht, meine Freunde zu kennen. Das war wohl ein Irrtum gewesen. Plötzlich fand ich es gar nicht mehr ganz so schlimm, dass ich sie in den nächsten Tagen bloß in der Schule sah, zumindest Verena und Lisa. Auf deren Gesellschaft legte ich im Moment eh keinen Wert. Einigermaßen mit der Welt versöhnt legte ich mich schlafen.

Den Sonntag verbrachte ich mit lauter Dingen, die ich schon eine Ewigkeit nicht mehr getan hatte. Ich half Mama beim Kochen und wir unterhielten uns sogar richtig gut, ohne uns gegenseitig anzumeckern oder Vorwürfe zu machen.

Cayla wollte spazieren gehen und fragte mich, ob ich mitkommen würde. Ich lag gerade auf dem Bett und scrollte mich lustlos durch Facebook.

»Nein, ich kann nicht«, gab ich zurück. »Ich hab Hausarrest. Wegen der Party, du weißt schon ...«

Sie riss erschrocken die Augen auf. »Was, echt? Mist. Tut mir leid, Jana.« Sie schüttelte verwundert den Kopf. »Wie haben sie denn herausgefunden, wo du bist?«

Am liebsten wollte ich die ganze Sache nur noch vergessen. Ich lächelte schief. »Verena hat sich betrunken, es kam ein Krankenwagen. Und der Sani kennt meinen Vater.« Ich zog die Augenbrauen hoch. »Perfekt, oder? Ist einfach dumm gelaufen, c'est la vie.«

Cayla verzog mitleidig das Gesicht und ließ mich dann allein mit meinem Missmut und meinem Selbstmitleid. Ich war gerade echt nicht die beste Gesellschaft, das fand ich ja selbst.

Später las ich Mia etwas vor und danach spielten wir den ganzen Nachmittag zusammen UNO und Mensch ärgere dich nicht. Dieses Mal war Clemens der große Verlierer. Er brachte nicht einmal ein einziges Männchen ins Ziel. Ich war immer noch ein wenig sauer auf ihn und schmiss seine Kegel, sooft ich konnte, raus. Es war zwar bloß ein Spiel und er nahm es auch ziemlich gelassen, doch für mich war es trotzdem eine kleine Genugtuung.

Cayla, die gegen fünf von ihrem Spaziergang zurück war, ging vor dem Abendessen mit Mia in den Garten. Leonie, die Tochter der Nachbarn, die nur ein Jahr älter war als meine Schwester, war zu Besuch gekommen.

»Macht es dir wirklich nichts aus?«, fragte Mama Cayla. »Du bist schließlich nicht unser Kindermädchen. Und jetzt sind sie zu zweit.«

Cayla schüttelte den Kopf. »Kein Problem. Wir spielen einfach Zirkus und ich bin der Raubtierdompteur. Da müssen sie mir folgen.«

Ich lachte. Bisher hatte ich noch nicht viel von Caylas Humor bemerkt. Vielleicht auch deshalb, weil sie sich damit abmühen musste, die richtigen Worte zu finden. Aber ihr Deutsch war von Woche zu Woche besser geworden – sie machte kaum mehr Fehler. Ich überlegte, dass es eigentlich schade war, dass es kein Land gab, in dem Mathe gesprochen wurde. Vielleicht hätte ich es dann bei einem Schüleraustausch genauso mühelos gelernt wie Cayla Deutsch.

Weil die Gelegenheit günstig war, mit Mama allein zu sprechen, brachte ich das leidige Partythema wieder an. »Mama, ich weiß ja, dass ich Mist gebaut habe, aber vielleicht kann ich wenigstens am Dienstag ...«

»Oh, das wollte ich dir noch sagen: Da du jetzt ohnehin

keine anderen Pläne hast, wirst du am Dienstag Mia vom Kindergarten holen. Clemens muss geschäftlich nach Graz und ich habe einen wichtigen Außentermin.«

»Aber ...«, begann ich, wurde aber von ihr unterbrochen.

»Zeig ein wenig Verantwortung, Jana. Dann reden wir darüber, ob wir deinen Hausarrest verkürzen, okay?«

Ich schluckte jedes Widerwort hinunter. Die Aussicht, dass meine Strafe gemildert werden könnte, wollte ich nicht aufs Spiel setzen. Also nickte ich und meinte ergeben: »Okay, ich hole Mia am Dienstag vom Kindergarten ab.«

Vielleicht konnte ich das Date mit Tobias vorziehen und wir würden uns schon um kurz nach fünf in der Eisdiele treffen. Und Mia würde ich halt einfach mitnehmen und wir müssten zurück sein, bevor meine Eltern wieder zu Hause wären. War zwar blöd, aber besser, als ihn gar nicht zu sehen. Meine kleine Schwester würde bestimmt nichts verraten, wenn ich ihr einbläute, dass das unser Geheimnis bleiben müsse so wie der Kaugummi im Auto.

13

Ich hätte nicht gedacht, dass ich mich am Montag wieder so auf die Schule freuen würde. Aber nach zwei Tagen, in denen ich die ganze Zeit über zu Hause gesessen hatte, fühlte ich mich fast wieder frei.

Meine gute Laune verflog, als in der dritten Stunde unser Klassenlehrer hereinkam und mit ernster Miene verkündete, es habe da einen Vorfall am Wochenende gegeben, den er nicht auf sich beruhen lassen könne. Mir schwante schon, worauf er hinauswollte. Außer Lisa und Emma hatten die anderen in meiner Klasse keine Ahnung und sie begannen zu tuscheln. Als Simone sich zu mir lehnte und mich leise fragte, ob ich etwas wisse, zuckte ich nur die Achseln. Sie würde es ja ohnehin gleich hören.

»Am Freitagabend wurde eine Schülerin mit einer Alkoholvergiftung ins Krankenhaus gebracht«, begann Patnisch mit seinem Vortrag. Das Tuscheln wurde lauter und er hob die Hand, um für Ruhe zu sorgen. Dass er Verenas Namen nicht nannte, war zwar nett, aber da sie als Einzige fehlte, war es nicht allzu schwierig zu erraten, um wen es sich handelte.

»Ich will nun wirklich keine Spaßbremse sein. In eurem Alter dürft ihr schließlich Alkohol konsumieren, sagt das Gesetz. Aber ihr solltet euch bewusst sein, was ihr eurem

Körper damit antut, wenn aus einem Glas Bier solche Exzesse werden.«

Ich linste zu Lisa hinüber, die bei Patnischs Worten die Augen gelangweilt verdrehte.

»Mir ist zu Ohren gekommen, dass es regelrechte Flatrate-Saufpartys gibt, wo es nur darum geht, um die Wette zu trinken. Ich kann bloß hoffen, dass von euch niemand bei so etwas Dummem mitmacht.«

Jens meldete sich. »Es ist aber auch schwierig, nichts Alkoholisches zu trinken, wenn auf einer Party gar keine Limo angeboten wird.«

Patnisch nickte. »Versteh ich. Aber zur Not gibt es die gute alte Wasserleitung.«

Jemand stöhnte laut auf. »Wenn das mal nicht voll uncool ist!«

»Genau. Das ist ein großes Problem, wenn nicht sogar das größte. Man will vor seinen Freunden nicht uncool oder ein Außenseiter sein.« Ich warf Lisa einen Blick zu. Genau darüber hatten wir erst gestern gechattet. »Nein sagen ist schwer«, fuhr Patnisch mit seiner Rede fort, »aber man sollte nicht jeden Blödsinn mitmachen. Mitläufer zu sein, ist nämlich auch uncool.«

Mit einem Nicken quittierte ich seinen letzten Satz und war sogar ein bisschen stolz auf mich, weil ich keine Mitläuferin und eigentlich sogar gut im Neinsagen war. Hätte mal meine Mutter Patnisch gehört! Ob ich damit das nächste Mal argumentieren konnte, wenn ich etwas tun sollte, was ich nicht wollte?

Sobald es läutete, wurden schon die ersten Gerüchte laut. Ich äußerte mich nicht dazu. Bastian kam zu mir und fragte mich direkt: »Hat der Patnisch Verena gemeint?«

Ich schaute ihn stirnrunzelnd an. »Wie kommst du darauf?«

»Na, weil sie nicht da ist. Und ich weiß, dass sie zu dieser Party gehen wollte.«

In seiner Miene las ich pure Sensationsgier. Ich hatte gar nicht gewusst, dass er so ein Lästermaul war! Und ich dachte, Bastian würde Verena mögen. Offenbar hatte ich mich getäuscht. »Frag doch Lisa. Die ist dicke mit Verena befreundet«, gab ich nur zurück und ließ ihn stehen.

Von unserer Klasse hatten zwar nur Verena, Lisa, Emma und ich die Party besucht, doch es waren andere aus der Schule dort gewesen. Und ich war davon überzeugt, dass sich Verenas Fehltritt schnell herumsprach.

Lukas fing mich ebenfalls nach der Schule ab. »Stimmt es, dass Verena sich ins Koma gesoffen hat?«

»Herrgott, wieso fragen alle *mich?«*, brauste ich auf.

Bei meinem Ausbruch hob er entschuldigend die Hände. »Hey, sorry, ich wusste ja nicht, dass du gleich so überreagierst.«

»Wenn's doch wahr ist. Ich war schließlich nicht die Einzige auf dieser Party.«

»Aber du warst dort«, stellte er fest.

Ich bejahte. »Also gut, aber das bleibt jetzt unter uns, okay? Es stimmt.« Bei Lukas war ich mir sicher, dass er es nicht jedem weitererzählte.

»Weißt du, wann sie wieder aus dem Krankenhaus kommt?«, fragte er besorgt und wurde ein wenig rot. Hoppla! War Lukas etwa ... in Verena verknallt?? Aber ich wusste jetzt schon, dass er sich keine Chancen bei ihr ausrechnen konnte. Dazu war er einfach zu »durchschnittlich« für Verena. Nett, aber normal und echt nicht ihr Beuteschema.

»Keine Ahnung, wann sie wieder in die Schule kommt. Vielleicht weiß Lisa was. Sag mal, hast du vielleicht Emma irgendwo gesehen?« Ich wollte wenigstens auf dem Heimweg mit meiner Freundin quatschen, wenn ich schon nirgends hindurfte.

»Vorhin hat sie telefoniert«, meinte Lukas. »Auf jeden Fall ... danke, dass du es mir erzählt hast. Ich hoffe, Verena lernt daraus.«

»Die Hoffnung stirbt zuletzt«, gab ich zurück und verabschiedete mich, als ich gerade Emma erblickte. Sie winkte mir euphorisch zu und grinste breit.

»Was gibt es denn so Tolles?«, fragte ich.

Ihr rotes Haar wehte hinter ihr her, als sie beschwingt auf mich zulief. »Hannes. Er will mich wiedersehen. Heute noch.«

»Herzlichen Glückwunsch!« Auch wenn ich diesen Hannes nicht kannte, ich freute mich für sie.

Auf dem Weg nach Hause ließen wir uns Zeit. Mir schoss durch den Kopf, dass kein Mensch merken würde, wenn ich nicht gleich heimging. Mama und Clemens arbeiteten beide. Aber dann fiel mir Mamas Satz über Verantwortung ein. Und dass sie sich bemühten, mir zu vertrauen. Also befahl ich dem Teufelchen auf meiner Schulter, still zu sein, verabschiedete mich schließlich mit einem Küsschen von Emma, wünschte ihr noch mal viel Glück bei ihrem Date und schlug dann ganz brav die Richtung zu unserem Haus ein.

Von gestern waren Wiener Schnitzel übrig geblieben. Die brauchte ich bloß in der Mikrowelle aufzuwärmen. Ich überlegte, ob ich auf Cayla warten sollte, doch ich hatte Hunger.

Meinen Teller nahm ich mit ins Wohnzimmer und schaltete den Fernseher an. Mama hätte bestimmt einen Schreianfall bekommen, wenn sie das gesehen hätte. Aber irgendetwas musste ich mir ja schließlich gönnen. Und das war jetzt wirklich nur ein kleines Vergehen.

Gerade als ich abgebissen hatte, summte mein Handy in meiner Hosentasche. Ich versuchte es mit einer Hand herauszuziehen, mit der anderen den Teller zu balancieren, aber das Schnitzel rutschte hinunter ... Mist! Blöderweise war es in Ketchup getaucht und prompt sah der helle Teppich vor der Couch aus wie aus einer Thrillerszene. Rote Spritzer und Flecken wie nach einem Minimassaker. Mein Handy summte hartnäckig weiter. Eins nach dem anderen. Zuerst telefonieren, dann putzen.

»Hi, Mama«, sagte ich betont fröhlich, als ich abnahm, nachdem ich ihre Nummer auf dem Display erkannt hatte. »Ist das jetzt ein Kontrollanruf, oder wie?« Ich traute ihr zu, dass sie überprüfen wollte, ob ich mich an die Regeln hielt.

»Jana, dann würde ich dich nicht auf dem Handy anrufen, sondern auf dem Festnetzapparat«, meinte sie.

»Stimmt. Okay, falls es dich interessiert, ich bin trotzdem zu Hause.« Fasziniert betrachtete ich das Ketchupmuster auf dem Teppich und versuchte herauszufinden, woran es mich erinnerte.

»Kannst du bitte im Arbeitszimmer nachsehen, ob dort ein gelber Ordner liegt? Ich habe im Büro schon alles abgesucht.«

Der Ordner lag tatsächlich auf dem Schreibtisch und sie klang sichtlich erleichtert, als ich ihre Vermutung bestätigte. Trotzdem war ich mir nicht ganz sicher, ob sie ihn nicht vielleicht doch absichtlich liegen gelassen hatte. So viel zu Vertrauen. Aber dieses Mal hatte ich es nicht enttäuscht.

Kurz nachdem ich aufgelegt hatte, kam Cayla nach Hause, sagte nur kurz »Hallo«, murmelte was von einem Test, für den sie lernen müsse, und verschwand in ihrem Zimmer. Ich begann, das Ketchup vom Teppich zu rubbeln, und fluchte innerlich. Das war ungefähr so, als wollte man Filzstift mit einem Radiergummi wegbekommen. Sinnlos. Egal, was ich anstellte, es blieb ein leicht rosa Fleck. Um ihn zu kaschieren, rückte ich den Tisch ein wenig zur Seite. Gut, so würde es nicht ganz so schnell auffallen. Warum hatte ich bloß im Wohnzimmer essen müssen?

Verschwitzt und mit hochrotem Kopf von der Anstrengung ließ ich mich auf das Sofa fallen, aß vorsichtig das Schnitzel am Couchtisch weiter und sah fern. Irgendeine Jugendserie, die in einem Internat spielte. Ich hatte die Serie schon ewig nicht mehr gesehen und komplett den Faden verloren. Es ging um Intrigen und Streitigkeiten, um Streiche, die sie den Lehrern spielten, um Liebeleien unter den Lehrern und auch zwischen den Jugendlichen, was mich prompt an meine Verabredung mit Tobias erinnerte. Immer noch hatte ich keine Ahnung, was ich ihm sagen sollte, und überlegte, ob ich einfach nicht hingehen und später ihm gegenüber behaupten sollte, ich hätte es vergessen. Aber allein schon der Gedanke kam mir schäbig vor.

Cayla kam mit einem Heft in der Hand ins Wohnzimmer. Als sie mich dort entdeckte, fragte sie, ob ich sie abfragen könne. Weil ich keine Lust auf meine eigenen Hausaufgaben hatte, nickte ich, nahm ihre Unterlagen und schaltete den Fernseher aus.

Caylas Handschrift glich einer Perlenschnur. Die Buchstaben waren ebenmäßig, klein und rund. Ich wünschte, ich würde so schön schreiben. Wahrscheinlich würde ich dann automatisch weniger Fehler in meinen Texten angestrichen bekommen, einfach, weil die Lehrer nicht so oft raten mussten, was ich mit meinem Gekrakel meinte.

»Wie ist eine Zelle aufgebaut?«, las ich vor.

Cayla rasselte die Antwort herunter – die vollkommen fehlerfrei war. Es gab tatsächlich keine einzige Frage, die sie nicht beantworten konnte. »Du kriegst bestimmt eine Eins«, meinte ich, als wir mit dem Fragenkatalog durch waren.

Cayla nickte. »Das hoffe ich. Ich möchte meine Großmutter nicht enttäuschen.«

»Du magst sie sehr, nicht wahr?« Cayla wohnte mittlerweile schon sechs Wochen bei uns. Sie erzählte viel aus der Schule, davon, welche Fächer sie am liebsten mochte (Musik, Bio, Deutsch und Mathe), was sie gerne aß (Pommes und seit neuerdings Gulasch) und welche Bücher sie gerne las (hauptsächlich Liebesgeschichten). Doch über ihre Oma sprach sie so gut wie nie, und wenn, dann nur auf Nachfrage, wie damals, als mir Caylas grässliches Nachthemd aufgefallen war. Allerdings hatte ich einige Male gesehen, dass sie Briefe an ihre Großmutter geschrieben hatte.

Eigentlich erzählte sie überhaupt kaum etwas über ihr Leben in Dublin, über ihr Umfeld, ihre Freundinnen – es schien, als wolle sie am liebsten gar nicht daran erinnert werden.

Sie zuckte mit den Schultern. »Außer ihr habe ich ja sonst niemanden.«

»Keine Freundinnen. Oder einen Freund?«, wunderte ich mich.

Cayla schüttelte den Kopf und ich wusste nicht, ob sie damit beides verneinte oder bloß die zweite Frage.

Sie schaute auf. »Und was ist mit dir und diesem Tobias? Ist er dein Freund?«

»Ja, ich denke schon.« Ich merkte, wie ich unwillkürlich rot wurde.

»Was heißt, du denkst schon? Ist er oder ist er nicht?«

Tja, war er jetzt offiziell mein Freund? »Wir haben uns auf dieser Party geküsst. Und er hat mich eingeladen, mit ihm Eis essen zu gehen.«

»Na, das klingt ganz so, als ob ihr zusammen seid.«

Bei Caylas Worten hüpfte mein Herz, aber dann fiel mir ein: »Wir haben uns für morgen auf ein Eis verabredet. Das Problem ist bloß, dass ich nicht hingehen kann. Erstens bin ich dazu verdonnert worden, Mia vom Kindergarten abzuholen, zweitens ist da noch dieser blöde Hausarrest. Nicht gerade ein guter Start für eine Beziehung.«

»Hm ...«, überlegte Cayla und auf ihrer Stirn bildete sich eine Falte. »Wenn ich Mia aus dem Kindergarten hole, könntest du Tobias sehen.«

»Und der Hausarrest?« Caylas Angebot war ja nett gemeint, aber wie sollte das gehen?

»Pass auf«, sagte Cayla verschwörerisch und beugte sich zu mir herüber. »Klar, viel Zeit habt ihr nicht. Du müsstest auf jeden Fall wieder da sein, ehe Susanne oder Clemens heimkommt. Aber das ist besser als nichts.«

Ich ließ mir Caylas Worte durch den Kopf gehen. Wenn ich Tobias um halb fünf, um die Uhrzeit würde ich auch zum Kindergarten weggehen, traf, hatte ich in jedem Fall etwas über eine Stunde. Ich glaubte nicht, dass meine Mutter oder mein Stiefvater vor sechs nach Hause kommen würden.

In mir keimte leise Hoffnung auf. »Cayla, echt, würdest du das für mich machen? Du bist ein Schatz. Warum tust du das alles?«

Sie zuckte mit den Schultern. »Du bist meine Freundin.«

Ich umarmte sie. Bisher war mir nicht klar gewesen, dass sie eine richtige Freundin in mir sah. Dabei war ich am Anfang so ablehnend ihr gegenüber gewesen.

Mittlerweile mochte ich sie, aber wenn mich jemand nach meinen Freunden gefragt hätte, wäre ihr Name wahrscheinlich erst ganz zum Schluss gefallen. Warum eigentlich? Ich beantwortete mir die Frage selbst: Sie war mehr wie eine große Schwester. Und das war ja beinahe noch besser.

»Jana, vergiss bitte nicht …«

»… Mia vom Kindergarten abzuholen. Ich weiß. Und nein, ich vergesse es nicht.« Meine Mutter hatte mich heute früh mindestens fünf Mal daran erinnert. Ich blickte kurz zu Cayla, die gerade eine Schüssel Cornflakes aß. Sie zwinkerte mir verschwörerisch zu.

Ich hatte gestern Abend noch Tobias eine WhatsApp-Nachricht geschickt. Die Antwort war innerhalb von Sekunden da gewesen.

Tobias: Klar können wir uns schon um halb fünf in der Eisdiele treffen. Je früher, desto besser. Ich vermisse dich.

Ich las mir seine Nachricht immer wieder durch. Er vermisste mich! Emma zeigte ich sie in der Schule natürlich auch. »Voll süß. Aber wie willst du das anstellen?«

»Cayla übernimmt den Kindergarten. Mama und Clemens kommen nicht vor sechs, das haben sie heute beim Frühstück noch mal erwähnt. Das heißt, ich schleiche mich heimlich zur Eisdiele, treffe Tobias und bin vor sechs wieder zu Hause. Keiner wird es merken.«

Emma runzelte die Stirn. »Ob das gut geht? Jana, ich finde, das ist keine tolle Idee.«

Genervt blies ich die Luft aus den Wangen. »Ja, du hast leicht reden. Immerhin hast du keinen Hausarrest und jetzt musste ich einfach erfinderisch werden.« Im Gegensatz zu meinen Eltern hatte ihre Mutter ihr nämlich keine Strafe aufgebrummt, Doris hatte ihr nicht einmal eine Standpauke gehalten.

»Hey, tut mir leid. Ich finde halt bloß, dass du etwas vorsichtiger sein solltest.«

»Du machst dir einfach zu viele Gedanken«, sagte ich.

»Wahrscheinlich hast du recht«, räumte Emma ein, doch ihren sorgenvollen Blick behielt sie die ganze Zeit über bei, auch noch, als wir uns nach der Schule voneinander verabschiedeten.

Ich hingegen schwebte auf Wolke sieben, summte vor mich hin und konnte das vorfreudige Grinsen nicht von meinem Gesicht bekommen. Gleichzeitig flatterten in meinem Bauch regelrechte Schmetterlingsschwärme umher, sodass ich mich weder auf meine Hausaufgaben noch auf das Buch konzentrieren konnte, das ich aus dem Regal gefischt hatte, um mich wenigstens mit Lesen abzulenken. Wenn ich die Augen schloss, sah ich Tobias' Gesicht vor mir und versuchte, mich an seine Küsse zu erinnern, doch sie waren bereits viel zu lange her. Drei Tage, die sich anfühlten wie eine ganze Ewigkeit! Egal, was Emma meinte, ich hätte es keinen weiteren Tag ohne Tobias ausgehalten. Nicht nur er vermisste mich. Mir fehlte er auch.

14

Es heißt ja oft, das Herz würde einem bis zum Hals schlagen. Ich dachte, das wäre bloß so eine Redewendung, doch als ich Punkt halb fünf vor der Eisdiele stand, fühlte es sich genauso an. Ich ging zögernd hinein. Was, wenn Tobias noch nicht da war? Oder schlimmer, wenn er gar nicht kam?

Meine Sorge war vollkommen unbegründet, denn er winkte mir von einem Ecktisch im hinteren Bereich. Freudig steuerte ich den Tisch an, und als ich bei Tobias angekommen war, rückte er zur Seite, damit ich mich neben ihn setzen konnte.

Einen Moment lang war ich mir unsicher, was ich sagen oder tun sollte. Irgendwie war auf der Party alles viel einfacher gewesen. Doch Tobias küsste mich einfach auf den Mund. »Hi, meine Schöne«, sagte er dann.

»Hi«, antwortete ich, gleich etwas weniger befangen. »Wartest du schon lange?« Ein bisschen Small Talk konnte nicht schaden, fand ich.

»Bin erst vor fünf Minuten gekommen. Mann, es tut gut, dich zu sehen. Ich weiß gar nicht, weshalb ich bis heute mit unserem Treffen gewartet habe.« Er nahm meine Hand und verschränkte seine Finger mit meinen. Zärtlich strich er mit dem Daumen über meinen Handrücken und dort, wo er mich berührte, kribbelte meine Haut.

Die Bedienung kam, ich bestellte einen kleinen Eisbecher und Tobias einen Eiskaffee. Eine Weile waren wir dann mit Essen beschäftigt. Ich ließ ihn von meinen Eissorten kosten und er mich von seinem Eiskaffee. »Und wie läuft es mit dem Führerschein?«, fragte ich zwischen zwei Löffeln Eis.

»Sehr gut. Ich schaffe es mittlerweile, den Motor nur an ungefähr jeder zweiten roten Ampel absterben zu lassen.« Er seufzte.

Ich lachte. »Die wievielte Fahrstunde hattest du noch mal?«

»Erst die dritte Praxiseinheit. Aber es wird. Am Sonntag war ich mit meinem Vater auf dem Übungsgelände. Und was hast du so gemacht?«

Ich zuckte mit den Schultern. »Nicht viel, ich war das ganze Wochenende zu Hause.«

»Dann hätten wir uns ja auch schon eher treffen können«, meinte er. Ich wollte ihm gerade erzählen, dass das eben nicht möglich gewesen wäre, und dachte darüber nach, wie mir das gelingen konnte, ohne dieses kindische Wort »Hausarrest« zu erwähnen, als mein Handy klingelte. Meine Mutter!

Ich überlegte, es einfach läuten zu lassen, doch dann hätte sie es daheim auf dem Festnetztelefon versucht ... und wenn ich dort nicht ranging ...

»Hallo Mama ...«, fing ich an und hoffte, dass sie die Geräusche um mich nicht wahrnahm. Zur Not konnte ich behaupten, es wäre der Fernseher.

»Verdammt, Jana – was solltest du um fünf tun?« Sie klang, als würde sie gleich explodieren.

»Mia abholen, aber ...«

»Kein aber. Der Kindergarten hat mich angerufen, dass Mia noch dort ist.«

Shit! »Ich ... bin in zehn Minuten da, es ... ich hab die Zeit übersehen. Tut mir leid!«

»Spar dir den Weg, ich habe meinen Termin sausen lassen. Wir reden zu Hause.« Sie legte auf.

Mir wurde plötzlich heiß, meine Hände zitterten. Ich schluckte den dicken Kloß in meinem Hals hinunter. »Ich muss gehen«, brachte ich mühsam hervor.

Besorgt sah er mich an. »Probleme?«

Ich nickte und konnte meine Tränen nur schwer zurückhalten. »Ziemlich große.«

»Soll ich dich begleiten«, bot er mir an.

Ich schüttelte bloß den Kopf. Der Gedanke, noch ein paar Minuten länger mit ihm zusammen sein zu können, war zwar verlockend, doch da musste ich jetzt alleine durch.

»Bist du sicher? Ich möchte meine Freundin mit ihrem Kummer ungern allein lassen.«

Überrascht blickte ich hoch und für eine Sekunde vergaß ich alle Schwierigkeiten. »Meinst du etwa mich?«

Er streichelte meinen Arm. »Wen sonst? Hallo? Ich hab dich von meinem Eiskaffee trinken lassen, das ist ein Privileg, das allein meiner Freundin gebührt!«

Ein Lächeln stahl sich auf meine Lippen und ich drückte ihm einen dicken Kuss mitten auf den Mund.

»Ich ruf dich an«, versprach ich. »Heute noch. Und danke für das Eis. Und alles andere.«

Dann drehte ich mich um und eilte nach Hause. Wenn ich Glück hatte, schaffte ich es möglicherweise, vor Mama und Mia da zu sein. Vielleicht fiel mir noch etwas ein, um mich rauszureden. Und Cayla würde sich von mir was anhören können! Von wegen Freundin und so. Sie hatte mich völlig im Regen stehen lassen! Hätte sie nicht angeboten, Mia an meiner Stelle vom Kindergarten zu holen, müsste ich mir jetzt nicht irgendwelche Ausreden einfallen lassen. Dann hätte ich Mia einfach selbst abgeholt, mit ins Eiscafé genommen ... stattdessen steckte ich jetzt dank ihr so richtig in der Patsche.

Noch während ich heimlief, wählte ich ihre Nummer, doch ihr Handy war ausgeschaltet.

Völlig außer Atem erreichte ich unser Haus. Mamas Auto stand bereits in der Einfahrt. Na super! Ich war echt geliefert.

Ob ich mich irgendwie hineinschleichen und so tun konnte, als wäre ich die ganze Zeit über daheim gewesen?

Doch dann dachte ich, dass ich durch meine Schwindeleien und Verschleierungsversuche überhaupt erst in diese Schwierigkeiten geraten war. Ich atmete durch, straffte meine Schultern und ging hinein, bereit, das Donnerwetter, das auf mich hereinprasseln würde, über mich ergehen zu lassen.

Ich hatte meine Mutter schon häufig wütend gesehen, aber noch nie so wie jetzt. Sie hatte die Hände zu Fäusten geballt und es sah aus, als würde sie mir gleich eine knallen. Sie hatte mich noch nie zuvor geschlagen, aber jetzt bekam ich sogar ein wenig Angst vor ihr. Ihr Gesicht war bleich, ihre Augen riesig aufgerissen. Wenn Blicke hätten töten können, wäre ich wahrscheinlich auf der Stelle umgefallen.

Meine Mutter funkelte mich an. »Du hast den Bogen überspannt. Geh auf dein Zimmer. Der Hausarrest wird auf zwei Wochen verlängert.«

Ich senkte den Kopf und versuchte nicht einmal mich zu rechtfertigen. Langsam stieg ich die Treppe hoch.

Als ich schon oben angelangt war, rief sie mir hinterher: »Außerdem bringst du mir dein Handy und dein Notebook. Kein Internet, keine Telefonate. Es reicht mir endgültig.«

Plötzlich wich alle Kraft aus meinen Füßen, wie bei einem Luftballon, dem die Luft ausgeht. Der Hausarrest – okay. Damit hatte ich gerechnet. Aber mein Handy? Mein Laptop? Wie sollte ich mit meinen Freunden Kontakt halten? Wie mit Tobias reden, wenn ich ihn schon nicht sehen durfte?

Als ich meinen Rechner holte und ihn samt dem Aufladekabel auf den Küchentisch legte, wo meine Mutter eben den Geschirrspüler ausräumte, hoffte ich immer noch, sie würde mir wenigstens mein Smartphone lassen.

»Das Telefon«, beharrte sie. Seufzend legte ich mein Handy ebenfalls dazu. Dass nächste Woche bereits die Herbstferien begannen, war jetzt auch schon egal. Bis ich mein Leben wiederbekam, dauerte es eine halbe Ewigkeit. Zwei Wochen! Da half jetzt nicht einmal mehr der Gedanke an Tobias und dass wir beide ein Paar waren. Wer wusste schon, ob er so lange auf mich warten würde.

Mit Tränen in den Augen ging ich in mein Zimmer. Komischerweise richtete sich meine Wut nicht auf meine Mutter. Sondern auf mich. Auf mich und Cayla. Ohne ihr Angebot, Mia abzuholen, wäre das alles gar nicht erst passiert. Die leise Stimme, dass ich das Treffen mit Tobias auch bis nach meinem Hausarrest hätte verschieben können, ignorierte ich, so gut ich konnte.

»Ich ruf dich an«, hatte ich Tobias versprochen. Dieses

Versprechen brechen zu müssen, tat mir mehr weh als der blöde Hausarrest. Wie sollte ich ihm das bloß erklären?

»Mama sagt, du sollst zum Essen runterkommen«, richtete mir wenig später Mia aus.

»Gleich«, antwortete ich, doch sie machte keine Anstalten, mein Zimmer zu verlassen.

Sie legte sich zu mir aufs Bett. »Bist du schon wieder traurig?«

Ich seufzte nur und nickte.

Sie umarmte mich. »Ich glaub, ich möchte nicht groß werden.«

Ich strich über ihre Locken. »Mia-Maus, warum denn nicht? Ich wünschte, ich wäre schon erwachsen. Dann könnte mir keiner mehr vorschreiben, wann und ob ich mich mit wem treffe. Erwachsen zu sein ist cool.«

Sie schüttelte den Kopf. »Du bist aber fast erwachsen und oft traurig. Das macht keinen Spaß.«

Ich seufzte noch mal. »Es ist halt ...« Wie sollte ich ihr begreiflich machen, was in mir vorging? Welche Probleme ich hatte?

Da kam mir eine Idee. »Du magst doch Pascal. Den vom Kindergarten.«

Sie lächelte. »Jaaaaa.«

»Siehst du, ich mag auch einen Jungen. Er heißt Tobias.«

Sie legte den Kopf schief. »Und mag er dich auch? Pascal nimmt mir immer meine Spielsachen weg. Und Gabi sagt, das macht er nur, weil er mich mag.«

Ich lächelte sie an. »Das klingt tatsächlich so. Hast du ihn denn schon mal gefragt?«

»Nein. Und du?«

»Ich weiß, dass Tobias mich auch mag. Aber jetzt hab ich Hausarrest und kann ihn furchtbar lange nicht sehen. Nicht mal mit ihm telefonieren.«

Mia dachte nach. »Stimmt. Da wäre ich auch traurig.« Sie machte eine kurze Pause und meinte dann: »Ich will aber nicht, dass du weinst.«

»Das ist lieb von dir. Ich höre ja auch gleich wieder damit auf.« Ich putzte mir die Nase und wischte meine Tränen weg. »Besser?«, schniefte ich.

Mia strahlte mich an. »Ja. Weshalb leiht Cayla dir nicht ihr Handy? Damit kannst du Tobias doch anrufen.«

Ganz plötzlich löste sich der dunkelgraue, dichte Nebel in meinem Herzen auf. Mia hatte recht! Da musste mich erst meine kleine Schwester mit der Nase auf die nächstliegende Möglichkeit stoßen. Ich umarmte sie. »Mia, du bist echt eine Wucht!« Dann nahm ich ihre Hand und wir gingen gemeinsam die Treppe hinunter. Ohne dass Mama mich darum bitten musste, deckte ich für das Abendessen.

Wir saßen schließlich zu dritt am Tisch. Clemens war in Graz und würde erst spät zurückkommen. Doch wo blieb Cayla? War sie etwa ins Jugendzentrum gegangen und hatte mich deswegen im Stich gelassen? Das konnte ich nicht glauben, auch wenn sie sich dort mittlerweile ganz wohlfühlte und, so glaubte ich, ein paar Freunde gefunden hatte.

Ich rang mit mir, Mama zu fragen, ob sie wusste, wo Cayla steckte, als die Haustür ins Schloss fiel.

Gleich darauf stand sie in der Tür. Cayla sah schrecklich aus. Quer über ihre Wange lief ein roter Kratzer, ihre Hände waren dreckig und aufgeschürft. Die Bluse, die ich ihr geschenkt hatte, war am Ärmel zerrissen. Doch am schlimmsten war das Blut auf dem Taschentuch, das sie gegen ihre Stirn presste.

Mama sprang auf. »Um Himmels willen, was ist passiert?«

»Ein dummer Unfall. Ich habe nicht aufgepasst.« Sie zitterte am ganzen Körper.

Als Mama hinauslief, um aus der Abstellkammer Desinfektionsspray und Pflaster zu holen, wandte Cayla sich an mich. »Jana, es tut mir so leid«, flüsterte sie mir zu.

»Mach dir keinen Kopf. Du kannst doch nichts dafür«, antwortete ich. Meine Wut auf sie war verflogen. Stattdessen fühlte ich die Erleichterung, dass ihr nichts Schlimmeres passiert war, wie eine warme Welle durch meinen Körper rauschen.

Während Mama Caylas Wunden verarztete – sie sahen, nachdem sie gesäubert worden waren, gleich viel weniger schlimm aus, auch die am Kopf –, erzählte sie, dass sie beim Überqueren der Straße einen Radfahrer übersehen hätte. Der war in sie hineingefahren und sie war gestürzt. Es hatte eine Weile gebraucht, bis sie ihn und die Leute rundherum überzeugt hatte, dass es ihr gut ging und sie kein Rettungsfahrzeug und keinen Arzt brauchte. »Verdammt, dieser Radfahrer gehört angezeigt!«, ereiferte sich Mama.

Cayla schüttelte schwach den Kopf. »Nein, Susanne. Es war meine eigene Schuld. Ich war in Gedanken gewesen und habe nicht richtig geguckt.«

Sie setzte sich auf und verzog das Gesicht, als sie nach ihrem Messer griff, um sich ein Brot zu streichen.

»Tut es sehr weh?«, fragte Mia voll Mitgefühl.

Cayla konnte schon wieder lächeln, als sie sagte: »Es geht schon. Ich werde es überleben.«

Nach dem Essen kam sie in mein Zimmer. »Jana, ich wollte mich noch mal entschuldigen. Es tut mir wirklich leid. Hast du Tobias denn sehen können?«

Ich nickte. »Ja, kurz. Bis Mama angerufen und mir die Hölle heißgemacht hat, warum Mia noch im Kindergarten ist.«

Cayla sah mich zerknirscht an. »Was hast du gesagt?«

»Dass ich auf die Zeit vergessen hätte. Blöd war bloß, dass sie da schon ihrem Kunden abgesagt hatte und selbst unterwegs war, um Mia abzuholen. Und noch blöder war, dass sie bereits zu Hause war, als ich ankam.«

Cayla sah mich betroffen an. »Oh. Das ist schlecht.«

Ich nickte. »Ja. Weil ich jetzt zwei Wochen Hausarrest bekommen habe. Und weil sie mein Handy und mein Notebook einkassiert hat.«

»Eine ziemlich harte Strafe«, meinte Cayla mitfühlend. »Soll ich vielleicht mit Susanne reden?«

Ich dachte kurz nach. »Ich glaube nicht, dass es viel ändern würde.«

»Aber es war schließlich mein Fehler …«

Ich seufzte. »Cayla, willkommen in meiner Welt. Glaubst du, du könntest statt mir die Strafe absitzen? Du bist achtzehn! Keiner, nicht mal meine Mutter, gibt einer Erwachsenen Hausarrest oder nimmt ihr irgendwelche Sachen weg. Das geht nur, weil ich erst sechzehn bin. Du bist fein raus. Abgesehen davon war es meine Entscheidung, mich mit Tobias zu treffen. Und es war ebenfalls meine Entscheidung, dich Mia an meiner Stelle abholen zu lassen. Es würde also gar nichts helfen, wenn du versuchst zu vermitteln. Ich kenne Mama. Aber du könntest etwas anderes für mich tun.«

Sie nickte eifrig. »Klar.«

»Kann ich vielleicht dein Handy haben, um Tobias anzurufen? Nur kurz.«

»Aber ja«, sagte sie und holte es aus ihrem Zimmer. Sie reichte es mir und stand unschlüssig vor mir.

»Ich würde gerne allein mit ihm reden«, stellte ich klar.

»Oh, natürlich.«

»Danke. Ich bringe dir das Telefon, sobald ich fertig bin«, rief ich ihr hinterher.

Das Problem war, dass ich Tobias' Nummer nicht auswendig wusste. Deshalb loggte ich mich zuerst auf Facebook ein und schrieb ihm eine Nachricht.

Jana Wenniger an Tobias Lachner:

Hi, kannst du mir deine Nummer schicken? Ich hab mein Handy nicht mehr. Laaange Geschichte. Aber ich will trotzdem deine Stimme hören.

Hoffentlich war er online und las meine Mitteilung bald. Während ich auf seine Antwort wartete, schrieb ich Emma eine SMS.

Ich: *Es ist alles schiefgelaufen. Schreibe von Caylas Handy. Meins hat Mama eiskalt einkassiert. Und meinen Computer auch. Hausarrest auf zwei Wochen ausgedehnt. :-(Hast du Tobias' Nummer? Ich hab ihm versprochen, ihn heute noch anzurufen.*

Wenigstens sie antwortete gleich.

Emma: *Hab ich es nicht gesagt? Ich dachte C würde Mia abholen!? Ts Nummer: 0664 9723156.*

Ich: *Cayla wurde von einem Radfahrer niedergemäht. Danke für die Nummer. Wir sehen uns dann morgen?*

Emma: *Sieht nicht so aus. Ich glaube, ich krieg Fieber. Alles tut mir weh. Schüttelfrost. Tut mir leid wegen Handy- und Computerverbot, aber du verpasst garantiert nichts.*

Ich: *Du Arme. Ich würde sofort mit dir tauschen. Kann ja eh nicht raus. Dann gute Besserung. Hoffentlich ist es nichts Schlimmes.*

Emma: *Danke. Wird schon wieder. Unkraut vergeht nicht. ;-)*

Auf meine PN hatte Tobias immer noch nicht geantwortet, aber nun hatte ich ja zum Glück seine Telefonnummer. Ich wählte.

Nach dreimal Läuten ging er ran. »Hallo?«

»Ich bin's, Jana«, begann ich.

»Oh ... weshalb rufst von einer fremden Nummer an?«

Ich überlegte. Sollte ich ihm wirklich berichten, was ich alles in Kauf genommen hatte, nur um mich mit ihm zu treffen? Nein, lieber nicht, oder? Ich könnte etwas von einem kaputten Handy oder so zurechtflunkern. Doch dann gab ich mir einen Ruck. Es war Zeit, es endlich mal mit der Wahrheit zu versuchen. Wenn er mich dann nicht mehr leiden konnte, wäre er eh nicht der Richtige. Ich holte also tief Luft und begann zu erzählen.

Auf meine Enthüllungen fragte er nach: »Hab ich das richtig verstanden? Du bist einfach auf diese Party gegangen, ohne dass deine Eltern es wussten?«

»Ja, um dich zu sehen«, bestätigte ich kleinlaut.

»Und dann hast du Hausarrest bekommen und hast dich trotzdem mit mir getroffen?«

»Ich wollte dich nicht versetzen. Beinahe hätte ich sogar meine kleine Schwester zu unserem Date mitgenommen. Aber dann hat Cayla angeboten, Mia vom Kindergarten abzuholen, doch sie hatte einen Unfall und ...« Ich merkte selbst, dass ich immer schneller sprach.

»… und deshalb musstest du so plötzlich weg«, beendete er meinen Satz.

»Der Kindergarten rief meine Mutter an, weil Mia noch dort war …«

Ich hörte Tobias am anderen Ende der Leitung seufzen. »Ach, Jana. Du bist echt toll, weißt du das?«

Wie bitte? Hatte ich mich verhört?

»Du bist nicht sauer und findest eine unter Hausarrest stehende Freundin nicht vollkommen albern …« Dann fügte ich leise hinzu: »… und machst Schluss mit mir?« Tief in meinem Inneren war ich alles andere als sicher gewesen. Ich fühlte mich einfach so dermaßen mies, dass ich mir kaum vorstellen konnte, wie Tobias mich immer noch mögen konnte!

»Weshalb sollte ich denn Schluss machen wollen?«

»Weil ich Mist gebaut habe und … wir uns eine ganze Weile nicht treffen können«, gab ich zurück.

»Dann sehen wir uns eben in den Pausen. In den Ferien komme ich dich zwischendurch besuchen und telefonieren können wir ja auch.«

»Meine Mutter hat mir das Handy und den Computer weggenommen«, gestand ich leise und biss mir auf die Lippen. Mein Herz klopfte hart in meiner Brust.

»Irgendwie finden wir eine Lösung. Facebook wird ohnehin überbewertet. Jana, ich mag dich sehr. Und ich habe noch nie ein Mädchen getroffen, das sich so ins Zeug gelegt hat, nur um mich zu sehen. Das finde ich unheimlich süß.«

»Und ich finde dich süß«, wagte ich zu sagen.

»Ich dich auch. Kann ich dich unter dieser Nummer denn erreichen?«

»Vielleicht. Es ist Caylas Handy. Oder du rufst wirklich auf dem Festnetztelefon an. Ich kann ja eh nirgends hin.« Ich gab ihm die Telefonnummer unseres Anschlusses.

»Ich muss jetzt auflegen. Ich will nicht Caylas ganzes Guthaben verbrauchen«, meinte ich.

»Schlaf gut, meine Schöne. Wir sehen uns dann morgen in der Schule.«

Ich drückte das Handy an meine Brust und lächelte selig. Wenigstens zwischen Tobias und mir war alles in Ordnung. Mehr wünschte ich mir im Moment gar nicht.

15

Bisher hatte ich mich immer auf die Ferien gefreut, doch dieses Mal war alles anders. Es war die letzte Woche vor den Ferien, Verena war am Mittwoch wieder in die Schule gekommen und sonnte sich in der Aufmerksamkeit, die ihr von allen Mitschülern entgegengebracht wurde.

Dafür war Emma tatsächlich krank geworden und so verbrachte ich die Pausen entweder mit Tobias oder mit Lukas, der aus der Ferne Verena anschmachtete, weil sie ständig von Leuten umzingelt war. Es schien fast so, als wäre sie so was wie eine Heldin. Sogar die aus den höheren Klassen hingen mit ihr ab. Und Lisa war immer mit dabei. Für Bastian interessierte Verena sich gar nicht mehr. Und ich spürte, dass unsere Freundschaft mehr als nur einen Sprung bekommen hatte. Es war ein riesiger Riss. Ohne Emma fühlte ich mich beinahe einsam. Unsere Clique zerbröckelte und ich konnte nichts dagegen tun.

Am letzten Schultag hatten alle Schüler gleichzeitig aus und Tobias wartete vor der Schule auf mich, um mich ein Stück zu begleiten. Cayla schloss sich uns an.

Eigentlich wäre ich lieber mit Tobias alleine gewesen, doch sie darum zu bitten, uns mit zehn Minuten Abstand zu folgen, brachte ich nicht übers Herz.

Vor unserem Haus blieben wir stehen, Tobias umarmte mich und wir sahen uns bloß an. Erst da kapierte Cayla, dass sie störte. »Ach so. Also ...« Sie hob zum Abschied die Hand. »Dann bis ... irgendwann«, sagte sie zu Tobias und ging hinein.

»Puh! Ich dachte schon, sie geht gar nicht«, meinte ich und stellte mich auf die Zehenspitzen, um Tobias zu küssen.

»Stört es dich denn, wenn uns jemand zusammen sieht?«, fragte er. Dass wir ein Paar waren, wussten mittlerweile schon so ziemlich alle. Aber geküsst hatten wir uns bisher nur, wenn wir alleine waren. Heimliche, versteckte Küsse in einem uneinsehbaren Winkel am Schulhof, wo wir sicher sein konnten, dass uns keiner der Lehrer erwischte. Ein Kuss hinter der Tür zum Klassenzimmer, bevor sich unsere Wege vorm Unterricht trennten.

»Nein, das nicht«, beantwortete ich seine Frage. »Ich finde es nur komisch, wenn Cayla danebensteht, wenn wir knutschen.«

Er nahm eine meiner Haarsträhnen und wickelte sie um seinen Finger. »Okay, meine Schöne. Das beruhigt mich jetzt ein bisschen. Ich dachte schon, ich darf dich in der Öffentlichkeit nicht küssen.«

Ich kicherte. »Mitten auf der Straße ist es nicht gerade privat. Vor allem, wenn man von allen Nachbarn beobachtet werden könnte.«

Tobias wurde ernst. »Du kriegst doch deswegen nicht auch noch Schwierigkeiten, oder?«

Bei Mama konnte ich mir so ziemlich alles vorstellen, aber dass sie mir verbot, einen Freund zu haben, das nicht. »Nein, ich glaube, das geht in Ordnung. Du musst dich nur darauf einstellen, dass meine Familie dich kennenlernen will.«

Er atmete erleichtert auf. »Das ist okay. Ich werde mir alle Mühe geben, einen ordentlichen Eindruck zu machen. Bringt man heutzutage noch Blumen mit?«

Ich zuckte mit den Achseln. »Keine Ahnung. Du musst gar nichts mitbringen. Sei einfach du selbst. Dann kann gar nichts schiefgehen.«

Wir küssten uns noch ein paarmal, ehe er sich zum Gehen wandte, und ich blickte ihm nach, bis er um die Ecke verschwunden war. Erst dann begab ich mich ebenfalls ins Haus.

Als Erstes rief ich über den Festnetzanschluss meine Mutter an. Darauf hatte sie bestanden und ganz offen zugegeben, dass sie damit überprüfen wollte, ob ich mich an den Hausarrest hielt und nach der Schule gleich heimkam.

»Bin zu Hause«, brummte ich kurz angebunden, als sie abhob. Seit Dienstag sprachen wir nur das Notwendigste miteinander.

»In Ordnung. Und Jana, bitte bring die Wäsche in den Keller. Ich möchte nicht durchs ganze Haus laufen, um sie zusammenzusuchen.«

Ach, aber dass *ich* durchs ganze Haus laufen sollte, war für sie okay? Ich verdrehte die Augen, doch ich sagte: »Gut, mach ich.« Dann legte ich auf.

Schon vorher hatte sie mir eine ganze Latte an Aufgaben aufgebrummt, doch jetzt, da ich ihrer Meinung nach eh den ganzen Tag nichts zu tun hatte, kam ich mir vor wie Cinderella. Mach das, tu jenes, kümmere dich um dies, erledige das. Das grenzte schon an Sklaverei. Und ich musste das noch elf Tage durchhalten.

Bloß der Gedanke, dass Tobias mich besuchen kommen wollte, machte alles erträglicher. Mia verglich mich wegen meines langen Haares manchmal mit Rapunzel. Wie passend! Auch ich war nun eine Gefangene. Immerhin hatte sie ihren Traumprinzen gefunden. Und ich auch.

Ich warf die Schmutzwäsche in einen Korb und trug ihn in den Keller. Die Waschmaschine lief bereits. Cayla wusch wahrscheinlich ihre Sachen, denn sie kümmerte sich selbst um ihre Wäsche.

Fast hätte ich mir gewünscht, wir hätten über die Ferien Hausaufgaben bekommen, denn irgendwie war mir langweilig.

Ich beschloss, über das Festnetztelefon Emma anzurufen, um zu fragen, wie es ihr ging. Doch als ich vor dem Apparat stand, merkte ich, dass ich ihre Telefonnummer nicht auswendig kannte. Verflixt! Warum hatte ich sie auch nirgends aufgeschrieben? Weil das nun mal kein Mensch mehr macht, beantwortete ich stumm meine eigene Frage. Alles, wirklich alles, jede Telefonnummer, Adressen, Geburtstage ... war auf meinem Smartphone gespeichert. Der einzige Weg, wie ich sonst noch zu meinen Kontakten kam, war über Facebook.

Da hatte ich eine Idee: Cayla! Mit ihrem Handy – eigentlich war es ja sogar meins – konnte sie ins Internet. Sie musste mir wieder einmal helfen.

»Ich soll in deinem Namen Emma eine Nachricht schicken?«, fragte Cayla, nachdem ich ihr mein Problem geschildert hatte.

»Du kannst mir das Handy auch geben, dann mach ich es selbst. Ich habe alle Daten auf meinem Smartphone oder auf meinem Computer, und wie du weißt, liegen die in Mamas Schreibtischschublade.«

Sie drückte mir das Handy in die Hand. »Bitte sehr.«

Schnell loggte ich mich auf Facebook ein und schrieb Emma eine Mitteilung.

Jana Wenniger an Emma Haas:

Hey, wie geht's? Hoffentlich schon besser. Ich würde dich gern anrufen, weiß aber deine Handynummer nicht auswendig. Schickst du sie mir? Drei Kreuze, dass wir einen Festnetzanschluss haben. Oder du rufst mich an, wenn es dir besser geht? Muss dir sooo viel erzählen. HDL Jana

Ich checkte bei dieser Gelegenheit auch noch die neuesten Posts. »Guck mal, die anderen feiern den Ferienanfang ...«, sagte ich zu Cayla, die neben mir stand, und hielt das Handy so, dass sie mitlesen konnte. Das Leben würde in den nächsten Tagen wahrlich ohne mich stattfinden.

Lisa Holt:

Geht wer Samstag auf die Party im Sperber? Wir könnten den Ferienbeginn ordentlich begießen.

Verena Plank:

Bin auf jeden Fall dabei.

Tobias Lachner:

*Vielleicht sollte ich auch hinkommen, falls Verena wieder jemand braucht, der Erste Hilfe leistet. *grins**

Lisa Holt:

Hätte auch nichts gegen Erste-Hilfe-Maßnahmen von dir, Tobias.

Bastian Krieglehner:

Kannst du von mir auch haben. Für Mund-zu-Mund-Beatmung und Herzmassage steh ich gern zu Diensten.

Lisa Holt:

Äähh ... Nein danke, Bastian.

Tobias Lachner:

Netter Versuch, Lisa. Aber ich bin glücklich vergeben.

Lisa Holt:

Ich weiß ...

Verena Plank:

Tobi steht halt auf Mädchen aus gutem Haus. Da können wir Bad Girls nicht mithalten, nicht wahr, Lisa?

Lisa Holt:

:-)

Tobias Lachner:

Diese Unterhaltung wird mir zu dumm, ich klick mich aus. Ciao!

Ich hätte vor Wut heulen können. Baggerte Lisa da etwa echt schon wieder Tobias an? Und so etwas nannte sich *Freundin?*

»Willst du nicht antworten?«, fragte Cayla.

Ich schüttelte den Kopf und drückte ihr das Handy in die Hand. »Nee, das ist mir zu blöd. Oder fällt dir eine gute Retourkutsche für so eine Zicke ein? Dann schreib was, wenn du willst. Verena und Lisa sind einfach richtig dämliche Hühner – wahrscheinlich haben sie sich schon zu viele Gehirnzellen weggesoffen«, redete ich weiter, um meine Wut abzulassen.

»Und was ist mit Emma? Feiert die nicht?«, wollte Cayla wissen.

»Die ist krank. Grippe oder so«, antwortete ich, während meine Gedanken wieder zu Verena und Lisa schweiften.

Nicht zum ersten Mal in den letzten Tagen fragte ich mich, weshalb ich mit Verena und Lisa überhaupt noch befreundet war. Wir hatten so gut wie nichts mehr gemeinsam. Wann hatte dieser Riss angefangen, wieso hatte ich die ganze Zeit über die Augen davor verschlossen? Seit die beiden zusammengluckten, waren alle anderen bei ihnen eh irgendwie abgeschrieben, hatte ich das Gefühl. Aber würde dieser Bruch wieder zu reparieren sein oder war hier ein einfacher klarer Schnitt nicht vielleicht die bessere Lösung? Tief in mir kannte ich die Antwort. Doch weil sie schmerzte, verdrängte ich die leise Stimme in mir, die sagte, dass ich zwei meiner Freundinnen verloren hatte. Und das nicht erst heute.

Später am Abend saß ich auf meinem Bett und las.

»Jana!« Meine Mutter rief mich und klang aufgebracht. Typisch bei ihr in letzter Zeit. Aber was hatte ich ihrer Meinung nach nun wieder angestellt? Hatte ich etwa *mal wieder* vergessen, ihr alles, aber auch *alles,* recht zu machen? Ich ging ihre Aufgaben in meinem Kopf durch. Nein, sie hatte mich nur gebeten, die Wäsche einzusammeln und in den Keller zu tragen. Das hatte ich gemacht. Die Küche hatte ich auch sauber hinterlassen. Ich klappte mein Buch zu und stapfte die Treppe hinunter.

Die Tür zum Keller stand offen, sie war offensichtlich unten. Ich ging ebenfalls in die Waschküche.

Meine Mutter hatte Caylas Kleidung in den Trockner gegeben und war dabei, unsere Wäsche zu sortieren. »Ja?«, fragte ich. Sie drehte sich zu mir um und hielt einen ihrer Pullover hoch. Es war nicht bloß irgendein Pullover, sondern der rote Cashmere-Pulli, eines ihrer Lieblingsstücke. Mir gefiel er ebenfalls.

»Weißt du, was damit passiert ist?«, fragte sie mit anklagendem Unterton.

Ich riss mich zusammen. Warum verdächtigte sie denn immer nur mich, wenn irgendwas schieflief? »Wieso, was meinst du?« Ich trat einen Schritt näher und dann sah ich es auch: Löcher, wie mit der Schere herausgeschnitten. Drei auf jedem Ärmel, zwei vorne.

Erschrocken blickte ich sie an. »Ich habe keine Ahnung. Motten?«

»Monstermotten?«, gab sie bitter zurück. Ich zuckte mit den Schultern. Ich hatte noch nie Mottenlöcher gesehen.

Sie ließ sich auf den Fußboden plumpsen. In der Hand hielt sie den ruinierten Pulli.

»Meinst du, Mia hat das getan?«, fragte sie so leise, dass ich sie beinahe nicht hören konnte. Sie wirkte plötzlich klein und hilflos auf mich. Ohne lange zu überlegen, ging ich zu ihr und umarmte sie. »Mia? Nein«, gab ich voller Überzeugung zurück. Das traute ich meiner kleinen Schwester einfach nicht zu. Gut, sie hatte schon mal einer ihrer Puppen das Haar abgeschnitten, aber da war sie erst zwei oder drei gewesen. Und vor einem Jahr etwa hatte sie versucht, sich selbst einen Pony zu schneiden. Mama hatte sie daraufhin ins Auto gesetzt und war mit ihr zum Friseur gefahren. Danach war ihr Haar wesentlich kürzer, aber wenigstens war das Haarschnittdesaster nicht mehr aufgefallen. Mia war todunglücklich über den Kurzhaarschnitt gewesen.

Aber Mamas Pullover zu zerschneiden, das gehörte in eine andere Kategorie. Das war böswillig. Zerstörerisch. Und diese Eigenschaften passten nicht zu Mia. Sie war genau das Gegenteil. Liebenswert, kreativ, sensibel.

»Vielleicht ist es beim Waschen passiert. Oder im Trockner?«, versuchte ich, eine Erklärung zu finden. »Das soll schon mal vorkommen, habe ich gehört.«

»Ja, vielleicht«, räumte Mama ein. »Aber doch nicht so große Löcher ...?« Sie klang nicht überzeugt. Und ehrlich gesagt glaubte ich auch nicht daran. Was aber war dann passiert? Und wie? Da war ein großes Fragezeichen in meinem Kopf. Ich war nur froh, dass ich bei meiner Mutter offensichtlich doch nicht unter Generalverdacht stand.

16

Später saßen wir in der Küche beim Abendessen. »Mia, ich verspreche dir, dass ich nicht böse werde. Aber ich will die Wahrheit wissen. Hast du meinen Pullover zerschnitten?« Mama versuchte schon seit zehn Minuten, Mia zum Reden zu bewegen, doch die schüttelte hartnäckig den Kopf.

»Ich war's nicht«, sagte sie zum wiederholten Mal, mittlerweile hatte sie Tränen in den Augen und sie tat mir leid.

Mama seufzte und lehnte sich resigniert zurück.

Clemens, der erst später nach Hause gekommen und sich bisher zurückgehalten hatte, meinte: »Die Löcher sind aber nicht von allein entstanden, so viel steht fest. Jana war's nicht. Mia auch nicht. Cayla? Hast du vielleicht Löcher in Susannes Pullover geschnitten?«

Cayla sah erschrocken von ihrem Teller auf. »Nein, natürlich nicht.«

Er wandte sich an meine Mutter. »Susanne?«

»Spinnst du? Weshalb sollte ich meinen Lieblingspulli zerstören? Da könnte ich glatt behaupten, du hättest es getan.« Sie schüttelte ratlos den Kopf.

»Hab ich aber nicht. Das heißt, entweder wir haben einen Geist im Haus oder eine Person lügt. Mia?«

Meine Schwester sprang auf. »Ihr seid so gemein! Ich habe nichts getan. Ich. War. Es. Nicht.« Dann stürmte sie in ihr Zimmer.

Ich ging ihr hinterher. Sie lag auf ihrem Bett und schluchzte herzzerreißend. »Mia, darf ich reinkommen?«, fragte ich, obwohl ich schon mitten im Raum stand.

Sie gab mir keine Antwort, trotzdem setzte ich mich zu ihr ans Bett.

»Warum glauben alle, dass ich Mamas Pullover zerschnitten habe?«

Ich strich ihr beruhigend über den Rücken. »Weil du gerne Mamas Sachen anprobierst. Weißt du noch, wie du mit ihren Stöckelschuhen in den Garten gegangen bist und ein Absatz abgebrochen ist? Oder der Lippenstift?« Mia hatte ihn zum Malen verwendet. Das war ein Geschmiere gewesen!

»Aber der Schuh ist einfach so kaputtgegangen. Und der Lippenstift hatte genau die Farbe, die ich für meinen Sonnenuntergang gebraucht hab«, erwiderte sie schniefend. Wenigstens hatte sie mittlerweile mit dem Heulen aufgehört.

»Vielleicht wolltest du Mama einen neuen Pullover aus dem alten schneidern«, bot ich Mia eine Ausrede an.

»Nein, ich bin doch kein Baby, das so doofe Sachen macht!« Sie schaute auf. »Glaubst du, Mama und Papa sind jetzt auch auf mich böse?«

Ich dachte nach. »Nein, aber Mama ist traurig, weil ihr schöner Pulli kaputt ist. Letztens hast du zu mir gesagt, ich soll mich entschuldigen, damit alles wieder gut ist. Das könntest du ja jetzt auch tun, was meinst du?«

Mia setzte sich auf und überlegte kurz, ehe sie sagte: »Das geht nicht.«

»Warum denn nicht?«

Sie verschränkte die Arme. »Weil ich es nicht gewesen bin.«

Sie war so überzeugend, dass ich ihre Unschuldsbeteuerungen beinahe glaubte. Aber nur beinahe. Allerdings war mir klar, dass ich ohnehin nichts anderes mehr aus ihr herausbekommen würde. »Komm, es ist Zeit zum Duschen«, sagte ich also und beschloss einfach, dass es jetzt Zeit für Mia war, ins Bett zu gehen.

Mia hopste an mir hoch und ich trug sie ins Badezimmer. Während ich die Wassertemperatur einstellte und ihren Pyjama herrichtete, versuchte ich mich daran zu erinnern, wie ich die Wäsche zusammengesucht hatte. Waren die Löcher da schon in dem Pullover gewesen? Doch sosehr ich darüber nachdachte, ich konnte mich nicht mal daran erinnern, den Pulli in den Korb getan zu haben. Je länger ich überlegte, desto sicherer war ich, dass Mamas Pullover nicht unter der restlichen Schmutzwäsche gewesen war.

Immer noch grübelnd brachte ich Mia ins Bett, legte mich zu ihr und sie kuschelte sich an mich, während ich ihr eine Gutenachtgeschichte vorlas.

»Ich bin froh, dass du meine Schwester bist«, sagte sie, als ich das Buch zugeschlagen hatte, und nahm Felix in den Arm.

»Ich auch, Mia-Maus. Gute Nacht und träum schön!«

Dann löschte ich das Licht und ging aus dem Zimmer.

Vor der Tür wäre ich beinahe mit Cayla zusammengestoßen. Sie stand genau vor Mias Zimmertür, als hätte sie auf mich gewartet. Sie nahm mich am Arm und flüsterte mir zu: »Ich glaube, ich habe Mitschuld dran.«

Verständnislos blickte ich sie an. »Woran denn?«

»Na, an dem zerschnittenen Pullover.«

Ich hob die Augenbrauen. »Wie ...?«

»Ich habe ihr erzählt, dass ich als Kind für den Hund

meiner Nachbarin aus einem alten Kleidungsstück meiner Großmutter einen Hundepulli genäht hatte.«

»Aber … wir haben gar keinen Hund«, gab ich zu bedenken.

»Das nicht. Aber na ja, Mia hat Felix. Vielleicht wollte sie …?«

»… für Felix einen Minipulli schneidern?« Von dieser Warte betrachtet ergab der zerschnittene Pullover sogar Sinn.

Ich nahm mir vor, noch einmal ganz behutsam mit Mia zu reden. Und mit Mama und Clemens. Vielleicht. Aber möglicherweise war es auch besser, dass diese Sache Mias, Caylas und mein Geheimnis blieb. Die Frage allerdings, wie der Pullover in den Wäschekorb gekommen war, wenn ich ihn nicht hineingetan hatte, diese Frage blieb, auch nach Caylas Erklärung.

Die Abende waren ohne Handy und Laptop besonders öde. Das war die Zeit, in der ich normalerweise mit Emma oder anderen Schulfreunden telefonierte. Ich brauchte dringend irgendeine Beschäftigung, um nicht vor Langeweile zu sterben. Selbst um meine Fotos zu sortieren, hätte ich den Rechner gebraucht, weil die alle auf meiner Festplatte gespeichert waren.

Lesen war an sich eine gute Sache, nur hatte ich in den letzten Tagen bereits drei Bücher gelesen und ich hatte gerade keine Lust, ein neues anzufangen. Lernen hätte meine Mutter vorgeschlagen. Aber hey, wir hatten Ferien!

Ich hatte keinen eigenen Fernseher, weil Clemens der Meinung war, ich würde sonst überhaupt nicht mehr am Familienleben teilnehmen. Ohne Fernsehapparat sei ich gezwungen, hinunter ins Wohnzimmer zu gehen, wenn ich mir eine Sendung angucken wollte.

Lustlos hing ich also rum und dachte daran, wie eng sich die Mauern unseres Hauses bereits nach ein paar Tagen anfühlten. Wie mochte es wohl Menschen in echten Gefängnissen gehen, die jahrelang in einer Zelle leben mussten, die kleiner als mein Zimmer war?

Ich ordnete meinen Schrank neu und fand noch ein paar Klamotten, die ich Cayla geben wollte. Also klopfte ich an ihre Tür und wartete, bis sie öffnete.

»Hier, ich hab da ein paar Sachen für dich.« Über ihre Schulter hinweg sah ich zum Schreibtisch. Ein aufgeschlagenes Schulbuch und ein Heft lagen darauf. »Du lernst?«, fragte ich sie, obwohl es offensichtlich war.

Sie zuckte mit den Schultern. »Was soll ich sonst tun?«

»Keine Ahnung. Was machst du, wenn dir langweilig ist? Ich meine, in Irland?«

Sie lächelte. »Da ist mir nicht langweilig. Ich muss meiner Großmutter viel helfen. Hier ... hier habe ich außer für die Schule nichts zu tun.« Sie klang beinahe traurig darüber. Dabei müsste sie doch froh sein, weniger im Haushalt arbeiten zu müssen. Doch dann erkannte ich das Problem. Natürlich! Cayla hatte Heimweh. Ich hatte noch nie darüber nachgedacht, wie das war, ein halbes Jahr lang so weit weg von zu Hause zu sein. Weg von der gewohnten Umgebung, von der Familie, den Freunden – und nur ab und zu telefonieren oder Briefe schreiben, wie Cayla es tat. Klar, man tauschte Vertrautes und Alltagstrott gegen Abenteuer und neue Eindrücke. Das hieß aber nicht, dass man sein Zuhause nicht vermisste.

Da kam mir eine Idee: Vielleicht würde es ihr helfen,

wenn sie über ihre Heimat redete. »Mir ist auch gerade ziemlich langweilig. Willst du mir nicht ein bisschen von Dublin erzählen?«, bot ich ihr an.

Cayla blickte zu ihren Schulsachen, dann zurück zu mir. Schließlich nickte sie. »Klar. Was willst du denn wissen?«

Anfangs beantwortete Cayla meine Fragen nach ihren Hobbys oder den Einkaufsmöglichkeiten in Dublin ziemlich knapp. Als ich sie dann aber nach ihrer Großmutter fragte, sprudelten die Worte förmlich aus ihr heraus.

»Sie hat sich, so gut es ging, um mich gekümmert, nachdem meine Mutter gestorben ist. Das war nicht immer leicht. Damit wir genug Geld haben, hat sie bei anderen Leuten geputzt. Aber jetzt ist sie krank und kann das nicht mehr machen. Deshalb ja auch der Secondhand-Laden.«

Ich nickte. Mit Grauen dachte ich an ihr geblümtes Nachthemd zurück. Und an die anderen abgetragenen Kleidungsstücke, die sie mit dabeigehabt hatte. Die waren nur altmodisch gewesen und alles andere als cooler Vintage. In ihrer Schule war sie sicher schon deswegen ein totaler Außenseiter. Kein Wunder, dass ihr dann ein Ruf als Streberin wahrscheinlich total egal war.

»Versuchst du deshalb, in der Schule so gut zu sein? Damit du irgendwann mal einen tollen Job hast und dich um deine Oma kümmern kannst?«, fragte ich sie behutsam.

Cayla seufzte und erzählte davon, wie schwer sie es an ihrer Schule hatte. »Es ist eine Privatschule. Dort gehen sonst nur die Kinder wohlhabender Eltern hin. Die anderen verspotten mich wegen meiner Kleidung. Da kannst du dir vorstellen, dass ich das Gefühl hatte, ein hässliches Entlein zu sein.«

Bei ihrem Vergleich musste ich lächeln. Das Märchen

war im Moment Mias Lieblingsgeschichte und Cayla und ich lasen sie ihr abwechselnd jeden Abend vor. Ich konnte es mir sogar gut vorstellen, wie schlimm Cayla behandelt worden war. Es war für sie hier ja genauso gewesen. Dabei war mein Gymnasium keine Privatschule und ich dachte immer, meine Freunde zumindest wären nicht so oberflächlich wie ein paar reiche Snobs an einer Privatschule. Dann erinnerte ich mich an meinen ersten Eindruck von Cayla und dass ich nicht viel besser reagiert hatte.

Cayla schaute an sich herunter und zupfte an dem Shirt, das ich ihr geschenkt hatte. »Ich bin so froh, dass ich endlich einmal dazugehöre und nicht sofort ausgegrenzt werde.«

»Wie könnt ihr euch diese Schule eigentlich leisten?«, fragte ich weiter. Bei uns kosteten Privatschulen viel Geld, das war in Irland bestimmt nicht anders.

Sie lächelte ein wenig stolz. »Ich habe ein Vollstipendium bekommen.«

Na klar, das hätte ich mir denken können. Deshalb war Cayla also so eifrig beim Lernen. »Find ich gut, dass ihr so etwas habt.«

»Ich hatte echt Glück. Es ist die einzige deutschsprachige Schule in Dublin.« Wie immer strahlte Cayla so richtig, wenn sie über die Schule und ihre Leistungen dort sprach.

»Aber wieso musste es denn eine deutschsprachige sein?«, wollte ich wissen.

»Weil ... hab ich dir nicht schon mal erzählt, dass meine Großeltern in Österreich gelebt haben? Meine Mutter ist sogar hier geboren worden. Das war mit einer der Gründe, warum ich mich für dieses Austauschprogramm beworben habe. Ich wollte wissen, woher meine Mutter stammt.«

Das war nun wirklich eine interessante Neuigkeit. »Wo haben deine Großeltern denn gelebt?«, fragte ich sie.

»In der Nähe von Wien«, antwortete Cayla mit einem Schulterzucken.

Den Wunsch, die alte Heimat ihrer Mutter kennenzulernen, konnte ich total gut verstehen. Ich hätte auch gern mehr über meinen Vater erfahren, doch ich sah seine Eltern – meine Großeltern – fast nie. Das letzte Mal hatten sie mir eine Karte mit einem Hunderteuroschein zu meinem fünfzehnten Geburtstag geschickt. Und gesehen hatte ich sie ... Ich wusste gar nicht mehr, wann. Normalerweise machte mir das nicht viel aus. Mamas Eltern besuchten wir öfter oder sie uns. Sie wohnten nur zwei Ortschaften weiter. Aber meine Mama hatte sich nie besonders gut mit Papas Eltern verstanden. Als sie dann Clemens heiratete, brachen meine Großeltern den Kontakt zu ihr ab. Wahrscheinlich hatten sie erwartet, dass Mama für immer allein blieb, und konnten es nicht verkraften, dass ein anderer Mann Papas Platz an ihrer Seite einnahm. Als hätte Mama ihn verraten, nur weil sie weiterlebte.

Nur alle paar Jahre erinnerten sie sich daran, dass sie eine Enkeltochter hatten, und schickten mir dann, meist zum Geburtstag, eine Glückwunschkarte mit Geld. Ein persönlicher Brief war bisher nie dabei gewesen. Wenn ich darüber nachdachte, war es richtig traurig, dass nach dem Tod meines Vaters eine Seite meiner Familie irgendwie so ganz weggebrochen war.

»Wo ist eigentlich dein Vater? Haben sich deine Eltern getrennt?«, fragte Cayla nun, als hätte sie meine Gedanken gelesen. Ich zögerte, aber dann, aus einem plötzlichen Impuls heraus, erzählte ich Cayla von meinem Vater.

Sie wirkte betroffen und nahm meine Hand. »Dann haben wir ja mehr gemeinsam, als ich dachte«, sagte sie lächelnd.

Ich lächelte traurig zurück. »Woran ist deine Mutter gestorben?«, wollte ich wissen. Und als ich bemerkte, wie Caylas Gesicht sich verschloss, fügte ich schnell hinzu: »Du musst es mir nicht sagen, wenn du nicht willst.«

»Schon gut. Ich ... rede nur nicht gerne darüber. Sie ... war drogenabhängig. Wahrscheinlich war es eine Überdosis.« Ihre Stimme klang auf einmal abweisend. Da hatte ich wohl unabsichtlich einen wunden Punkt erwischt. Noch ehe ich mich dafür entschuldigen konnte, sprach sie weiter: »Ich war ihr nicht genug, verstehst du? Sie hat mich zurückgelassen, weil ihr die verdammten Drogen wichtiger gewesen sind als ich.«

Ich schluckte, so schockiert war ich von ihren harten Worten, und legte ihr tröstend den Arm um die Schultern. »Das darfst du nicht denken. Sie hat dich bestimmt geliebt. Nur sich selbst nicht.«

Cayla wischte sich eine Träne aus dem Augenwinkel. »Vermutlich hast du recht.«

Eine Weile hing jeder von uns seinen eigenen Gedanken nach, doch das Schweigen war nicht unangenehm, eher wie ein gemeinsames Zurückerinnern. Schließlich konnte ich mein Gähnen nicht zurückhalten. »Puh, ich denke, ich sollte jetzt ins Bett gehen.«

Cayla begann ebenfalls zu gähnen.

Ich lachte. »Gähnen ist ansteckend!«

»*Angst*eckend?« Sie runzelte die Stirn.

»Nein, *an*steckend. Wie ein Schnupfen, weißt du?«

Sie lachte. »Ach so! Ja, das stimmt.« Sie gähnte noch

einmal und prompt ging es bei mir auch wieder los. Wir lachten und wünschten uns eine gute Nacht.

Vor der Tür drehte ich mich noch einmal zu ihr um. »Hat eigentlich Emma schon geantwortet? Wegen ihrer Telefonnummer?«

Cayla schüttelte den Kopf. »Nein, tut mir leid. Wahrscheinlich ist sie noch krank.«

Langsam ging ich in mein Zimmer hinüber. Meine Gedanken kreisten um Cayla und ihre Geschichte. Und um meine beste Freundin. Emma musste es wirklich ziemlich mies gehen, sonst hätte sie mir bestimmt schon zurückgeschrieben.

17

Am Samstagmorgen schlief ich bis zehn. Kaum war ich im Bad, trampelte Mia die Treppe hoch und klopfte an die Tür. Gleich darauf steckte sie den Kopf herein. »Jana, beeil dich. Wir haben auf dich gewartet. Mama will mit uns shoppen gehen.«

Shoppen? Und wer waren »wir«? Egal. Das hieß, dass ich mein Gefängnis für ein paar Stunden verlassen durfte. Schon allein deshalb hätte ich liebend gern zugestimmt, aber Shoppingtouren mit Mama gehörten außerdem eindeutig zu den coolen Dingen. »Ich bin in zehn Minuten fertig«, sagte ich und scheuchte Mia aus dem Bad, um mich in Ruhe anziehen und meine Zähne putzen zu können.

Mit Mama shoppen zu gehen dauerte meist bis zum Abend. Normalerweise aßen wir dann irgendwo zu Mittag und bummelten von einem Geschäft ins andere. Ein ganzer Tag, an dem ich nicht zu Hause hocken musste!

Ich brach sämtliche meiner Rekorde und hatte zum Fertigmachen nicht zehn, sondern bloß acht Minuten gebraucht. Wir schlenderten zum Auto, Cayla saß vorne, Mia und ich hinten auf der Rückbank. Clemens ließen wir daheim. Er hatte dankend abgewinkt und »seine Mädels« lieber ohne »Klotz am Bein« ziehen lassen.

Wir klapperten jedes einzelne Geschäft im Einkaufszentrum ab. Mia brauchte neue Hosen, T-Shirts, Pullover und

Schuhe. Sie war über den Sommer ziemlich gewachsen und die Sachen vom Vorjahr passten ihr nicht mehr. Mama war in Spendierlaune und kaufte mir ebenfalls ein paar klasse Klamotten, außerdem für sich selbst zwei Pullover, die wohl den zerschnittenen ersetzen sollten. »Cayla, warum suchst du dir nicht auch etwas aus?«, fragte sie.

Cayla druckste herum und tat so, als würde ihr nichts gefallen. Aber ich ahnte, was los war.

»Hier, probier das doch mal an. Das steht dir bestimmt hervorragend«, meinte Mama und drückte ihr eine dunkelgrüne Jeans in die Hand.

Zögernd nahm Cayla die Hose und verschwand in der Kabine.

Ich nutzte die Gelegenheit, um Mama zur Seite zu nehmen: »Sie hat kaum Geld. Keine Ahnung, wie sie überhaupt über die Runden kommt.«

Mama schlug sich mit der Hand auf die Stirn. »Natürlich, ich Hornochse! Deshalb geht sie nirgends hin. Und ich habe mich schon gefragt, warum. Sie geht nie ins Kino, auf keine Konzerte, keine anderen Veranstaltungen ... bis auf das Theaterstück und das war eine Schulveranstaltung. Deshalb hast du ihr auch deine alten Sachen gegeben, nicht wahr?«

Ich nickte. »Du hättest die anderen in der Schule hören sollen. Die waren echt gemein.«

Mama drückte mich an sich. »Okay, danke, dass du mir das gesagt hast.«

In dem Moment kam Cayla aus der Kabine. Sie hatte einen hochroten Kopf. Die Jeans hatte sie zusammengelegt und hielt sie in der Hand.

»Die Farbe finde ich schön, aber ...«

»Kein aber. Passt sie dir? Fühlst du dich wohl darin?«, fragte meine Mutter.

Sie druckste herum. »Ja, schon. Aber ...«

»Cayla, ich bestehe darauf, dir diese Hose zu kaufen. Und was für obenrum ebenso.«

Cayla wurde noch röter im Gesicht, wenn das überhaupt möglich war. »Susanne, das kann ich nicht annehmen. Es ist zu teuer und ...«

»Keine Widerrede. Du gehörst beinahe zur Familie. Du kümmerst dich um Mia, hilfst im Haushalt ...«

Ich grinste in mich hinein, als ich Caylas fassungsloses Gesicht sah. »Ich darf bei euch umsonst wohnen und jetzt willst du mir auch noch etwas so Teures kaufen?«

Mama zwinkerte mir zu. »Aber ja. Ich finde, das hast du dir verdient.«

Damit hatte sie Cayla den Wind aus den Segeln genommen. »Also, diese Hose? Oder doch lieber eine andere?«

Cayla drückte die Jeans an sich. »Nein, die hier ist perfekt.«

Gemeinsam suchten wir zwei weitere Oberteile aus, während Mama Mia aus dem Spielbereich des Ladens holte.

Während meine Mutter bezahlte, flüsterte mir Cayla zu: »Warum tut Susanne das alles?«

»Weil sie dir gerne eine Freude machen will«, gab ich zur Antwort. Dass ich Mama verraten hatte, wie arm Cayla und ihre Oma waren, verschwieg ich. Ich wollte nicht, dass sie das Gefühl hatte, meine Mutter würde bloß aus Mitleid so handeln.

Kurz vor eins waren wir vom Shoppen ausgehungert und steuerten ein griechisches Lokal an. Ganz Molden schien heute im Einkaufszentrum beim Griechen essen zu wollen, aber wir hatten Glück. Eben bezahlte eine Familie und schnell setzten wir uns an den frei gewordenen Tisch.

Mia alberte mit Cayla herum. Selten hatte ich Cayla so gelöst und glücklich gesehen. Mama lächelte zufrieden und ich grinste sie an. Im Moment waren wir Verbündete, sie und ich.

Der Kellner kam mit den Speisekarten. Cayla vertiefte sich in eine, Mama las sie Mia vor. Ich wusste schon, was ich bestellen wollte, klappte meine zu und ließ den Blick durch den Saal schweifen. Da bemerkte ich aus dem Augenwinkel, wie Verena, Lisa, Bastian und Lukas hereinkamen und sich umsahen. Verena entdeckte mich, ich hob schon die Hand, um zu winken, aber sie wandte sich zu den anderen, sagte etwas. Dann drehten sie sich wieder um und gingen. Einen Moment lang war ich so perplex, dass meine Hand, die ich zum Gruß erhoben hatte, immer noch in der Luft hing. Ich war mir sicher, dass Verena mich gesehen hatte. Und sie fand es nicht einmal der Mühe wert, herüberzukommen oder zurückzuwinken? Oder irgendwas, das zeigte, dass sie mich wahrgenommen hatte. Fassungslos starrte ich ihnen nach.

Meine Mutter folgte neugierig meinem Blick. »Oh, waren das nicht deine Freunde?«

Mir stiegen die Tränen hoch, doch ich schluckte sie hinunter. »Das dachte ich auch.«

Damit war der restliche Shoppingnachmittag für mich gelaufen. Ständig kreisten meine Gedanken um Verena, Lisa und die beiden Jungs. Ich suchte nach allen möglichen Erklärungen. Ich meine, klar waren Verena und ich nicht mehr ganz so dicke, aber noch nie hatte sie mich derart ignoriert! Vielleicht hatte ich mir nur eingebildet, Verena hätte mich gesehen? Vielleicht hatte sie bloß auf der Suche nach einem freien Tisch in die Runde und durch mich hindurchgeguckt. Und vielleicht hatten sie über ganz was anderes getuschelt. Aber mein Gefühl sagte das Gegenteil. Mir war klar, dass ich versuchte, ihr Verhalten zu beschönigen, wo es nichts zu beschönigen gab. Viel wahrscheinlicher als die vielen Vielleichts war, dass sie mich sehr wohl gesehen hatten und mich absichtlich mieden. Doch warum? War es Verena peinlich, dass ich auf der Party die Rettung geholt hatte? Hätte ich lieber die Hände in den Schoß legen und auf das Beste hoffen sollen? Mich verletzte, dass sie mich einfach links liegen ließ, während ich genau dies auf der Party nicht getan hatte.

Es konnte natürlich sein, dass ich ihnen nicht cool genug war, weil ich keinen Alkohol trank. Aber zumindest mit Lukas hatte ich noch zuletzt vernünftig reden können. Weshalb tat er plötzlich so, als wäre ich Luft? Oder hatten die anderen mich wirklich nicht gesehen und nur Verena hatte etwas gegen mich …? Aber was?!

»Jana!«, riss mich Cayla aus meiner Gedankenspirale. »Wie gefallen dir diese Schuhe?«

Ich blinzelte. »Oh, find ich gut«, antwortete ich. Ich hatte gar nicht bemerkt, dass wir mittlerweile im Schuhladen waren. Wenn ich bloß mit Emma reden könnte, dachte ich. Doch auf meine Nachfrage, ob sie sich denn endlich gemeldet hätte, verneinte Cayla auch dieses Mal. »Und jetzt komm, lass den Kopf nicht hängen. Schau, die würden super zu deinen neuen Klamotten passen.« Sie hielt mir ein Paar Sneaker entgegen. Trotzig riss ich ihr die Schuhe beinahe aus der Hand und suchte die nächste Sitzgelegenheit, um sie anzuprobieren. Sie passten, als wären sie für mich gemacht worden.

»Die nehm ich«, sagte ich. Es wäre doch gelacht, wenn ich mich ohne meine Pseudofreunde nicht amüsieren konnte.

Unsere Hände waren voll mit Einkaufstüten, als wir zum Auto zurückgingen. Der Parkplatz war immer noch überfüllt, obwohl die Geschäfte in zehn Minuten schlossen.

Ich war mit Mia vorgelaufen, verstaute meine Schätze im Kofferraum, setzte mich auf die Rückbank und schnallte zuerst Mia und dann mich an, als Mama einen Schmerzensschrei ausstieß. Sie hatte einen der Bordsteine übersehen und war mit dem Fuß umgeknickt. »Mist!«, fluchte sie.

Sie humpelte zur Autotür und ließ sich auf den Sitz auf der Fahrerseite fallen. »Autsch. Das tut höllisch weh. So kann ich unmöglich fahren.«

»Müssen wir jetzt im Auto schlafen?«, fragte Mia entsetzt. Auch ich war für einen Moment geschockt und fragte mich, wie wir jetzt heimkommen sollten. Hoffentlich hatte sich meine Mutter nicht ernsthaft verletzt.

»Quatsch! Ich ruf Papa an, damit er uns holen kommt«, gab Mama mit schmerzerfülltem Gesicht zurück und betastete vorsichtig den verstauchten Knöchel. »So was Blödes.« Sie griff nach ihrem Handy.

»Susanne, ich kann fahren«, sagte da Cayla plötzlich.

Alle drei Augenpaare sahen sie verblüfft an. »Du kannst Auto fahren?«, fragten Mama und ich gleichzeitig.

Sie zuckte mit den Schultern. »Also, ich habe einen Führerschein.«

»Fährt man in Irland nicht auf der falschen Straßenseite?«, gab ich zu bedenken.

»Für mich fahrt *ihr* auf der falschen Straßenseite. Aber ich denke, ich krieg das hin. Es ist ja nicht weit.«

Mama dachte kurz nach. »Das klingt, als wäre es einen Versuch wert«, meinte sie dann und überreichte Cayla die Autoschlüssel.

Ein wenig mulmig war mir irgendwie doch, als Cayla den Sitz und die Spiegel auf ihre Größe einstellte und den Motor startete. Sehr langsam lenkte sie den Wagen rückwärts aus der Parklücke.

Den gesamten Heimweg fuhr sie im Schneckentempo und anhand ihrer verkrampften Hände auf dem Lenkrad merkte ich, wie aufgeregt und angespannt sie in Wahrheit war. Aber irgendwann bog sie in unsere Einfahrt.

»Na, bitte. Das hat doch toll geklappt«, meinte Mama, als Cayla das Auto vor dem Haus abstellte. »Du brauchst einfach Übung, aber du hast es schon richtig gut gemacht.«

Mia hüpfte aus dem Fahrzeug und lief ins Haus. »Papa, stell dir vor! Cayla hat uns nach Hause gebracht«, rief sie aufgeregt.

Mama humpelte Mia nach, während Cayla und ich die Taschen ins Haus trugen.

»Wieso hast du nie erwähnt, dass du einen Führerschein hast?«, wollte ich von ihr wissen.

Sie zuckte mit den Achseln. »Weil es bisher nicht wichtig war. Ich nahm nicht an, dass ich jemals in die Situation kommen würde, hier mit dem Auto fahren zu müssen.«

Ihre Erklärung klang schlüssig, doch mir brannte noch eine weitere Frage auf der Zunge: Wie hatte sie sich die Fahrstunden finanziert? Von Tobias wusste ich, dass der Führerschein bei uns etwa achthundert Euro kostete, eher sogar mehr, wenn man sämtliche Gebühren, den Erste-

Hilfe-Kurs, das Schleudertraining, die Lernunterlagen usw. dazuzählte. Das war sogar für mich eine Menge Geld.

»Guck nicht so«, erwiderte Cayla. »Ich habe für den Führerschein zwei ganze Sommer gejobbt«, beantwortete sie mir meine unausgesprochene Frage. Ich fragte mich wirklich, ob sie Gedanken lesen konnte.

Während sie eine weitere Tüte aus dem Kofferraum an mich weitergab, meinte sie: »Ich wollte den Führerschein nicht für mich machen, sondern wegen meiner Oma. Ich habe dir doch erzählt, dass sie krank ist. Sie kann kaum mehr gehen und ich muss sie zum Arzt bringen oder mit ihr einkaufen fahren.«

»Ihr habt ein Auto?« Cayla schaffte es, mich immer wieder zu überraschen.

Sie zeigte lachend auf Mamas Wagen. »Das hier ist ein Auto. Das von meiner Oma ist ... ein Schrottkasten. Aber er fährt noch. Jedes Mal, wenn ich einsteige, hoffe ich, dass kein Teil verloren geht. Keine Ahnung, was wir machen, wenn es mal repariert werden muss.«

Ich stellte mir eine Rostlaube vor, die stotternd die falsche Straßenseite entlangrollt und alle fünf Sekunden mit einem Knall schwarzen Rauch aus dem Auspuff ausstößt, und musste lachen. Plötzlich fühlte ich mich wieder ganz unbeschwert. Sollten Verena samt ihrem Anhang mir doch den Buckel runterrutschen. Eine Freundin zu haben, die Auto fahren kann, war eindeutig cooler als jedes Wettsaufen.

Und ein Freund, der mit mir zusammen sein wollte und außerdem bald einen Führerschein haben würde, ebenso.

***

Verena Plank an Lisa Holt:

Herrlich, wie irritiert sie uns heute angestarrt hat! Saß brav neben Mami und nuckelte am Daumen.

Lisa Holt an Verena Plank:

Und wie blöd sie geschaut hat! Wäre sicher lieber mit uns dort gewesen als mit ihrem peinlichen Anhang.

Verena Plank an Lisa Holt:

Tja, die Möglichkeit hat sie verspielt. Ich hab sie schon aus meiner Freundesliste entfernt. Du solltest das auch tun. Mit der will ich nichts mehr zu tun haben.

Lisa Holt an Verena Plank:

Aber echt. Jemand, der solche Lügen verbreitet, gehört nicht mehr zu uns.

Verena Plank an Lisa Holt:

Mittlerweile wissen es alle!! Alle glauben, ich hätte mit Lukas geschlafen. Wir müssen dagegen etwas unternehmen!

Lisa Holt an Verena Plank:

Aber sag mal … Hast du denn mit ihm …?!

Verena Plank an Lisa Holt:

Spinnst du? Nein!

Lisa Holt an Verena Plank:

Wie kommt sie auf die Idee, so etwas zu behaupten? Und was sagt Lukas dazu?

Verena Plank an Lisa Holt:

Der fühlt sich, glaube ich, sogar geschmeichelt. Du solltest mal sehen, wie er mich immer ansieht. Keine Ahnung, woher Jana auf diese hirnverbrannte Idee kommt. Auf jeden Fall kann ich das nicht auf mir sitzen lassen.

Lisa Holt an Verena Plank:

Gleiches mit Gleichem vergelten? Könnte funktionieren. Ich hab da noch ein paar Fotos von der letzten Klassenfahrt. Auf einem sitzt Jana auf Dominiks Schoß.

Verena Holt an Lisa Plank:

Glaubst du, das nimmt uns wer ab? Die beiden sind nicht mal zusammen gewesen.

Lisa Plank an Verena Holt:

Wir wissen es. Alle anderen dachten aber, dass die zwei ein Paar wären. Außerdem reicht es, wenn es Tobias glaubt. Was meinst du, wie schnell die Romanze zwischen ihm und Jana wieder vorbei ist, wenn er sie mit einem anderen sieht?

Verena Holt an Lisa Plank:

**grins* Das ist böse. Könnte glatt von mir sein. Okay, dann poste das Foto heute noch – und zwar öffentlich. Und markiere Tobias namentlich, damit er es auch ja bemerkt.*

Lisa Plank an Verena Holt:

Mach ich. Ist so gut wie erledigt.

***

18

Clemens wollte mit Mama sofort in die Unfallambulanz fahren, doch die fand das maßlos übertrieben. »Er ist bloß verstaucht. Die können nichts machen, was ich nicht auch selbst tun kann. Schonen, schonen, schonen. Sportsalbe drauf, kühlen, hochlagern. Ich fürchte, morgen wirst du dich um das Essen kümmern müssen.«

Clemens versicherte, dass das kein Problem sei, und ich grinste in mich hinein. Das hieß, er würde zum Telefon greifen und Pizza bestellen.

»Ich könnte was kochen«, bot Cayla an.

Dankbar nickte Clemens. »Siehst du, Susanne? Ist bereits alles geregelt.«

Wegen der ganzen Aufregung über Mamas Knöchel hatte ich völlig vergessen, Mia noch einmal auf den zerschnittenen Pullover anzusprechen. Als es mir einfiel, war es schon spät und sie bereits im Bett. Ich nahm mir vor, sie gleich morgen nach dem Frühstück beiseitezunehmen.

Später kam Cayla in mein Zimmer. »Ich wollte dir bloß sagen, dass Emma sich noch nicht gemeldet hat. Und ich wollte mich bei dir bedanken.«

Überrascht hob ich eine Braue. »Wofür denn? Ich habe gar nichts gemacht.«

»Bei Susanne bedanke ich mich auch noch«, erwiderte sie, ohne auf meine Frage einzugehen.

»Eigentlich müssen wir uns bei dir bedanken, wenn wir schon dabei sind. Ohne dich wären wir heute aufgeschmissen gewesen.«

Sie winkte ab. »Das ist doch selbstverständlich. Außerdem hat es Spaß gemacht. Jetzt weiß ich wenigstens, dass ich es kann.« Sie zögerte. »Meinst du, ich darf das Auto öfter haben?«

Ich zuckte mit den Schultern. Mama betonte immer, dass ihr Auto ein Zweckobjekt war. Sie fuhr damit so gut wie nie in die Waschstraße, putzte und polierte es nicht, weil sie das einfach nicht wichtig fand. Clemens hingegen verbrachte an manchen Wochenenden Stunden damit, sein Fahrzeug zu pflegen. Bei jedem Krümel, den jemand drinnen fallen ließ, bekam er beinahe einen Herzinfarkt. Deshalb war damals Mias Kaugummi auf dem Sitz auch so ein Drama gewesen. Bei Mama musste man sich deswegen keine Sorgen machen, für sie waren solche Dinge nebensächlich, Hauptsache, der Wagen brachte sie von A nach B – und das zuverlässig. Also konnte ich mir durchaus vorstellen, dass sie Cayla ihr Auto tatsächlich lieh, wenn sie selbst es nicht brauchte.

»Kann gut sein. Jetzt, wo sie weiß, dass du einen Führerschein hast ...« Ich fand es richtig cool, dass Cayla Auto fahren konnte. Vielleicht konnten wir sogar mal zusammen eine Spritztour machen?

Cayla lächelte. »Klasse! Ich könnte den Einkauf übernehmen.«

Ade, Spritztour – wahrscheinlich war Cayla für so etwas echt zu vernünftig. Ich antwortete: »Dann schlag ihr das doch vor. Sie freut sich bestimmt, wenn du ihr hilfst.« Im Gegensatz zu solchen Shoppingnachmittagen wie heute hasste Mama einkaufen. Lebensmittel einzukaufen, bedeutete für sie, sich zu überlegen, was alles fehlte, was man die nächsten Tage zum Kochen brauchte, und hinzu kamen die Schlangen an den Kassen, weil jeder offenbar immer dann zum Discounter fuhr, wenn sie das auch tat.

»Ich frage mich, wie es Emma wohl geht?«, wechselte ich das Thema. Ich hätte Mama fragen können, ob sie mir die Festnetznummer von Doris, Emmas Mutter, geben könnte, aber nachdem die beiden Mütter nach der verbotenen Party telefoniert hatten, war Mama ziemlich sauer auf Doris gewesen. »So eine unverantwortliche Person«, hatte meine Mutter geschimpft. Emma hatte mir erzählt, ihre Mutter wäre der Ansicht, wir wären alt genug, um auch mal ein Wochenende allein zurechtzukommen. Ganz meine Meinung. Aber damit stand ich in dieser Familie wohl allein da. Jedenfalls wollte ich bei Mama keine schlechten Erinnerungen heraufbeschwören. Womöglich fiel ihr dann noch ein Verbot ein, nämlich dass ich in Zukunft niemals wieder bei Emma übernachten dürfte.

»Du vermisst deine Freundin, nicht wahr?«, fragte Cayla mitfühlend.

Ich nickte. »Emma ist meine allerbeste Freundin, schon seit ich denken kann. Es macht mich ganz nervös, wenn ich nicht weiß, wie es ihr geht. Und ich kann sie weder besuchen noch anrufen.«

Mit schief gelegtem Kopf sah mich Cayla an. »Schön, dass es solch eine innige Freundschaft gibt.« Sie lächelte mich an. »Ich verspreche dir, dass ich mehrmals täglich nach ihren Nachrichten gucke und ich mich gleich melde, wenn sie geschrieben hat.«

»Danke, das ist lieb. Aber wahrscheinlich hat sie Fieber

oder so was und ist einfach zu schwach, um sich auch noch um ein aktuelles Facebookprofil zu kümmern.« Ich erinnerte mich daran, wie matt ich gewesen war, als ich mir im letzten Jahr die Grippe geholt hatte – mit neununddreißig Grad Fieber. Damals war ich zehn Tage lang nicht von dieser Welt gewesen, einfach nur ein Häufchen Elend.

»Hast du denn keine solche Freundin? Eine, mit der du über alles reden kannst? Und die immer für dich da ist?«

Langsam schüttelte sie den Kopf. »Nein, bloß meine Oma.«

Puh! Die Arme. Mir wurde wieder einmal bewusst, wie gut es mir im Vergleich zu Cayla ging.

Gegen zehn, Cayla hatte mir gerade erst eine gute Nacht gewünscht, klopfte Clemens an meine Zimmertür. »Telefon. Ein Tobias.« Er hob fragend die Augenbrauen.

Ich sprang auf und flog förmlich die Treppe hinunter zum Festnetztelefon.

»Hi, meine Schöne. Ich musste einfach deine Stimme hören.«

»Selber hi. Du hast Nerven, um diese Zeit anzurufen«, sagte ich und fügte schnell hinzu: »Nicht, dass ich mich nicht freue, aber mich wundert es, dass mein Stiefvater dich nicht gleich zusammengestaucht hat – wegen meiner kleinen Schwester. Die schläft nämlich schon und ...«

»Oh, das war also dein Stiefvater? Ich dachte schon, es wäre ein Drachen, der irgendeinen Schatz bewacht. So biestig hat er geklungen.«

Ich musste lachen. »Wie hast du es dann geschafft, dass er mich geholt hat?«

»Ich habe ihm gesagt, dass es *total* dringend ist.«

Ich grinste. »Wie überaus einfallsreich. Auf jeden Fall hat

deine Notlüge funktioniert.« Ich wurde ernst. »Es war doch eine Notlüge. Ich meine, es ist nichts passiert, oder so?«

»Nein, nein. Alles in Ordnung. Aber es war keine Lüge. Nicht einmal eine kleine. Ich vermisse dich schrecklich. Also war es wirklich dringend.«

Innerlich seufzte ich. »Ich vermisse dich auch. Die Ferien dauern einfach schon jetzt viel zu lange ... und ich hätte nie gedacht, dass ich so was mal sagen würde!« Er lachte.

Wir sprachen noch eine Weile miteinander und ich saugte jedes Wort förmlich in mich auf, um mich daran festzuhalten, wenn ich wieder mal in meinem Feriengefängnis namens Hausarrest am Verzweifeln war. Tobias erzählte mir von einem Aushilfsjob an der Tankstelle, den er angenommen hatte, um sich ein bisschen was dazuzuverdienen. Und ich berichtete ihm von der Shoppingtour und wie Cayla uns nach Hause gebracht hatte.

»Meinst du, ich könnte dich morgen besuchen?«, fragte er dann.

Mein Herz hüpfte. »Ich frag mal, bleib kurz dran.«

Im Wohnzimmer saßen Clemens und meine Mutter vor dem Fernseher. »Tobias lässt fragen, ob er morgen vorbeikommen kann. Oder heißt Hausarrest, dass ich auch keine Besuche empfangen darf?« Ich biss mir erwartungsvoll auf die Lippen.

»Offenbar ist dir dieser Junge wichtig«, meinte Mama.

»Ja, sehr.«

Meine Mutter lächelte. »Gut, dann möchten wir ihn ohnehin gern kennenlernen. Morgen Nachmittag?«

Ich machte einen Freudensprung und wollte Tobias die gute Nachricht gleich verkünden, als Clemens mich noch einmal zurückrief. »Und sag ihm gleich, dass er nach neun nicht mehr anrufen soll, egal, wie *total dringend* es ist.« Er hob wieder eine Augenbraue, als wüsste er genau, dass es eine Ausrede von Tobias gewesen war.

»Okay.« Dann lief ich, um Tobias zu sagen, dass er morgen kommen dürfe.

Später, als ich schon im Bett lag und vor lauter Aufregung nicht einschlafen konnte, wunderte ich mich, dass ich trotz Hausarrest und Handy- und Notebookverbot einfach nur glücklich war. Hätte ich jetzt mein Glück mit meiner besten Freundin teilen können, wäre es perfekt gewesen.

19

Der Sonntag begann trist. Ich wurde vom Regen, der gegen meine Scheibe klopfte, geweckt. Als ich die Rollos hochzog, war der Himmel mit dunkelgrauen Wolken überzogen und der Garten unter meinem Fenster wirkte verschwommen wie ein Aquarellbild. Trotzdem konnte das Wetter meine Stimmung nicht trüben, denn heute würde Tobias mich besuchen! Mit diesem Gedanken war ich abends eingeschlafen und auch wieder aufgewacht.

Ich wünschte, ich hätte heute bis mittags geschlafen, dann wäre die Zeit bis zu seinem Besuch nicht so lange gewesen, doch es war erst zehn, als ich hinunterging, um zu frühstücken.

Mama saß, den verletzten Fuß auf einen Stuhl gelegt, in der Küche und trank Kaffee. Clemens wuselte hin und her. Von Cayla oder Mia war keine Spur zu sehen.

»Guten Morgen«, sagte ich und machte mir einen Kaffee an unserem Vollautomaten. »Wie geht's deinem Fuß?«, fragte ich meine Mutter, während ich Milch und Zucker in eine Tasse gab.

»Etwas besser«, antwortete sie. »Ich finde es gar nicht so schlimm, zum Nichtstun verdonnert zu sein.« Sie deutete mit dem Kopf ins Wohnzimmer, wo Clemens gerade dabei war, den Staubsauger wieder zu verstauen.

Ich grinste. »Vielleicht ist die Verletzung doch schlimmer, als du anfangs gedacht hattest.«

Mama zwinkerte mir zu. »Vielleicht.«

»Wo ist Mia?« Mir fiel ein, dass ich meine Schwester heute wegen des Pullovers noch einmal zur Rede stellen wollte.

»Drüben bei Leonie. Die stand heute schon um neun vor der Tür und hat gefragt, ob Mia bei ihr übernachten darf.«

Die beiden Mädels waren dicke Freundinnen, fast so wie Emma und ich. Und es kam öfter vor, dass eine bei der jeweils anderen schlief.

Wie es aussah, musste ich mein Gespräch mit Mia verschieben. Oder ich ließ es gleich bleiben. Das Thema schien ohnehin abgehakt. Niemand redete mehr von dem zerschnittenen Pullover. Warum sollte ich es dann tun? Manchmal war es wohl besser, Dinge auf sich beruhen zu lassen.

Ich setzte mich zu Mama an den Tisch und griff nach der Zeitung, die Clemens liegen gelassen hatte.

»Erzähl doch mal, wie ist dieser Tobias denn so?«, wollte meine Mutter wissen. Erwartungsvoll blickte sie mich an.

Ich schob die Zeitung beiseite und nahm einen Schluck von meinem Kaffee, um ein wenig Zeit zu schinden. Wie sollte ich Tobias am besten beschreiben?

Schon beim Gedanken an ihn wurde mir ganz warm im Bauch. Und das kam nicht von dem Kaffee. »Tobias ist bald achtzehn, gerade dabei, den Führerschein zu machen, und hat einen Aushilfsjob an der Tankstelle angenommen«, begann ich.

»Wie sieht er aus?«, fragte Mama neugierig weiter.

Ich lehnte mich zurück. »Sein Haar hat fast die gleiche Farbe wie meines, er hat moosgrüne Augen und lange Wimpern. Wenn er lacht, hat er auf der rechten Wange ein total süßes Grübchen. Er ist etwas größer als ich, mein Kopf passt genau in die Kuhle zwischen seinem Hals und der Schulter. Und er mag es, wenn ich meine Haare offen trage ...« Dann fügte ich seufzend hinzu: »... und er nennt mich ›meine Schöne‹.«

Mama lächelte. »Klingt so, als hätte es dich voll erwischt.«

Ich seufzte noch mal. »Ja, hat es auch. Er ist so ... ach, du wirst ihn ja selbst kennenlernen.« Versonnen blickte ich durch das Fenster nach draußen und bemerkte, wie die Sonne sich langsam zwischen die Wolken schob. Es war schon eine Ewigkeit her, dass Mama und ich uns so unterhalten hatten. Über Jungs oder meine Gefühle oder einfach Dinge, die mir wichtig waren. Sonst drehten sich unsere Gespräche meist um die Schule und meine schlechten Noten oder darum, was ich nicht oder Mamas Meinung nach falsch gemacht hatte. Ich fragte mich, wann das eine aufgehört und das andere angefangen hatte.

»Als du dich damals in Papa verliebt hast, war es bei dir auch so, dass du die ganze Zeit nur an ihn denken konntest und am liebsten jede Minute des Tages mit ihm verbracht hättest?«, wollte ich von meiner Mutter wissen.

Sie lehnte sich zurück und blickte in die Ferne. »Herzrasen, Pulsflattern, Schmetterlinge im Bauch, im Kopf ... die ganze Palette. Wenn wir uns eine Weile nicht gesehen haben, war alles doof, und wenn wir beisammen waren, hatte ich das Gefühl, ich könnte die ganze Welt umarmen.«

»Habt ihr nie gestritten?«, fragte ich weiter.

»Doch, natürlich. Das gehört dazu. Clemens und ich sind ja auch nicht immer einer Meinung.«

Ich dachte an ihre Diskussion, die ich vor einiger Zeit

heimlich mit angehört hatte, und nickte. »Wäre irgendwie auch langweilig.«

Mama lachte. »Ja, das stimmt wohl. Wo steckt Cayla eigentlich? Wollte die nicht heute kochen?«

Ich zuckte mit den Schultern. Von Cayla hatte ich seit gestern Abend nichts mehr gesehen oder gehört.

»Soll ich mal nach ihr schauen?«, bot ich an.

»Ach, vielleicht will sie bloß mal ausschlafen.«

Das wunderte mich. Seit sie bei uns war, war Cayla noch nie länger als bis neun im Bett geblieben.

Um halb zwölf beschloss ich, doch nach ihr zu sehen. Ich klopfte an ihre Tür, aber es meldete sich niemand. Unschlüssig stand ich da, drückte schließlich die Klinke nach unten, öffnete die Tür einen Spalt und steckte den Kopf hinein. »Cayla?«, rief ich leise. Als keine Antwort kam, ging ich hinein. Ihr Bett war ordentlich gemacht, wie immer. War sie aufgestanden, noch ehe wir anderen aufgewacht waren? Und wenn ja, warum? Hatte ich so tief und fest geschlafen, dass ich sie nicht mal im Bad rumoren gehört hatte? Offensichtlich.

Ich ging hinunter, um Clemens und Mama von meiner Entdeckung zu berichten.

»Ach, ich hatte ganz vergessen, euch zu sagen, dass Cayla schon um halb acht weggefahren ist«, meinte da Clemens.

»Wie, weggefahren?«, fragten Mama und ich wie aus einem Mund.

»Na, ich habe ihr dein Auto geliehen, das war doch okay? Ich dachte, jetzt, wo sie schon einmal damit gefahren ist …«

Mama blinzelte vor Überraschung. »Ja, klar. Ich kann ohnehin nirgendshin und ein bisschen Übung schadet ihr nicht. Aber hat sie denn gesagt, wo sie ganz allein hinwollte?«

»Hätte ich sie fragen sollen?«, gab Clemens zurück.

Während Mama abwinkte und meinte, es wäre nicht so wichtig, begann ich mir Sorgen zu machen. Was, wenn Cayla sich überschätzt hatte? Wenn ihr etwas passiert war? Es sah ihr gar nicht ähnlich, einfach wegzufahren, ohne zu sagen, wohin und wann sie wieder zurückkommen würde.

»Und was ist jetzt mit dem Mittagessen?«, warf ich zaghaft ein.

»Sieht aus, als würde es Pizza geben«, beantwortete Clemens meine Frage und rief bei Filippo an, um unsere Bestellung aufzugeben.

Nach dem Essen verschwand ich in meinem Zimmer, um mich auf Tobias' Besuch vorzubereiten. Das hieß, ich ging unter die Dusche, föhnte und glättete mein Haar, schminkte mich und zog mich mindestens fünfmal um. Wäre bloß Emma hier gewesen, die hätte mich beraten können! Mit einem Ohr lauschte ich ständig auf die Türklingel, einerseits hoffte ich, dass Tobias endlich kommen würde, andererseits war ich froh, dass es nicht läutete, weil ich immer noch in Unterwäsche dastand und mich einfach nicht entscheiden konnte, was ich anziehen sollte. Ich hielt zwei Oberteile an und betrachtete mich im Spiegel. Grün oder schwarz? Da klopfte es und Clemens' Stimme drang durch die Tür. »Jana, Tobias hat angerufen, dass er nicht kommen kann. Tut mir leid.«

Mir war, als hätte Clemens mir einen Eimer eiskaltes Wasser über den Kopf geschüttet. Tobias. Kommt. Nicht.

Ich schlüpfte schnell in eines der Shirts und riss die Tür

auf. »Clemens!«, rief ich meinem Stiefvater hinterher, der schon fast wieder unten war.

»Hat er denn gesagt, warum nicht?« Ich versuchte meine Enttäuschung hinunterzuschlucken, doch es gelang mir nicht so recht. Mir stiegen, ohne dass ich etwas dagegen tun konnte, Tränen in die Augen. Clemens drehte sich um, kam zu mir und nahm mich in den Arm. »Er hat bloß gebeten, dir auszurichten, dass er nicht kommen kann, es wäre ihm etwas Dringendes dazwischengekommen.«

Ich blieb wie erstarrt in Clemens' Umarmung und drückte mein Gesicht an seine Brust. Warum?, schrie alles in mir, während in meinem Hals ein riesiger Kloß anschwoll.

Clemens strich über mein Haar. »Ich weiß, dass du enttäuscht bist. Es tut mir wirklich leid.«

»Wollte er mich nicht mal sprechen?«, brachte ich mühsam hervor.

»Nein, er hat nur abgesagt ... tut mir leid«, meinte Clemens.

»Vielleicht muss er eine Sonderschicht bei der Tankstelle machen und wollte sofort los«, überlegte ich. Aber das erklärte immer noch nicht, warum er mir nicht mal persönlich abgesagt hatte. Dafür wäre doch Zeit gewesen!

»Wenn du willst, kann ich ihm bei der Tankstelle auflauern, um ihn zur Rede zu stellen, und, falls er nicht dort ist, persönlich für dich verprügeln, wenn das hilft.« Er sah mich vorsichtig grinsend an.

Ich musste unwillkürlich lächeln. Clemens als mein Rächer? Er, der nicht mal einer Spinne was zuleide tat?

»Nein, danke. Geht schon«, schniefte ich. »Vielleicht ist ja wirklich etwas passiert.« Nun machte ich mir Sorgen.

Ich löste mich aus Clemens' Umarmung, ging in mein

Zimmer zurück und fegte alle Klamotten zu Boden. Dann legte ich mich aufs Bett und starrte zur Decke. Tausend Gedanken schossen mir durch den Kopf. Was könnte es sein, das Tobias daran hinderte, mich zu besuchen? Gestern hatte er noch so geklungen, als könne er es gar nicht mehr erwarten, mich zu sehen. War das etwa bloß gespielt gewesen? Und vielleicht alles andere auch? Nein, so sehr konnte ich mich nicht täuschen.

Die Deckenleuchte verschwamm vor meinen Augen. Erst da merkte ich, dass Tränen meine Wangen hinunterliefen. Gestern hatte ich noch das Gefühl, der glücklichste Mensch auf der Welt zu sein. Wie konnte es sein, dass Glück und Kummer so nah beieinanderlagen?

Ich muss vor lauter Grübelei und trüben Gedanken irgendwann eingeschlafen sein, denn ich wurde wach, als Caylas Tür zufiel. Sie war also zurück, von wo auch immer. Ich hätte hinübergehen können, um zu fragen, wo sie gewesen war. Und ob Tobias etwas auf Facebook gepostet oder mir sonst eine Nachricht hinterlassen hatte. Aber mir fehlte die Kraft dazu. Und mir fehlte Emma, der ich mein Herz hätte ausschütten können. Ihr wäre bestimmt etwas eingefallen, um mich aufzumuntern.

***

Lisa Holt hat ein Foto hinzugefügt:

Jana und Dominik, die beiden Turteltauben. Sind sie nicht süß?

Verena Plank und 2 anderen gefällt Lisas Foto.

Verena Plank:

Was wird wohl Tobias Lachner dazu sagen? Weiß er schon, dass er wegen eines anderen abserviert wurde?

Lisa Holt:

Ich bin gerne bereit, ihn über die Enttäuschung hinwegzutrösten.

Verena Plank:

*Das glaub ich dir gern. Vielleicht lässt er sich unter diesen Umständen ja gerne von dir trösten. *grins**

Jana Wenniger:

Woher hast du das Foto, Lisa? Du darfst ohne mein Einverständnis keine Fotos von mir veröffentlichen. Ich möchte, dass du es sofort löschst. Tust du es nicht, könnte das böse Folgen haben.

Lisa Holt:

Drohst du mir etwa?

Jana Wenniger:

Lösch es einfach.

Verena Plank:

Jana, gefällst du dir auf dem Foto etwa nicht? Mir schon. Du siehst darauf so glücklich aus.

Private Nachricht von

Lisa Holt an Verena Plank:

Glaubst du, ich könnte wirklich Ärger wegen dieses Fotos bekommen?

Verena Plank an Lisa Holt:

Nee, ich glaub nicht, dass Jana ernst macht.

Lisa Holt an Verena Plank:

Hey, ich will keine Schwierigkeiten bekommen.

Verena Plank an Lisa Holt:

Feige Nuss. Du lässt dich wirklich von der unter Druck setzen? Jetzt doch erst recht, oder? Was soll denn schon passieren? Facebook entfernt selbst das Foto und bis dahin haben es schon alle möglichen Leute gesehen.

Lisa Holt an Verena Plank:

Nicht, dass die mich sperren.

Verena Plank an Lisa Holt:

Meine Güte, stell dich nicht so an. Denk lieber dran, was wir bezwecken wollen.

Lisa Holt an Verena Plank:

Schon gut! Hast ja recht.

***

20

Meine Nase war verstopft, der Hals kratzte, die Augen brannten und mein Kopf war schwer. Genauso fühlte es sich an, wenn ich einen Megaschnupfen hatte, doch ich wusste, dass nicht irgendwelche Viren dafür verantwortlich waren, sondern mein verheultes Gesicht, meine Enttäuschung über Tobias' Absage, meine Einsamkeit, Emmas Schweigen ... einfach *alles!*

Ich ging ins Badezimmer, um mir ein Glas Wasser zu holen, und erschrak über mein Spiegelbild. Das Mädchen, das mir entgegenstarrte, sah fast aus wie ein Zombie. Ich presste die Lippen zusammen. Nein, ich würde nicht länger Trübsal blasen. Nicht wegen eines Jungen, und wenn er noch so süß war. Für seine Absage sollte er bloß eine echt gute Erklärung haben! Heulen wollte ich auch nicht wegen meiner Isolation in Einzelhaft – und das während der Ferien. Nicht wegen Langeweile und Selbstmitleid ... damit musste jetzt Schluss sein!

Ich klatschte mir Wasser ins Gesicht, wieder und wieder, bis die Haut auf meinen Wangen vor Kälte brannte. Danach ging es mir ein wenig besser.

Cayla tauchte plötzlich in der Badtür auf. »Oh, entschuldige, ich wusste nicht, dass du ...« Sie stockte, als sie mein Gesicht sah. »Was ist passiert?«

Ich atmete tief durch. »Tobias ist heute nicht gekommen.«

Sie schüttelte ungläubig den Kopf. »Was?! Wie gemein ist das denn? Zuerst verspricht er, dass er dich besucht, und dann kommt er einfach nicht? Oberfies, würde ich sagen.«

»Er hat abgesagt. Und nicht mal mir persönlich ... Aber vielleicht ist ihm wirklich etwas Dringendes dazwischengekommen«, verteidigte ich Tobias. Warum, wusste ich selbst nicht.

Sie runzelte die Stirn. »Dann hätte er trotzdem sagen können, was so wichtig war.«

»Er hat gar nicht mit mir gesprochen, sondern mit Clemens.«

Cayla sah mich durchdringend an. »So, so. Das heißt, er war auch noch zu feige, um es dir selbst zu sagen.«

Da kam mir eine Idee. »Auf Facebook steht auch nichts?«

Sie hob die Brauen. »Was meinst du?«

»Na, vielleicht hat er etwas gepostet. Einen Hinweis, was ihm dazwischengekommen sein könnte, oder so.« Ich hielt mich noch immer an der Hoffnung fest, dass er mich nicht einfach abserviert hatte.

Mit einem Schritt war Cayla bei mir und strich mir das feuchte Haar aus dem Gesicht. »Jana, es tut mir wirklich leid. Aber es ist wahrscheinlich besser, wenn du dir keine Hoffnungen machst. Es klingt so, als ob Tobias ein falsches Spiel mit dir treibt.«

»Nein, tut er nicht«, widersprach ich, doch es klang auch in meinen Ohren wenig überzeugend. »Und von Emma gibt es immer noch keine Nachricht?«, fragte ich Cayla.

Sie schüttelte den Kopf. »Ich gucke gleich nach, wenn du willst ...«

Ich überlegte, Cayla zu bitten, ob ich selbst einmal auf Tobias' Seite lesen könnte, was los ist. Aber tief in mir drin wusste ich, dass das keine gute Idee war. Meinen chaotischen Gefühlen war nicht zu trauen. Einerseits glaubte ich immer noch, dass ich mich nicht so in ihm getäuscht haben konnte. Andererseits war ich einfach zu wütend, traurig und komplett mit den Nerven am Ende, um auch nur einen klaren Gedanken zu fassen. In meinem Zustand würde ich es sogar fertigbringen, Tobias einfach nur eine peinliche Heul-Nachricht in seinem Postfach zu hinterlassen ... und wenn er tatsächlich ein Arsch war, dann würde er meine Mail an alle schicken und es wüsste in null Komma nix alle Welt von meinem Liebeskummer.

Einzig die Hoffnung auf ein Gespräch mit Emma tröstete mich. Ich brauchte jetzt einfach ihren Rat! »Kannst du nicht mal bei Emma anrufen, ob alles in Ordnung ist? Sie kann unmöglich immer noch krank sein«, jammerte ich.

Cayla wählte. Dann schüttelte sie den Kopf. »Geht keiner ran«, meinte sie bedauernd. »Vielleicht ist Emmas Akku leer?«

Ich stöhnte, aber dann fiel mir ein: Wenn Emma so eine richtig fiese Grippe hatte, dachte sie wahrscheinlich nicht daran, das Handy aufzuladen. Es würde wohl noch eine Weile dauern, bis Emma auf den Beinen war und mit mir reden konnte. Letztes Jahr war nach meiner Grippe selbst das Treppensteigen eine riesige Herausforderung gewesen, so mies war es mir gegangen.

»Wo warst du denn heute unterwegs?«, lenkte ich das Gespräch auf ein anderes Thema, um nicht weiter über Tobias und Emma nachzudenken.

Cayla strahlte mich an. »Oh, ich bin ein bisschen in der Gegend herumgefahren. Seit ich da bin, habe ich ja noch gar nichts von der Umgebung gesehen.«

Ich zuckte matt mit den Schultern. »Na, da gibt es auch nicht gerade viel.«

»Ich finde die Landschaft hier wirklich sehr interessant. Die Wicklow Mountains sind bloß halb so hoch wie euer Schneeberg.«

Na, da hatten Cayla und ich eine sehr unterschiedliche Auffassung von »interessant«, aber wahrscheinlich sah man alles mit anderen Augen, wenn man an einem fremden Ort war.

»Bist du etwa bis zum Schneeberg gefahren?«, fragte ich ungläubig. Man konnte ihn zwar von Molden aus sehen, aber er lag eine ganze Autostunde von uns entfernt.

»Nein, so eine weite Strecke traue ich mir nicht ganz zu. Wo ist denn Mia? Ich habe sie heute noch gar nicht gesehen«, meinte Cayla.

»Drüben bei Leonie. Sie bleibt bis morgen.« Meine Gedanken kreisten immer wieder um Tobias. »Was soll ich deiner Meinung nach wegen Tobias unternehmen?«, fragte ich Cayla. Es interessierte mich wirklich, wie Cayla das als Ältere anstellen würde. Auch wenn sie offenbar nicht viel Erfahrung mit Jungs hatte – Lebenserfahrung hatte sie auf jeden Fall mehr als ich.

Sie blickte mich zerknirscht an. »Ehrlich? Lass ihn sausen.«

»Aber ...«, fing ich an, wurde aber von Cayla unterbrochen: »Jana, ich wollte es dir eigentlich nicht sagen, weil ich dich nicht verletzen möchte, und es geht mich ja auch nichts an ...«

Ein flaues Gefühl machte sich in meinem Magen breit. »Jetzt rede schon. Was wolltest du mir nicht sagen?«

Cayla blickte zu Boden. »Ich habe Tobias heute mit Lisa gesehen.«

Alles Blut schien aus meinem Körper zu weichen. Also doch! Sie hatte ihn ja schon letztens im Chat angebaggert. Zwei Mal sogar! Damals war er nicht darauf eingegangen ... ich konnte nicht fassen, was ich da hörte! »Wann?« Meine Stimme klang spröde und fremd in meinen Ohren.

»Eben, als ich an der Tankstelle vorbeigefahren bin.«

Also hat er ... er hatte mir wegen Lisa ... abgesagt?!

»Sie haben sich aber nicht geküsst oder so«, fuhr Cayla schnell fort, als würde mich diese Tatsache irgendwie beruhigen. »Sie standen bloß eng nebeneinander und sie hat ihm offenbar irgendwas gezeigt, dann hat er was gesagt und sie hat gelacht.«

Wenn ich keinen Hausarrest gehabt hätte, wäre ich sofort aus dem Haus gestürmt und hätte ihn zur Rede gestellt. Doch so konnte ich nichts unternehmen. Und Mama wegen einer falschen Freundin diese ganze Geschichte erzählen zu müssen, wie Tobias mich offenbar die ganze Zeit ... nein, ich war einfach nur kolossal enttäuscht. Ich kam mir so klein und dumm vor. Und dann war da Wut. Wie ein kleiner Feuerball schwelte sie in meinem Inneren und verbrannte jedes Gefühl in mir.

»Ich möchte jetzt lieber alleine sein«, sagte ich zu Cayla.

Sie nickte. »Es tut mir schrecklich leid, Jana«, meinte sie noch, ehe sie das Bad verließ.

Ich stützte mich am Waschbecken ab, weil ich fürchtete, meine Beine könnten einknicken. So stand ich eine Weile und versuchte diese neue Tatsache zu verdauen. Erst als ich mir sicher sein konnte, nicht umzukippen, wankte ich zurück in mein Zimmer. Ich fühlte mich, als wäre ich neunzig Jahre alt, und ich wünschte, ich könnte mich hinlegen, diesen ganzen schrecklichen Tag vergessen und nie wieder aufwachen.

21

Ich hatte die halbe Nacht wach gelegen, und obwohl ich nicht gedacht hatte, überhaupt einschlafen zu können, war ich vom Weinen so erschöpft gewesen, dass ich doch irgendwann in einen unruhigen Schlaf gefallen war. Geweckt wurde ich vom Vogelgezwitscher. Ich blinzelte und schloss sofort wieder die von den getrockneten Tränen verklebten Augen. Wie zum Hohn schickte die Sonne ihre Strahlen durch einen Spalt in mein Zimmer. Auf meinem Brustkorb schien ein zentnerschweres Gewicht zu liegen. So fühlte sich das also an, wenn einem das Herz gebrochen wurde. Es war nicht bloß eine Redewendung aus irgendeinem Schnulzensong. Das, was ich fühlte, war echter körperlicher Schmerz. Ich drehte mich zur Seite und starrte die Wand an. Wenn man lange genug hinsah, meinte ich, kleine bunte Punkte zu erkennen, die wie ein Fischschwarm durcheinanderstoben.

Ich würde hier einfach liegen bleiben, bis ich verdurstet war, beschloss ich. Keine Ahnung, wie lange das dauerte.

Mein Vorsatz hielt nicht lange an, denn ich musste aufs Klo. Also raffte ich mich doch auf. Und weil ich dann eh schon auf war, schlurfte ich hinunter in die Küche. Es war ein ganz normaler, sonniger und einfach beschissener neuer Tag. Und ich konnte nichts dagegen tun, dass es einfach mit allem weiterging, als wäre alles in bester Ordnung.

Auf dem Tisch stand ein Korb mit frischem Gebäck, es roch nach Kaffee und meine Mutter war gerade dabei, Orangen auszupressen.

»Guten Morgen«, sagte sie. »Möchtest du ein weiches Ei?«

»Es wird nie wieder einen guten Morgen geben«, erwiderte ich und ließ mich auf einen Stuhl plumpsen.

Obwohl ich ihr nicht geantwortet hatte, nahm sie ein Ei aus dem Kühlschrank, pikste es an, legte es ins kochende Wasser und zog die Eieruhr auf.

»Deinem Fuß geht es wieder gut?«, bemühte ich mich um ein neutrales Gesprächsthema.

Sie drehte sich zu mir und lächelte. »Ja, ich spür fast nichts mehr. Aber was ist mit dir – und Tobias?«

Ich zuckte mit den Schultern und nickte gleichzeitig. »Was soll schon sein? Nur ungefähr das Gegenteil von perfekt.« Dann erzählte ich ihr, was ich gestern von Cayla erfahren hatte.

Mama kam zu mir und drückte mich. »Ich weiß, das tut weh.«

Ich war ihr dankbar dafür, dass sie mich nicht mit Sprüchen wie »Das Leben geht weiter« oder »Auch andere Mütter haben schöne Söhne« abspeiste.

»Und ich war so blöd, ihm zu vertrauen, und habe euch dafür sogar belogen.« Schon bei dem Gedanken daran stiegen mir erneut die Tränen hoch, dabei hatte ich gedacht, ich wäre komplett ausgedörrt. Ich fühlte mich rissig und hart, wie der Boden einer Salzwüste, von denen wir letztens in Geo gelernt hatten.

»Vergangenes kann man nicht mehr ungeschehen machen, man kann nur für die Zukunft daraus lernen«, meinte Mama und gab mir einen Kuss auf mein Haar. Dann piepte die Eieruhr, Mama ließ mich los und ging zum Herd, um die Eier aus dem Wasser zu holen.

Sie stellte einen der Eierbecher vor mich hin und setzte sich ebenfalls. Bald darauf kam auch Cayla herunter. »Oh, was für ein üppiges Frühstück«, stellte sie freudig fest.

»Das ist Mamas Seelenstreichel-Frühstück. Man darf es aber auch einfach so essen.« Selbst wenn ich keinen Hunger hatte, noch weniger wollte ich in meinem Zimmer die Wand anstarren.

Cayla schaute mich kurz an, erwiderte aber nichts.

»Setz dich einfach und greif zu«, forderte Mama sie auf und rückte ein Stück, um für Cayla Platz zu machen.

Keine Ahnung, ob es an Mamas Verständnis für meinen Liebeskummer lag, auf jeden Fall ging es mir ein wenig besser. Ich beschloss, mit dem Sterben doch noch ein paar Jahrzehnte zu warten, so ungefähr sieben oder acht. Stattdessen überlegte ich mir, Emma einen Brief zu schreiben. Also einen richtigen, nicht bloß eine elektronische Nachricht. Erstens würde ich damit eine Weile beschäftigt sein und zweitens tat es mir bestimmt gut, den ganzen Frust und den Schmerz loszuwerden.

Wenig später durchsuchte ich meine Schreibtischschublade und fand darin nach einigem Kramen tatsächlich ein paar Blätter hellblaues Papier.

Liebe Emma,

es kommt mir ein wenig komisch vor, dir einen Brief zu schreiben, aber irgendwie ist das die einzige Möglichkeit, wie ich dich erreichen kann.

Ich hoffe, es geht dir mittlerweile wieder halbwegs gut. Es ist total doof, dass du ausgerechnet in den Ferien krank bist. Und dass ich ausgerechnet in den Ferien Hausarrest habe. Erinnere mich daran, dass ich auf dein Super-Spürnasen-Bauchgefühl ab sofort hören sollte!

Es ist in der Zwischenzeit so viel passiert und ich konnte dir nichts davon erzählen. Ohne Handy und Laptop fühle ich mich so was von abgeschnitten von der Außenwelt! Ich habe das Gefühl, mein ganzes Leben zieht an mir vorbei. Und zwar in Richtung Abgrund!

Nein, keine Angst, allein dir zu schreiben, tut mir schon richtig gut. Cayla hat ein paarmal versucht, dich zu erreichen, aber offenbar brauchst du einfach ganz viel Ruhe und hast das Handy ausgeschaltet. Ich sage dir, du hast dermaßen viel verpasst!

Die Sache mit Tobias, die ist vorbei, ein für alle Mal. Er wollte mich am Sonntag besuchen kommen. Ich war irre aufgeregt, mir war sogar egal, dass ich Hausarrest habe und meine Eltern jeden unserer Schritte bewachen würden.

Aber er ist nicht gekommen. Der Feigling hat mir über Clemens (!) ausrichten lassen, dass ihm »etwas« dazwischengekommen sei. Und dieses »etwas« hat leider auch noch einen Namen: Denn später hat mir Cayla erzählt, dass sie ihn mit Lisa gesehen hat. Sie haben zwar nicht rumgeknutscht, aber fast. Diese dämliche Kuh! Sie wollte ja offensichtlich schon ewig was von ihm, sonst hätte sie ihn nicht auf Facebook angebaggert. So eine falsche Schlange! Mit der rede ich kein Wort mehr, so viel steht fest. Und mit Tobias auch nicht. Dabei war ich mir sicher, dass er mein absoluter Traumtyp ist!

Aber da habe ich mich gründlich geirrt. Wie es aussieht, ist die große Liebe offenbar ein Mythos und es gibt sie gar nicht. (Außer natürlich hoffentlich für dich und Hannes! ;-)) Mir können in nächster Zeit Jungs gestohlen bleiben. Aber vielleicht liegt es auch an mir? Mieses Karma oder so. In letzter Zeit geht irgendwie alles ziemlich schief.

Eigenartigerweise komme ich, trotz der Strafen, die ich kassiert habe, mit Mama sogar besser aus als früher. Anfangs war ich ziemlich sauer auf sie, aber das hat sich mittlerweile gelegt. Ich verbringe viel Zeit mit meiner Familie. Das reicht hier auch schon, an Action fehlt es nämlich nicht: Mia hat Mamas Lieblingspulli zerschnitten und wollte irgendein Kleidungsstück für Felix daraus machen. Cayla hat einen Führerschein. Und Mama hat sich den Fuß verstaucht. Du merkst: ACTION in GROSSBUCHSTABEN.

So, mir tun schon die Finger weh. So viel habe ich schon ewig nicht mehr mit der Hand geschrieben.

Emma, ich hatte dir über mein altes Handy, das ja jetzt Cayla verwendet, eine Nachricht geschrieben, damit du mir deine Telefonnummer schickst. Ich weiß sie nämlich nicht auswendig und so kann ich dich nicht mal vom Festnetzanschluss anrufen, dabei möchte ich so gern mit dir quatschen. Werde bloß schnell wieder gesund! Du fehlst mir ganz schrecklich.

Alles Liebe
Jana

Ich stöpselte den Füller wieder zu und schüttelte meine Hand aus. Beinahe zwei Seiten hatte ich geschrieben und während der Zeit hatte ich mich Emma ganz nah gefühlt, beinahe, als hätte ich mit ihr geredet. Meine Probleme hatten sich natürlich nicht in Luft aufgelöst, aber der Druck in meiner Brust war weniger geworden. Ich faltete den Brief zusammen und lief hinunter, um meine Mutter um ein Kuvert und eine Briefmarke zu bitten.

Gott sei Dank kannte ich wenigstens Emmas Adresse auswendig. Als Absender schrieb ich hinten bloß »Jana« drauf. Das musste reichen.

Als ich eben die Briefmarke aufkleben wollte, kam Cayla in die Küche, um zu fragen, ob sie einkaufen fahren solle.

Mama war trotz des geheilten Fußes mehr als froh, dass Cayla so bereitwillig zum Supermarkt wollte. Eifrig nahm sie einen Notizzettel, um Cayla aufzuschreiben, was wir brauchten.

»Kannst du den für mich aufgeben?«, fragte ich Cayla und hielt den Brief hoch.

Sie nickte. »Natürlich. Kein Problem.«

»Super, danke!« Dann drückte ich Cayla den Umschlag in die Hand und sie steckte ihn in ihre Tasche. Mama hatte die Einkaufsliste fertig und gab Cayla Geld mit.

»Und was machen wir nun?«, fragte Mama, nachdem Cayla weggefahren war.

Ich überlegte kurz. »Können wir einen Kuchen backen?«

Mama klatschte in die Hände. »Gute Idee. Was hältst du von Zitronenkuchen?«

»Das fragst du noch? Ich liebe Zitronenkuchen!«, ließ ich mich von ihrer Begeisterung anstecken. Ich aß nur wenig Süßes, aber diesen Kuchen liebte ich über alles. Es war schon eine Ewigkeit her, dass Mama ihn gebacken hatte.

Eine halbe Stunde später duftete es im ganzen Haus und meine Vorfreude wuchs. Während wir warteten, bis wir den Kuchen aus dem Backrohr nehmen konnten, erzählte mir Mama, dass Papa diesen Kuchen auch geliebt hatte.

»Manchmal aß er ratzfatz ein halbes Blech davon alleine auf«, sagte sie lachend.

»Vermisst du ihn manchmal?«, fragte ich.

Meine Mutter wurde ernst. »Ja, aber anders als früher. Und du?«

»Ich auch. Jetzt mehr als vorher. Wird das irgendwann aufhören?«

»Ich hoffe nicht«, antwortete sie. »Jemanden zu vermissen, bedeutet, an ihn zu denken.«

So hatte ich das noch nie betrachtet. Stimmte das dann auch umgekehrt? Dann würde ich mir einfach verbieten, an Tobias zu denken. Ich musste nur noch eine Lösung dafür finden, wie ich jeden Gedanken an ihn aus meinem Kopf verbannen sollte.

22

Es war unmöglich, nicht an Tobias zu denken. Es schien fast, als hätte er sich in meinem Gehirn eingenistet. Jeder Gedanke an ihn gab mir einen Stich und ich ärgerte mich über mich selbst, weil ich wieder mal nicht geschafft hatte, *nicht* an ihn zu denken.

Zwei Stunden, nachdem Cayla weggefahren war, kam sie zurück. Sie trug einige Tüten Lebensmittel durch die Haustür in die Küche und meine erste Frage galt Emmas Brief. »Hast du ihn aufgegeben?«

Cayla nickte. »Klar, aber die auf der Post meinte, der Brief würde erst morgen weggehen.«

Das hieß, Emma würde ihn frühestens übermorgen erhalten. Ich begann, eine Einkaufstüte auszuräumen. »Und was machst du nachher noch?«, fragte ich Cayla, während ich die Milch in den Kühlschrank stellte.

Cayla zuckte mit den Schultern. »Ich treffe ein paar Leute.«

Eine große Frustwelle erfasste mich. Was sollte ich denn mit dem Rest des Tages anfangen? Ob Mama mit sich reden ließ und mir den Rest des Hausarrestes erließ? Sie hatte doch gesagt, dass wir darüber noch mal verhandeln könnten. Und weil ich ihr in den letzten Tagen keinen Grund zum Meckern gegeben und mich echt mustergültig verhalten hatte, wäre im Moment der Zeitpunkt gar nicht so schlecht. Ich beschloss daher, sie gleich zu fragen, auch wenn ich noch nicht wusste, wie ich am besten mit dem Thema anfangen sollte. Mama hatte sich mittlerweile ins Wohnzimmer zurückgezogen und blätterte in einem Buch.

»Was liest du da?«, fragte ich und setzte mich neben sie.

»Fachliteratur.«

Ich verzog das Gesicht. »Klingt nicht gerade spannend.«

»Ist es leider auch nicht«, sagte sie mit einem tiefen Seufzer und legte das Buch weg. »Manchmal frage ich mich, warum solche Bücher immer dermaßen unverständlich geschrieben sind, dass man jeden Satz dreimal lesen muss.«

Ich grinste. »Siehst du, so geht es mir mit Mathe. Das kapier ich auch nicht.«

Sie lachte. »Okay, ab sofort werde ich mehr Verständnis für dich haben.«

Ich atmete tief durch und gab mir einen Ruck. »Mama, du hast doch gesagt, dass wir über die Dauer meines Hausarrestes noch mal sprechen können. Ich hab Mist gebaut und ich hab echt daraus gelernt. Das alles ist ja bloß passiert, weil ich unbedingt mit Tobias zusammen sein wollte – und im Nachhinein betrachtet war es vollkommen umsonst. Ich verspreche dir auch, dass ich keine Dummheiten mehr anstelle.«

Mama musterte mich mit schief gelegtem Kopf, während ich mir auf die Lippen biss.

»Ach, Jana, es macht mir doch auch keinen Spaß, dir zu verbieten, dich mit deinen Freunden zu treffen. Aber merkst du, wie sehr wir uns auseinandergelebt hatten? Erst seit du keine Wahl hast, als Zeit zu Hause zu verbringen und dich mit uns auseinanderzusetzen, sind wir uns wieder nähergekommen. Und ich muss ehrlich sagen, dass mir das so viel besser gefällt. Wir können miteinander reden. Du erzählst mir wieder, was dich bewegt.«

Ich wusste genau, was sie meinte. »Ich war wohl in letzter Zeit wirklich ziemlich blöd drauf«, räumte ich ein und setzte hinzu: »Ich finde unsere Gespräche auch schön. Ich hab die echt vermisst, nur hab ich das erst jetzt gemerkt.«

Mama umarmte mich. »Dann sollten wir es nie wieder so weit kommen lassen, okay?« Ich merkte, dass sie nahe am Weinen war, und auch mir stiegen Tränen hoch, deshalb nickte ich bloß.

»Okay«, schniefte Mama, lachte schief und wischte sich kurz über die Augen, »dann machen wir einen Schlussstrich unter die Vergangenheit und fangen von vorne an. Was meinst du?«

Nun ließ ich meinen Tränen freien Lauf. »Danke, Mama. Ich werde dich nicht wieder enttäuschen«, brachte ich schluchzend heraus. Dann saßen wir eine Weile einfach nur da, ich hatte meinen Kopf an sie gelehnt, sie den Arm um meine Schulter gelegt. So nahe hatte ich mich ihr schon lange nicht gefühlt. Irgendwie hatte sich ein Knoten in meiner Brust gelöst. Ich spürte, dass alles wieder gut werden würde. Nein, es war bereits gut.

In den letzten Tagen hatte ich schmerzhaft lernen müssen, dass manche meiner Freunde nicht die waren, für die ich sie gehalten hatte. Ich war von Tobias enttäuscht worden, aber über all den Schatten gab es einen Lichtblick: meine Familie.

Schließlich setzte sich meine Mutter auf. »Na, willst du nicht gleich losgehen, deine Freiheit genießen?«

Ich hatte so lange auf diesen Moment gewartet, konnte

seit fast zwei Wochen an nichts anderes denken, doch nun hatte ich es plötzlich gar nicht mehr eilig, von zu Hause wegzukommen. Die Einzige, die ich sehen wollte, war Emma. Und die war immer noch krank. Trotzdem hatte ich lange genug zu Hause gehockt und ich sehnte mich nach frischer Luft und Bewegung.

»Ich glaube, ich werde ein bisschen Rad fahren«, sagte ich deshalb und stand auf. »Soll ich etwas mitbringen, wenn ich schon unterwegs bin?«

Mama überlegte kurz, schüttelte dann aber den Kopf. »Nein danke. Cayla war ja vorhin einkaufen.«

»Okay, dann ... bis später.«

Ich zog meine Jacke an und holte mein Fahrrad aus der Garage. Eine Weile fuhr ich einfach so in der Gegend herum, ohne bestimmtes Ziel. Ich genoss den Wind in meinen Haaren, die Ziellosigkeit und die schiere Möglichkeit, überallhin fahren zu dürfen, wohin auch immer ich wollte. Dann merkte ich, dass ich ganz unbewusst den Weg Richtung Jugendzentrum eingeschlagen hatte.

Bei der nächsten Kreuzung, nahm ich mir vor, würde ich wieder umdrehen. Bei meinem Glück waren ausgerechnet Verena und ihr Anhang dort. Oder Tobias. Einerseits fühlte ich mich noch nicht so weit, ihnen begegnen zu können. Andererseits würde es mir nicht erspart bleiben, sie irgendwann zu treffen. Außerdem arbeitete Tobias wahrscheinlich ohnehin bei der Tankstelle. Und von Verena und Lisa würde ich mir das Jugendzentrum nicht vermiesen lassen. Wäre ja noch schöner! Denen würde ich zeigen, dass ich auf sie und ihre Pseudofreundschaft nicht angewiesen war. Es gab jede Menge andere Leute, mit denen ich mich unterhalten, Spaß haben oder abhängen konnte.

Mit einer Portion Trotz und Kampfgeist radelte ich zum Jugendzentrum und schloss mein Fahrrad ab.

Vor der Tür atmete ich noch einmal tief durch und ging hinein. Während der Ferien war wie immer mehr los als normalerweise, aber sonst schien alles so zu sein wie immer. Leute standen in Gruppen zusammen und quatschten, der Tischtennistisch war besetzt, es wurde gekickert, am Getränkeautomat herrschte Andrang. Auf den ersten Blick konnte ich weder Verena noch Lisa entdecken. Das war schon mal gut.

Mehrere Köpfe drehten sich zu mir um. Es wurde kurz still, als hätte jemand die Lautstärke abgedreht. Gleich darauf begann das Tuscheln. Es dauerte ein paar Sekunden, bis ich begriff, dass es mir galt.

»Was macht die hier?«, hörte ich im Vorbeigehen jemand von der Abschlussklasse zischen. Meine Beine wurden plötzlich ganz weich.

»Bitch!«, rief jemand von weiter hinten im Raum.

»Ja, du solltest dich schämen!«

Ich war stumm vor Schock. Meinten die alle mich? Aber warum? Ich hatte doch keinem etwas getan! Doch mehr als die Beleidigungen erschreckte mich die Feindseligkeit, die mir entgegenschlug, und ich flüchtete, so schnell es ging, zurück ins Freie.

23

Meine Hände zitterten, als ich mein Fahrrad aufschloss. In meinem Kopf jagten sich die Gedanken. Was um Himmels willen war in den letzten Tagen passiert? Hatten die mich verwechselt? Oder galt dieser Hass tatsächlich mir, Jana Wenniger? Mir klopfte das Herz bis zum Hals, auch als ich das Jugendzentrum lange hinter mir gelassen hatte. Ich konnte mir einfach keinen Reim darauf machen, weshalb ich plötzlich so gehasst wurde.

Auf dem Weg zurück fanden meine Gedanken keine Ruhe. Einmal wurde ich von einem Autofahrer angehupt, weil ich zu weit in der Straßenmitte fuhr. Das war knapp gewesen. In meinem aufgewühlten Zustand war Rad fahren eindeutig nicht empfehlenswert.

Um nicht wirklich einen Unfall zu bauen, stieg ich mit immer noch weichen Knien vom Rad und beschloss, es nach Hause zu schieben. Erst jetzt merkte ich, dass ich quasi vor Emmas Wohnhaus stand.

Ob ich einfach mal bei ihr klingeln sollte? Vielleicht würde es ihr trotz Fieber guttun, mich zu sehen. Und wenn mich Emmas Mutter nicht zu ihr ließ? Unschlüssig kaute ich auf der Innenseite meiner Wange und überlegte, was ich tun sollte.

Ach, ich würde es einfach versuchen, auch auf die Gefahr hin, dass Doris mich rauswarf. Nach meinem unerfreulichen Erlebnis im Jugendzentrum brauchte ich einfach Zuspruch von meiner besten Freundin. Ich lehnte mein Rad an die Hauswand und läutete.

Gleich darauf summte der Türöffner, und ehe ich den ersten Stock erreicht hatte, hörte ich schon, wie die Wohnungstür ebenfalls geöffnet wurde.

Am Treppenabsatz sah ich Emmas Mutter. »Oh, Jana. Wie schön, dass du vorbeischaust. Emma wird sich freuen.«

»Ich dachte, ich seh mal nach ihr. Ich hoffe, ich stör nicht.«

»Natürlich nicht. Komm rein.«

Sie hielt mir die Tür auf. »Emma ist im Wohnzimmer.«

Ich zog mir die Schuhe aus und folgte Doris. Emma lag mit einer Decke und einem Kissen auf der Couch. Ihr rotes Haar stand wirr vom Kopf ab – ein Zeichen, dass es ihr wirklich noch nicht gut ging, sonst hätte sie sich bestimmt gebürstet.

Der Fernseher lief und auf dem Tisch erblickte ich eine Kanne Tee, eine halb volle Tasse, ein Fieberthermometer und mehrere Packungen verschiedener Medikamente.

»Sieh mal, wer dich besuchen kommt«, sagte Doris und Emma drehte sich vom Fernseher zu mir. Über ihr Gesicht huschte ein erfreutes Lächeln. »Hi«, sagte sie mit rauer Stimme und streckte die Arme nach mir aus.

Mein Herz machte einen Freudensprung. »Selber hi. Wie geht es dir denn?«, fragte ich und drückte sie ganz fest.

»Ich hab gerade ein bisschen Atemnot«, japste sie.

Schnell ließ ich sie los und setzte mich neben sie auf die Couch. »Sorry, hab ich dir wehgetan? Ich bin einfach nur sooooo froh, dich zu sehen.«

»Geht schon.« Sie setzte sich auf und musterte mich misstrauisch. »Hast du nicht noch Hausarrest?«

Ich grinste. »Nein. Mama hat mir den Rest seit heute erlassen.«

Sie legte sich entspannt zurück in ihr Kissen. »Gott sei Dank. Ich dachte schon, du bist wieder unerlaubt abgehauen.«

»Nein, das mach ich nicht mehr. Die letzten Male waren mir eine Lehre. Echt jetzt.« Ich hob zwei gestreckte Finger.

»Du hättest gleich auf mich hören sollen«, meinte sie.

»Ja, ich weiß. Hinterher ist man immer klüger.«

»Okay, erzähl mal. Was hab ich denn alles versäumt?« Emma nahm einen Schluck Tee und schaltete den Fernseher aus.

Puh, wo sollte ich anfangen? »Also, Tobias und ich – das ist aus. Schluss. Vorbei. Finito«, begann ich mit dem Wesentlichen.

Emma hob die Brauen. »Na, kein Wunder.«

»Wieso?« Aus irgendeinem Grund ärgerte ich mich über Emmas Worte. »Ich bin total am Boden zerstört und frage mich, wo meine Menschenkenntnis geblieben ist. So wie in ihm hab ich mich noch nie in jemandem getäuscht.«

Emma runzelte die Stirn. »Und vor lauter Enttäuschung über Tobias bist du gleich in Dominiks Arme geflüchtet? Ach nein, das war ja offenbar schon vorher.«

»Wie bitte?!« Nun kapierte ich gar nichts mehr.

Emma bemerkte meine Verwirrung. »Na, auf Facebook kursiert ein Foto von dir und Dominik.«

Ich wurde bleich. »Kann ich mir das mal ansehen?«

Emma runzelte noch mal stärker die Stirn. »Das hast du

doch bereits. Immerhin hast du von Lisa verlangt, sie soll es wieder löschen.«

»Ich? Unmöglich. Ich war seit fast einer Woche nicht mehr auf Facebook. Ich habe Handyverbot – schon vergessen?«

Emma tippte auf ihrem Smartphone herum und hielt es mir schließlich hin. Tatsächlich, da war ein Foto von mir und Dominik. Es stammte von der letzten Klassenfahrt. Wir hatten bloß herumgealbert. Er und ich waren echt gute Freunde gewesen, aber da war nichts zwischen uns gelaufen. Trotzdem hatten die meisten gedacht, wir wären ein Paar.

Ich schaute mir das Datum an. Lisa hatte das Foto Sonntagmittag hochgeladen und ihren Kommentar dazugeschrieben. So eine blöde Kuh! Und das war noch die harmloseste Bezeichnung, die mir für sie einfiel. Sie hatte es eindeutig auf Tobias abgesehen. Nur deshalb setzte sie falsche Behauptungen über mich in die Welt. Tobias musste das Foto entdeckt und gedacht haben, dass ich ihn mit Dominik betrog. Da war es wirklich kein Wunder, dass er mich danach nicht mehr hatte sehen wollen.

»Aber ... das ist doch von der Klassenfahrt. Dominik und ich haben nur zum Spaß so getan!«, erklärte ich Emma und schaute sie über das Smartphone hinweg an. Ich sah, wie ihr das Gesicht entgleiste.

»Oh, du Schande, echt?! Ich dachte, du hättest ihn wieder getroffen und dass es zwischen euch doch noch gefunkt hat. Oh Mann! Ich war sogar sauer auf dich, weil du mir nichts davon erzählt hast, wo wir uns doch sonst alles sagen.«

Ich blies gefrustet die Luft aus den Wagen und hielt ihr

das Foto noch mal hin. »Da, siehst du die Säule im Hintergrund? Das ist in Salzburg, nachdem wir im Museum waren. Außerdem, ist es wohl klar, dass ich dir so etwas nicht einfach verschwiegen hätte, oder?«

»Und ich hab echt geglaubt ... das tut mir so leid, Jana!«

Ich winkte ab. Nach allem, was im Moment bei mir schieflief, überraschte mich nicht mal mehr das. Jetzt schien es mir wichtiger zu sehen, was »ich« angeblich gepostet haben sollte. Ich scrollte nach unten und traute meinen Augen nicht, als ich meinen Namen entdeckte. Zweimal kniff ich die Augen zusammen, doch es war kein Irrtum. »Jemand hat meinen Account gehackt«, brachte ich mit brüchiger Stimme hervor. »Anders kann ich es mir nicht erklären, wie mein Kommentar dahin kommt.«

Was war mir noch alles entgangen?

Ich las mir »meinen« Kommentar durch und beruhigte mich wieder ein wenig. »Also, wer immer das in meinem Namen geschrieben hat, hat auf jeden Fall recht. Wie kommt Lisa dazu, einfach ein Foto von mir online zu stellen?«

Emma atmete tief durch. »Das ist natürlich nicht in Ordnung, aber größere Sorgen mach ich mir, dass da jemand einfach deinen Namen missbraucht. Wer kennt denn deine Login-Daten?«

Ich dachte nach. »Keine Ahnung. Außer dir niemand ... und Cayla.«

Emma stutzte. »Wie kommt die an deine Daten?«

»Ich habe sie ihr gegeben, damit ...«

Sie schlug sich mit der Hand an die Stirn. »Jana, wie blöd muss man sein, um einer praktisch Fremden seine Daten anzuvertrauen? Wer weiß, was sie damit alles ...«

Ich sprang auf. »Was soll das denn jetzt? Ich bin also

blöd? Cayla hat immerhin versucht mir zu helfen. Sie ist meine Freundin.«

»Schöne Freundin. Ich dachte, ich wäre deine Freundin. Aber seit Cayla bei euch ist, hängst du ja eh nur mit ihr herum. Dabei ist sie …«

Ich stemmte die Hände in die Seiten. *»Was?* Einfach nett und hilfsbereit? Seit wann stören dich diese Eigenschaften? Oder stören sie dich bloß bei Cayla? Mir würde es jedenfalls niemals einfallen, jemanden schlechtzumachen, den du magst. Oder einfach irgendeine Lüge zu glauben, die über dich im Internet gepostet wird.«

»Denk doch mal nach: Was hat dir denn Caylas ›Hilfe‹ je wirklich eingebracht?«, brauste Emma auf. Sie hustete plötzlich. »Nichts als Ärger!«, brachte sie noch hervor.

»Und was hatte ich von *deiner* Hilfe? Wohl auch nicht besonders viel!«

Emmas Augen funkelten mich an und erinnerten mich an harten grauen Granit. So wütend hatte ich sie noch nie erlebt. »Oh, heißt das, du gibst mir die Schuld an deinem ersten Hausarrest? Danke schön. Da reißt man sich den Hintern auf, um dir einen Gefallen zu tun und …«

Ich stand auf. »Soll ich dir was sagen? Du bist bloß eifersüchtig auf Cayla. Das warst du schon von Anfang an, auch wenn du es nicht zugegeben hast. Ich hab die Nase voll, ich geh jetzt. Und den Brief, den ich dir geschrieben habe, kannst du von mir aus zerreißen oder verbrennen. Ist mir egal.« Meine Stimme zitterte. Nur mühsam schaffte ich es, die Tränen zu unterdrücken, denn die Genugtuung wollte ich Emma nicht geben.

Ich verließ die Wohnung, ohne mich von Emmas Mutter zu verabschieden.

Diesmal stieg ich erst gar nicht auf das Fahrrad, sondern schob es gleich. Ich hätte mit dem Tränenschleier vor meinen Augen den Weg ohnehin nicht sehen können. Emma also auch noch. Nun hatte ich wirklich niemanden mehr. Den Verlust von Verena und Lisa hätte ich verschmerzen können. Auf Bastian konnte ich ebenfalls verzichten. Um Lukas hingegen tat es mir schon mehr leid, ich hatte ihn gemocht, weil er nicht so überheblich war wie die anderen drei. Tobias konnte mir den Buckel runterrutschen. Wenn ein Junge nur wegen eines Fotos eifersüchtig war und nicht mal *nachfragte,* was es damit auf sich hatte, dann war diese Beziehung ohnehin nichts wert. Aber Emma zu verlieren, das tat richtig, richtig weh. Ich fühlte mich, als hätte mir wer einen Arm amputiert. Oder ein Bein. Ein wichtiger Teil von mir fehlte ganz plötzlich. Und ich wusste nicht, ob sich das je wieder einrenken würde. Aber am Schlimmsten war, dass ich nicht einmal wusste, ob ich es überhaupt wieder einrenken wollte. Im Moment wusste ich gar nichts mehr.

Jetzt hätte ich gern mit Mama geredet, sie hätte mir vielleicht helfen können, diesen wirren Knoten in meinem Gehirn zu lösen. Doch sie und Clemens waren abendessen gefahren, wie ich von Cayla erfuhr, die gerade dabei war, Mia zum Duschen zu überreden.

»Jana!«, rief Mia erfreut aus und sprang an mir hoch.

»Na, Mia-Maus? Wie war es denn bei Leonie?« Zu Cayla gewandt sagte ich: »Lass nur, ich bringe heute Mia ins Bett.«

Mit dem Klammeräffchen um meinen Hals schlurfte ich ins Bad und stellte die Wassertemperatur ein. »Also, erzähl! Was habt ihr beiden Prinzessinnen gemacht?«

»Mit dem Puppenhaus und im Garten gespielt. Und Leonies Mama hat Milchreis gekocht. Wir haben geschworen, dass wir immer und ewig die allerbesten Freundinnen sind. So wie du und Emma.«

Plötzlich war da ein riesiger Kloß in meinem Hals. Best friends forever. Für immer und ewig. Das hatten Emma und ich vor ein paar Wochen auch noch gedacht. Was war bloß mit uns passiert?

Ich setzte ein Lächeln auf, weil ich nicht wollte, dass Mia merkte, dass ich schon wieder traurig war. Betont fröhlich rubbelte ich ihr Haar trocken und machte mit ihr ein paar Grimassen vor dem Spiegel, sodass wir beide lachen mussten.

»Liest du mir eine Gutenachtgeschichte vor?«, fragte sie, nachdem sie ins Bett gehüpft war.

»Ja, klar. Welche denn?«

»Das hässliche Entlein«, antwortete sie sofort. Das war zu erwarten gewesen. »Wird dir das nicht langsam zu langweilig? Du kennst sie doch schon auswendig.«

Mia schüttelte den Kopf, sodass ihre Kringellocken auf und ab hüpften. »Nein, sie ist nicht langweilig.«

Ich seufzte. »Na schön.« Dann nahm ich das Buch aus dem Regal und schlug die erste Seite auf. Erstaunlich, stellte ich fest, die Geschichte hatte tatsächlich einen Sinn hinter dem Sinn, den man erst erfasste, wenn man sie immer wieder las. Es ging nicht bloß um Hässlichkeit und Schönheit, sondern auch um Akzeptanz und Toleranz. Als ich das Buch zuschlug, war ich mir sicher, dass ich heute bei Emma richtig gehandelt hatte, als ich Cayla verteidigte.

»Mia-Maus, was würdest du tun, wenn Leonie und du Streit hättet?«, fragte ich meine kleine Schwester.

»Wir streiten aber nie.«

»Egal, ist ja nur theoretisch. Wenn sie zum Beispiel eifersüchtig wäre, weil du auch mit anderen Freundinnen spielen willst?«

Mia runzelte die Stirn und dachte nach. »Ich weiß nicht. Vielleicht würde ich einfach warten.«

»Und wie lange?«

»Bis sie merkt, dass es dumm war, eifersüchtig zu sein, weil niemand anderer meine beste Freundin sein kann, weil wir uns ja das Versprechen gegeben haben.«

»Gute Taktik«, sagte ich und gab ihr einen Kuss auf die Stirn. »Schlaf schön, Mia-Maus«, sagte ich und gab ihr und Felix einen Gutenachtkuss.

Ich war schon bei der Tür, als sie fragte: »Hast du denn mit Emma gestritten?«

Langsam drehte ich mich zu ihr um. »Ja«, gab ich zu.

»Das wird wieder. Wirst schon sehen«, sagte Mia voller Überzeugung und gähnte.

Ich schaltete das Licht aus und fragte mich, wie es sein konnte, dass ich mich von meiner kleinen Schwester trösten ließ. Eigentlich müsste es umgekehrt sein. Aber ihr Tipp, Emma einfach schmoren zu lassen, war gut. Meine Freundin würde bestimmt bald draufkommen, dass sie überreagiert hatte und Cayla keine Bedrohung für sie oder unsere Freundschaft war. Und wenn es mir noch so schwerfiel, ich würde warten, bis Emma auf mich zukam. Den Gedanken, dass sie es nicht tun könnte, verdrängte ich ganz schnell.

Nachdem ich Mia ins Bett gebracht hatte, sprach ich Cayla auf den Kommentar auf Facebook an. »Hast du in meinem Namen auf Lisas Foto gepostet?«

Sie sah mich an, als hätte ich sie beim Diebstahl erwischt. »Nein, natürlich nicht. Wie kommst du auf solch eine absurde Idee?«

»Weil mir sonst niemand einfällt, der meine Zugangsdaten hat«, antwortete ich.

»Ich war es jedenfalls nicht. Ich habe mich unter deinem Namen nur eingeloggt, um zu überprüfen, ob du irgendwelche Nachrichten hast, so wie du mich gebeten hast. Vielleicht bist du gehackt worden? So etwas kommt ja vor.«

So erschrocken, wie Cayla mich gerade angesehen hatte, glaubte ich ihr. Das bedeutete aber noch etwas viel Schlimmeres: Ein Fremder hatte meine Zugangsdaten. »Mist, ich brauche ein neues Passwort. Oder vielleicht sogar ein ganz neues Profil. Ich brauche meinen Laptop oder mein Handy.«

»Susanne hat erzählt, dass dein Hausarrest aufgehoben ist. Vielleicht bekommst du ja deine Sachen auch wieder.«

Ja. Zu blöd, dass ich Mama nicht schon am Nachmittag danach gefragt hatte. Jetzt musste ich warten, bis sie und Clemens zurückkamen. Oder sogar bis morgen.

Ich wünschte Cayla eine gute Nacht und ging auf mein Zimmer, obwohl es erst kurz nach neun war. Mit diesem Tag, der eigentlich gut begonnen hatte, konnte ich ohnehin nichts mehr anfangen. Alles, was schief hätte laufen können, war eingetreten. Schön langsam wuchs in mir die Gewissheit, dass das Schicksal es auf mich abgesehen hatte. Kaum passierte mir etwas Gutes, bekam ich gleich darauf einen Schlag mit einem Megahammer verpasst. Bisher war ich nie abergläubisch gewesen. Schwarze Katzen fand ich süß und verschüttetes Salz putzte ich ohne schlechtes Gewissen weg. Ich hatte weder einen Spiegel zerbrochen noch hatte ich einen Schirm drinnen aufgespannt oder war unter einer Leiter durchgegangen. Meiner Oma wären da bestimmt noch etliche andere Dinge eingefallen, die Unglück brachten. Ich hatte sie immer belächelt, wenn sie sich weigerte, an einem Freitag, den Dreizehnten, außer Haus zu gehen. Aber langsam fragte ich mich, ob nicht vielleicht doch etwas dran war. So viel Pech wie ich in letzter Zeit konnte ein Mensch gar nicht haben, oder? Während ich mir die Zähne putzte, überlegte ich, was ich falsch gemacht haben konnte, doch nicht einmal als ich später im Bett lag, fiel mir etwas ein.

Ich lag lange wach. Meine Gedanken kamen nicht zur Ruhe. Ständig hörte ich Emmas Worte, mit denen sie mir weismachen wollte, dass Cayla in meinem Namen gepostet hatte und dass sie ihr nicht über den Weg traute. Ich glaubte Cayla, die bestritt, den Kommentar zu dem Foto geschrieben zu haben. Warum hätte sie mich belügen sollen?

Jedoch hätte ein Hacker wohl kaum bloß von Lisa verlangt, das Foto zu entfernen. Dem wären mit Sicherheit ganz andere Dinge eingefallen, was er mit einem gefakten Profil anstellen konnte. Es wurden infizierte Links versandt oder Freunde abgezockt. Doch das war in meinem Fall nicht passiert. Je länger ich darüber nachdachte, desto verwirrter wurde ich. Irgendwann gab ich auf. Das alles ergab einfach keinen Sinn für mich. Ich knipste das Licht aus und versuchte an etwas Angenehmes zu denken. Irgendwann schlief ich ein.

24

Am nächsten Tag wachte ich mit verquollenen Augen und Kopfschmerzen auf. Von unten hörte ich Mia, und sosehr ich meine kleine Schwester auch liebte, im Moment wünschte ich sie weit weg. Mit einem Ächzen zog ich die Decke über meinen Kopf, in der Hoffnung, noch ein bisschen weiterschlafen zu können. Doch bald gab ich mich geschlagen und stand auf.

Cayla musste gerade erst geduscht haben, denn der Spiegel war noch beschlagen und die Duschwand voller Wassertropfen. Ein benutztes Handtuch lag auf dem Boden. Ich warf es in die Wäschetruhe und ärgerte mich. Aber dann musste ich mir eingestehen, dass ich bestimmt auch schon mal vergessen hatte, meine Sachen wegzuräumen, also würde ich mich hüten, etwas zu Cayla zu sagen. Nach einer heißen Dusche waren meine Kopfschmerzen nicht mehr ganz so schlimm. Immerhin etwas. Vielleicht würde mir jetzt ein Kaffee helfen, das unangenehme Pochen auch noch zu vertreiben.

Mia hatte den Küchentisch mit ihren Malsachen in Beschlag genommen. Mama saß neben ihr und zeichnete ebenfalls.

»Guten Morgen, Jana«, rief Mia, als sie mich entdeckte. »Willst du auch mitmalen?«

»Nein danke. Ich brauche erst mal einen Kaffee. Was zeichnet Mama da? Ein Pferd?«

Meine Mutter blies empört die Luft aus. »Na, hör mal! Das ist eindeutig ein Hund. Sieht man das nicht?«

Mia kicherte. »Vielleicht ist es ein Pferdehund.«

Auch ich musste lachen. »Ich glaube, Mama kann bloß Häuser richtig gut zeichnen.«

»Oja. Mama, malst du mir ein Schloss?«

»Puh! Ich versuch es.«

Ich machte mir einen Espresso, während Mama ein neues Zeichenblatt abriss.

»Mama? Darf ich mein Handy und den Laptop wiederhaben?«, fragte ich und nahm einen Schluck von dem heißen Getränk. Schon der Geruch linderte den Druck in meinem Kopf ein wenig.

Meine Mutter sah kurz auf und seufzte. »Das heißt dann wohl, es ist endgültig vorbei mit der schönen internetlosen Zeit.«

»Nein, aber ich muss da was nachgucken. Es ist echt wichtig.«

Sie schien die Dringlichkeit in meinem Ton zu merken. »Okay, du kannst deine Sachen aus dem Arbeitszimmer holen. Sie sind in der Schublade.«

»Danke«, rief ich, stellte schnell meine leere Tasse in die Spülmaschine und eilte ins Arbeitszimmer.

Schon im Wohnzimmer schaltete ich mein Smartphone ein und bei der vertrauten Melodie, die erklang, hätte ich vor Freude beinahe heulen können, so sehr hatte ich mein Telefon vermisst.

In meinem Zimmer startete ich auch den Rechner und checkte als Erstes meine Mails. Über sechzig Nachrichten hatte ich bekommen, allerdings handelte es sich bei den meisten um Spam. Enttäuscht schloss ich das Fenster und loggte mich auf Facebook ein.

Dort hatte ich nur zwei private Nachrichten und fünf Benachrichtigungen. Das schien mir sehr wenig für die lange Zeit, die ich nicht online gewesen war. Normalerweise hatte ich an einem einzigen Tag mehr Benachrichtigungen als jetzt innerhalb einer Woche. Sehr eigenartig.

Noch seltsamer fand ich allerdings meine Pinwandeinträge bzw. die Seiten, die ich geteilt und bei denen ich auf »gefällt mir« geklickt hatte.

Das hieß, *ich* hatte gar nichts getan, sondern jemand anderer.

Ich klickte auf meinen Chatordner und war verblüfft, mit wem ich mich angeblich ausgetauscht hatte. Doch alle Mitteilungen, die »ich« verfasst hatte, waren harmlos, ja beinahe nichtssagend.

Ich sah mir das Foto an, das Lisa immer noch nicht gelöscht hatte, und versuchte, ganz objektiv zu sein. Dabei musste ich eingestehen, dass ein unbeteiligter Beobachter tatsächlich falsche Schlüsse daraus ziehen konnte. Was mich aber richtig schockte, waren die vielen Kommentare unter dem Bild.

GandAlf:

Was für eine kleine miese Schlampe.

Lisa Holt, Verena Plank und 33 weiteren gefällt das.

Carina Martens:

Die soll sich bloß nicht mehr im Jugendzentrum blicken lassen. Das ist echt das Letzte.

Lisa Holt, Verena Plank und 8 weiteren gefällt das.

Verena Plank:

Es ist das Letzte, stimmt. Und dabei tut Jana immer so brav und heilig. Alles nur Schein.

Lisa Holt, Carina Martens und 5 anderen gefällt das.

JaquelineS:

Jaja. Stille Wasser sind tief. Armer Tobi, der hat das echt nicht verdient.

Lisa Holt:

@JaquelineS: Der Meinung bin ich auch. Er hat was Besseres verdient.

Verena Plank:

Etwa dich, Lisa?

Lisa Holt:

Ja, warum nicht? Ich würde ihm jedenfalls nicht das Herz brechen.

So ging es noch eine Weile weiter. Ich hätte kotzen können. Oder heulen vor Wut. Dabei hätten Lisa und Verena doch am allerbesten wissen müssen, dass das Foto keine Bedeutung hatte, zumindest nicht die, die alle hineininterpretierten. Und sie wussten auch ganz genau, dass das Bild uralt war. Was sollte das also? Es blieb nur eine Erklärung: Das war eine gezielte Hetzjagd auf mich.

Ich scrollte weiter runter und fand einen Kommentar von Emma, den sie geschrieben hatte, sogar nachdem wir uns gestern wegen Cayla gestritten hatten:

Emma Haas:

Leute, ihr seid das Letzte, nicht Jana. Übrigens ist die Aufnahme über ein Jahr her. Jana und Dominik sind nur Freunde!!! Geht das in eure kleinen Spatzenhirne rein?

Mir wurden die Augen feucht, als ich Emmas Posting las. Trotz unseres Streites hielt sie mir die Stange.

Hatte Tobias diesen Eintrag gelesen? Und warum hatte er dann nicht darauf geantwortet? Glaubte er Emma nicht? Dachte er, sie würde mich in Schutz nehmen, weil wir Freundinnen waren? Ich fand es toll von Emma, dass sie sich auf meine Seite schlug, zumindest in dieser einen Sache. Warum dann nicht auch, was Cayla anging?

Doch offenbar wollten die anderen die Wahrheit nicht wissen oder sie hatten Emmas Eintrag gar nicht gelesen. Es war ja auch viel einfacher, über jemanden herzuziehen, der sich nicht wehren konnte. Wut und Verzweiflung rollten über mich hinweg wie eine Welle. Was sollte ich tun, um meinen Ruf wiederherzustellen? Konnte ich das überhaupt noch oder war alles gelaufen?

Doch das Schlimmste war, dass sich der Shitstorm nicht bloß auf das Internet und Facebook beschränkte. Ich hatte erst gestern die Auswirkungen im richtigen Leben gespürt. »Bitch« hatten sie mich genannt! Mir lief es kalt den Rücken runter, als ich mich an die Abneigung und den Hass erinnerte, die mir im Jugendzentrum entgegengeschlagen waren. Niemand wollte mit mir reden, niemand mit mir etwas zu tun haben. Verdammt, ich wollte mein altes Leben zurück!

Der Kampfgeist erwachte in mir. Ich hatte einige Fehler gemacht, keine Frage. Aber ich hatte aus ihnen gelernt und würde sie nicht wiederholen. Vor allem würde ich mir andere Freunde suchen. Solche, die sich ihre eigene Meinung bildeten und nicht blind und ohne zu überlegen der Mehrheit folgten.

Die Worte meines Klassenlehrers fielen mir ein. Patnisch hatte gemeint, sich gegen die Masse zu stellen, wäre schwierig. Man würde leicht zum Außenseiter. Er hatte das zwar in einem anderen Zusammenhang gesagt, aber seine Worte stimmten auch für meine Situation. Die meisten, die ich kannte, waren so etwas wie Mitläufer. Sie übernahmen die Meinungen der anderen, ohne darüber auch nur nachzudenken. Sie waren wie Schafe, die dem Leithammel folgten. Sie tranken, rauchten, weil es alle taten ... und sie verbreiteten munter Gerüchte über mich. Die Wutwelle ebbte langsam ab. Ich musste nachdenken.

Kurz darauf war ich an der frischen Luft. Ich hatte mir Mia für einen Spaziergang geschnappt. Sie hopste fröhlich neben mir her und plapperte über ... ehrlich gesagt, hörte ich ihr nicht richtig zu, sondern hing meinen Gedanken nach.

»Können wir auf den Spielplatz gehen?«, fragte sie jetzt und zeigte auf den Park.

Ich setzte ein Lächeln auf. »Klar, warum nicht?« Ich war schon seit ewigen Zeiten nicht auf dem Spielplatz gewesen. Wer saß schon in meinem Alter auf der Schaukel oder kraxelte auf den Geräten herum? Doch jetzt hatte ich mit Mia eine gute Ausrede, die Spielgeräte zu nutzen. Ich hoffte, das würde mich ablenken und mir klare Gedanken bescheren.

»Ich bin höher!«, jauchzte Mia auf der Schaukel. Ich nahm noch ein bisschen mehr Schwung, doch dann ließ ich Mia gewinnen und ließ mich ausschaukeln. Als ich langsamer wurde, sprang ich mit einem Satz von der Schaukel, was Mia ein bewunderndes »Wow!« entlockte.

»Mach das ja nicht nach«, warnte ich.

»Doch. Ich kann das auch!«, rief sie, und ehe ich einschreiten konnte, sprang sie.

Sie landete auf dem Po. »Autsch!« Mia betrachtete ihre Handflächen, mit denen sie ihren Sturz abgefangen hatte.

Sofort war ich bei ihr. »Hast du dir wehgetan?«

Sie nickte und war den Tränen nahe, biss aber tapfer die Zähne zusammen.

»Lass mal sehen.«

Mia streckte mir ihre Hände entgegen. Sie waren aufgeschürft. An einigen Stellen bluteten sie.

»Wir müssen das irgendwie sauber machen und desinfizieren.« Das Problem war bloß, dass es am Spielplatz kein Wasser gab. Ich überlegte kurz. Um die Ecke war die Eisdiele. Dort könnte ich Mias Verletzung notdürftig verarzten. Dort würden mich die Erinnerungen an Tobias erschlagen, wisperte leise eine Stimme in mir.

»Mut heißt, sich seinen Ängsten zu stellen«, hatte mein Vater gesagt, als er mir das Radfahren beibrachte. Wie oft ich gestürzt war und er mich wieder auf den Sattel gesetzt hatte!

Ich stieß die Luft aus und atmete wieder tief ein. »Komm, Mia. Was hältst du von einem Eis?«

25

Normalerweise waren die Toiletten nur Gästen vorbehalten, doch da mich die Bedienung kannte, durfte ich mit meiner Schwester gleich durchgehen. Dort machte ich Papiertücher nass und tupfte vorsichtig den Schmutz von Mias zerschundenen Händen. »Au!«, klagte Mia.

»Ich bin gleich fertig. Und danach gibt es ein Eis, okay?«

Die Aussicht auf eine Belohung schien sie zufriedenzustellen, denn sie hörte mit dem Gejammer auf und zuckte nur leicht zusammen, als ich versehentlich genau über die Wunde wischte.

Schließlich sah es so aus, als würde ich für den Moment nicht mehr tun können, und wir gingen zur Theke, um das versprochene Eis zu kaufen.

Mia konnte sich nicht entscheiden, welche Sorten sie haben wollte. Während sie überlegte, wanderte mein Blick automatisch zu dem Tisch, an dem ich damals mit Tobias gesessen hatte. Es schien eine kleine Ewigkeit her zu sein, dass ... war das nicht Cayla? Ich sah sie bloß von hinten, aber die Haare und das Oberteil, das wir erst gemeinsam gekauft hatten ... ich war mir ziemlich sicher. Sollte ich einfach rübergehen? Sie unterhielt sich mit jemandem, doch ich konnte nicht erkennen, mit wem, weil sie ihr Gegenüber verdeckte. Dann lachte sie und drehte dabei den Kopf, sodass kurz das Gesicht ihrer Begleitung zu sehen war.

Mir wurde gleichzeitig heiß und kalt. In meinen Ohren rauschte es und ich konnte keinen klaren Gedanken mehr fassen.

Da zupfte Mia an meinem Ärmel. »Drei Euro achtzig«, sagte die Verkäuferin und schaute mich an.

Mia sah zu mir auf. »Jana, du musst bezahlen!«

Noch immer wie weggetreten kramte ich in meiner Hosentasche und legte zwei Zweieuromünzen auf den Tresen. Ohne auf das Wechselgeld zu warten, floh ich aus dem Lokal, während Mia, darauf bedacht, das Eis nicht zu verkleckern, langsamer folgte.

»Schmeckt gut. Danke, Jana!«

Ich gab ihr keine Antwort. Ich musste das eben Gesehene erst verarbeiten. Einordnen. Analysieren. Bestimmt hatte es nichts zu bedeuten. Cayla würde nie ...

Aber dann fielen mir Emmas Worte ein. Emma hatte Cayla von Anfang an misstraut. Und gestern noch hatte ich unseren Gast in Schutz genommen und sogar ihretwegen mit meiner besten Freundin gestritten. Doch seit eben befürchtete ich, dass Emma, was Cayla anging, vielleicht doch recht hatte.

Bis wir zu Hause angekommen waren, hatte Mia ihr Eis aufgegessen und lief zu Mama, um ihr stolz die Verletzung zu zeigen.

Ich hatte erwartet, dass meine Mutter schimpfen würde, weil ich nicht besser auf Mia aufgepasst hatte, doch stattdessen lobte sich mich, weil ich gleich dafür gesorgt hatte, die Wunden zu säubern. »Und Jana hat mir Eis gekauft«, erzählte Mia weiter. »Kann ich jetzt zu Leonie rüber?«

Mama schüttelte den Kopf. »Zuerst räumst du dein Zimmer auf, junge Dame.«

Mia verdrehte die Augen. »Ich kann aber nicht, meine Hände tun so weh ...«

»So schlimm ist es auch wieder nicht. Komm, ich helfe dir«, bot ich an. So könnte ich in Ruhe meine Gedanken sortieren, meine Wut verstauen, bevor ich etwas unternehmen musste.

»Danke, du bist die beste große Schwester auf der ganzen Welt.«

»Oje, was ist denn hier passiert?«, fragte ich, als wir kurz darauf Mias Zimmer betraten.

Mia zuckte mit den Achseln. »Ich habe was gesucht.«

Ich kniete mich auf den Boden und begann, Spielsachen zu sortieren und in Kisten zu räumen. Mia half mit.

Schließlich hatten wir das ganze Zeug verstaut, ich sammelte die Papierschnipsel ein, die von ihrer letzten Bastelaktion am Boden herumlagen, und warf sie in den Mülleimer neben der Tür. Dabei fiel mir ein Foto auf, das wir letztes Jahr zu Weihnachten aufgenommen hatten. Weshalb hatte Mia das in den Abfalleimer geworfen? Bisher hatte es an ihrer Pinnwand gehangen, wo sie all ihre Bilder stolz präsentierte. Auf dem Foto waren Mia und ich mit Weihnachtsmützen zu sehen. Das hieß, jetzt war da nur mehr Mias Gesicht zu erkennen. Meines war herausgeschnitten.

»Mia ...?«, wollte ich meine Schwester zur Rede stellen, doch die hatte mittlerweile das Zimmer verlassen.

Mein Hals wurde eng. So viel zu »die beste große Schwester der Welt«. Mir fielen ihre Beteuerungen ein, sie hätte Mamas Pullover nicht zerschnitten. Wie überzeugend sie dabei geklungen hatte! Trotz aller Hinweise hatte ich beinahe an ihre Unschuld geglaubt. Doch nun nicht mehr.

Jetzt war ich mir sicher, dass sie für den Pulli ebenso verantwortlich war wie für das Zerschneiden dieses Bildes.

Doch während ich noch halbwegs nachvollziehen konnte, warum sie Mamas Pullover für Felix kaputt gemacht hatte, gab es für das Bild keine logische Erklärung.

Ich steckte das Foto in meine Hosentasche und rang mit mir, ob ich es Mama erzählen sollte. Doch dann beschloss ich, zuerst mit Mia zu sprechen. Meine Schwester und ich hatten bisher immer zusammengehalten. Auf jeden Fall sollte sie die Möglichkeit haben, mir den Grund für ihr Verhalten zu erläutern. Mit diesem Vorsatz verließ ich Mias Zimmer und stieß beinahe mit Cayla zusammen. »Jana, ich habe dich gesucht, ich ...«

Bei ihrem Anblick platzte es aus mir heraus – natürlich hatte ich mir keine Strategie zurechtgelegt, dafür hatte mich das Foto aus Mias Zimmer zu sehr abgelenkt. »Und?«, fuhr ich sie fauchend an. »Hattest du vor, mir zu sagen, mit wem du dich vorhin in der Eisdiele getroffen hast?«

Ihre Wangen wurden knallrot. »Woher ...?«, setzte sie an, dann hob sie abwehrend die Hände. »Es ist nicht so, wie du denkst.«

»Ach, ja? Ich habe dich gesehen – mit *Tobias!* Willst du mir erzählen, ich hätte mich geirrt?«

Schuldbewusst blickte sie zu Boden. »Nein.«

»Und ich dachte, du wärst meine Freundin!« Verbittert drehte ich mich von ihr weg und wollte auf mein Zimmer gehen.

»Bitte, Jana. Hör mir zu.« Ihr flehentlicher Ton ließ mich stehen bleiben.

»Wir *sind* Freundinnen. Er und ich haben uns bloß unterhalten.«

»Das hat aber nach mehr ausgesehen.« Die beiden hatten sich über den Tisch zueinander gewandt, ganz nah hatten sie voreinander gesessen ... Mir wurde ganz anders, wenn ich nur daran dachte!

Cayla trat näher an mich heran. »Tobias hat mich angebaggert, nicht ich ihn. Zuerst habe ich gar nicht gemerkt, was er von mir will. Ich habe nicht besonders viel Erfahrung, weißt du ... erst, als er mich küssen wollte, hab ich kapiert, was los ist. Und da bin ich sofort aufgestanden und habe ihn sitzen gelassen. Ich wollte dir eigentlich ein bisschen schonender beibringen, was für ein Mistkerl er ist, aber ...«

»Er wollte dich *küssen?«*, brachte ich mit piepsiger Stimme hervor.

»Ja, es tut mir leid.« Cayla nahm mich in den Arm, aber ich stieß sie sofort von mir.

Obwohl ich mir eingeredet hatte, mit Tobias nichts mehr zu tun haben zu wollen, war es, als hätte jemand ein Messer in mein Herz gerammt – und es ganz langsam darin umgedreht. Ohne es verhindern zu können, brach ich in Tränen aus.

»Ist ja gut«, murmelte sie immer wieder hilflos und versuchte mir über den Rücken zu streichen. Doch im Moment fühlte es sich nicht so an, als ob jemals etwas wieder gut werden würde.

»Ich muss mir das Gesicht waschen«, sagte ich schließlich, ließ Cayla stehen und ging die Treppe zum Bad hoch. Jeder Schritt war eine Qual, meine Füße schienen sich in Blei verwandelt zu haben.

Nachdem ich mir die Tränen abgewaschen hatte, legte

ich mich erschöpft auf mein Bett. Ich hatte schon ewig nicht mehr so viel geweint wie in den letzten Wochen. Unfähig mich zu bewegen, lag ich eine Weile nur da. Mein Kopf war wie in Watte gepackt, jeder klare Gedanke schien unerreichbar. Ich wäre bestimmt eingeschlafen, wenn es nicht an der Tür geklopft hätte. »Ja«, murmelte ich.

Meine Mutter steckte den Kopf herein. »Emma ist am Telefon. Da hast du nun endlich dein Handy wieder und sie ruft trotzdem auf dem Festnetzapparat an? Verkehrte Welt.«

Emma? Was wollte sie? Mir noch mehr Bosheiten über Cayla erzählen?

»Ich will nicht mit ihr reden«, sagte ich und drehte mich demonstrativ zur Wand.

Meine Mutter kam zu mir herüber, strich mir über den Rücken und fragte: »So schlimm?«

Ich konnte bloß nicken.

»Wenn du reden willst ...«

Stumm schüttelte ich den Kopf. Wie sollte ich das alles in Worte fassen, wenn ich es nicht einmal in Gedanken konnte? »Nicht jetzt«, gab ich zurück. Allein schon, dass sie sich um mich sorgte, machte es ein wenig leichter.

Meine Mutter sagte nichts, aber sie wartete ein paar Sekunden, wahrscheinlich, damit ich es mir noch einmal anders überlegen konnte. Als ich keine Anstalten machte aufzustehen, schloss sie leise die Tür. Ich rollte mich ganz klein zusammen und wünschte, ich wäre tatsächlich so winzig, wie ich mich im Moment fühlte. Da hätte ich mich nicht mit all diesen blöden Problemen herumschlagen müssen.

Es war noch gar nicht so lange her, als ich mich danach

gesehnt hatte, endlich erwachsen zu sein. Doch jetzt wäre ich am liebsten ein kleines Kind gewesen. So wie Mia. Die schlimmsten Verletzungen, die ihr passierten, waren bloß Schrammen, wie die an ihrer Hand. Ein bisschen sauberes Wasser, eine Tüte Eis – und schon war alles wieder vergessen.

Ich musste eingeschlafen sein, denn als ich die Augen wieder aufschlug, war es dunkel. Ich rappelte mich hoch und holte mein Handy aus der Hosentasche. Dabei berührten meine Fingerspitzen das Foto, das ich aus Mias Mülleimer geholt und eingesteckt hatte. Wie spät war es? Ich wollte auf meinem Handy die Uhrzeit ablesen, doch das Display blieb schwarz. Offenbar war mein Akku leer. Ich steckte es an das Aufladekabel und musste ein paar Minuten warten, bis ich es wieder anschalten konnte. Es war halb zwölf. Jetzt war es eindeutig zu spät, um meine Schwester mit dem Foto zu konfrontieren. Mia schlief schon längst.

Dafür hatte ich drei verpasste Anrufe von Emma. Sie hatte mich also am Handy nicht erreicht und deshalb bei uns zu Hause angerufen. Sie hatte mir auch eine WhatsApp-Nachricht geschickt.

Emma: *Ruf mich an!!!*

Mein Herz klopfte mir bis zum Hals. Offenbar war es dringend. Wollte sie sich mit mir wieder versöhnen? Ich war nahe daran, sie zurückzurufen oder ihr zu schreiben, doch angesichts der Uhrzeit ließ ich es bleiben. Außerdem war ich immer noch ein wenig sauer auf sie. Nicht mehr so sehr wie gestern, aber genug, um sie ein wenig schmoren zu lassen.

Natürlich lag ich den Rest der Nacht wach. Nachdem ich ja vorher geschlafen hatte, war ich nicht müde genug. Vor allem aber kreisten meine Gedanken um das Erlebte wie Aasgeier um ihre Beute. Richtig zu fassen bekam ich die Ereignisse der letzten Tage nicht. Es war mir unbegreiflich, wie ich in dieses ganze Schlamassel hineingeraten war. Und wer mir offensichtlich so sehr eins auswischen wollte, dass er sogar mein Facebook-Profil hackte.

Eine Weile vertrieb ich mir die Zeit auf Facebook, doch das deprimierte mich noch mehr. Meine Pinnwand war voll von bösartigen Kommentaren und Nachrichten. Als ich es nicht mehr aushielt, das gefühlte hundertste Mal zu lesen, wie hinterhältig ich mich Tobias gegenüber verhielt, verfasste ich eine Statusmeldung:

Jana Wenniger:

Es ist unglaublich, was hier alles über mich herumerzählt wird. Nichts davon stimmt! Leute, schaltet mal euer Hirn ein, bevor ihr diesen Mist über mich teilt.

Ich hatte und habe nichts mit Dominik. Wir waren gute Freunde, bevor er weggezogen ist, und das Foto ist vollkommen harmlos. Ihr könnt das jetzt glauben oder nicht, mir ist das egal. Ich habe geglaubt, ich hätte Freunde. Da habe ich mich offensichtlich geirrt. Auf solche Freunde kann ich verzichten. Ciao!

Ich war nahe daran, mein Facebook-Profil zu löschen. Doch vor diesem endgültigen Schritt scheute ich mich. Ein paar Tage wollte ich wenigstens abwarten und schauen, ob sich die Lage wieder beruhigte.

Irgendwann ging ich Zähne putzen und versuchte dabei möglichst leise zu sein, um Cayla nicht zu wecken, die nebenan schlief. Danach legte ich mich zum zweiten Mal ins Bett. Kaum schloss ich die Augen, sah ich Cayla und Tobias vor mir.

Malten sich alle Menschen in ihrer Fantasie Dinge schlimmer aus, als sie tatsächlich waren? Ich schon. Cayla und Tobias Händchen haltend. Hatten sie sich geküsst? Sie hatte behauptet, es wäre nichts gewesen. Aber woher sollte ich wissen, ob sie die Wahrheit sagte? Schließlich behauptete sie das womöglich nur, um meine Gefühle zu schützen. Konnte ich überhaupt noch jemandem vertrauen? Die einzige Person, die mir einfiel, war meine Mutter. Gleich in der Früh, nahm ich mir vor, würde ich mit ihr über alles reden und sie um Rat fragen.

26

Erholsamer Schlaf sah anders aus, dachte ich, als ich erwachte. Die Spuren meiner unruhigen Nacht konnte ich am Laken ablesen: Es hatte vom Herumwälzen Falten bekommen und ich fühlte mich genauso zerknittert wie mein Bettzeug. Im Bad hörte ich, wie die Brause abgedreht wurde. Kurz darauf fiel Caylas Tür ins Schloss. Wie spät war es überhaupt? Meiner Müdigkeit nach zu schließen, fünf in der Früh. Doch mein Handy zeigte halb neun. Für Ferien zu früh, um aufzuwachen, sogar, wenn ich nicht die halbe Nacht wach gelegen hätte. Trotzdem hievte ich mich aus der Waagerechten und ging duschen.

Als ich in die Küche kam, waren die anderen mit Frühstücken beschäftigt. Mia trank Orangensaft, ihr Teller war bis auf ein paar Brotkrümel bereits leer. Cayla schien ebenfalls eine miese Nacht hinter sich zu haben, denn sie wirkte blass. Sie sah nur kurz auf und senkte wieder den Blick auf ihre Semmel. Clemens trank Kaffee und aß Müsli und Mama grinste über ihr ganzes Gesicht.

»Was ist denn hier los?«, fragte ich, weil ich genau merkte, dass ich ganz offensichtlich etwas Wesentliches versäumt hatte.

Mama blickte zu Clemens und er zwinkerte ihr zu. Es war schließlich Mia, die losplapperte: »Mama und Papa fahren das ganze Wochenende weg. Und ich schlafe bei Leonie.«

»Oh.« Mehr brachte ich nicht heraus.

»Es ist doch in Ordnung für dich, übers Wochenende mit Cayla allein im Haus zu sein?«, fragte Mama mit einem Anflug von Besorgnis in ihrer Stimme. »Clemens hat mich mit einem Kurzurlaub überrascht. Heute Nachmittag geht's los.«

Über all meine Sorgen hatte ich ganz vergessen, dass die beiden am Samstag ihren siebten Hochzeitstag feierten.

»Nein, nein. Fahrt nur«, beeilte ich mich zu versichern. Eine sturmfreie Bude war doch, was ich mir die ganze Zeit über gewünscht hatte. Bloß nützte die mir in meiner jetzigen Situation auch nichts. Ich konnte keine Party schmeißen, weil niemand kommen würde. Ja, nicht mal Emma würde ich im Moment einladen.

»Wir machen das schon, Susanne. Genießt euren Ausflug«, sagte nun auch Cayla.

Clemens beugte sich zu meiner Mutter und küsste sie. Mama strahlte ihn verliebt an. »Hach, ich freu mich so. Ich weiß gar nicht mehr, wann wir das letzte Mal ein ganzes Wochenende für uns hatten.«

Eigentlich hatte ich ihr von meinen Problemen berichten wollen, doch sie hatte nach Wochen der Anspannung, an der ich ja nicht unerheblich Mitschuld hatte, endlich mal wieder gute Laune. Meine Jammermiene hätte ihr sie womöglich verdorben, also beschloss ich, ihr erst nach dem Wochenende von meinem Katastrophenleben zu erzählen. Stattdessen folgte ich Mia, die inzwischen aufgestanden war, in ihr Zimmer, um sie auf das verwüstete Foto anzusprechen.

Sie holte ihre Puppe aus dem Puppenbettchen und drückte sie mir in die Hand. »Kannst du Annika einen Zopf machen?«, bat sie mich.

Während ich Annikas Puppenhaar in drei Stränge teilte, fragte ich möglichst beiläufig: »Wo ist eigentlich unser Weihnachtsfoto hin?«

Mias Kopf drehte sich zu ihrer Pinnwand. »Da ...« Sie stutzte. »... es ist nicht mehr da.«

Ich tat so, als wäre ich ebenso überrascht wie sie. »Und du weißt nicht, wo es hingekommen ist?«

Sie schüttelte den Kopf. »Es muss runtergefallen sein.«

»Vielleicht in deinen Papierkorb?«, schlug ich vor.

»Aber der steht doch ganz woanders.«

Ich band um Annikas Zopf ein Band und setzte die Puppe in meinen Schoß. »Mia, ich habe das Foto gestern gefunden.«

Der Ernst in meiner Stimme war unmissverständlich.

Mia runzelte die Stirn. »Warum hängst du es dann nicht wieder auf?«

»Weil es kaputt ist. Jemand hat mein Gesicht rausgeschnitten. Du weißt nicht zufällig, wer das war?«

Mia stemmte ihre Hände in die Taille und sah mich vorwurfsvoll an. »Mit ›jemand‹ meinst du mich, oder?«

Ich gab keine Antwort.

»Du bist unfair. Immer beschuldigen alle *mich!*«

Ich blickte sie an. »Das Foto lag schließlich in deinem Mülleimer und nicht in dem von jemand anderem. Außerdem hast du auch Mamas Pullover zer...«

»Ich war's nicht!«, rief Mia verzweifelt. »Ich mag das Foto. Und Mamas Pullover hab auch nicht ich kaputt gemacht.«

»Wer denn sonst?«

Mia dachte kurz nach. »Cayla. Oder Annika.«

»Jetzt mach mal halblang. Wie wär's mit Felix? Der könnte mein Gesicht aus dem Papier gebissen haben.«

»Der würde so etwas nie tun«, gab Mia zurück. Damit war für sie die Sache erledigt. Sie nahm ihre Puppe und den Stoffhund und drückte sie fest an sich. »Ich geh jetzt mit Mama spielen«, verkündete sie, drehte sich um und ließ mich in ihrem Zimmer allein.

Eine Weile blieb ich auf dem Boden sitzen und dachte nach. Wie kam Mia darauf, dass Cayla das Foto kaputt gemacht hatte? Das schien mir einerseits genauso absurd, wie Felix zu verdächtigen. Andererseits war Cayla ständig in Mias Zimmer, sie hätte dazu Gelegenheit gehabt. Mir fielen Emmas Worte ein. Sie war gleich der Meinung gewesen, dass Cayla etwas zu verbergen hatte. Nun waren auch wieder die Bilder in meinem Kopf, die ich seit dem Aufstehen erfolgreich verdrängt hatte: Tobias und Cayla in der Eisdiele. Konnte ich ihr wirklich glauben, dass die Initiative von Tobias ausgegangen war? Was, wenn das nicht stimmte? Ich war immer davon ausgegangen, dass alles, was mir Cayla erzählte, der Wahrheit entsprach. Keine ihrer Aussagen hatte ich jemals in Zweifel gezogen. Gut, sie hatte mich in ein paar Schwierigkeiten gebracht, aber doch nicht absichtlich. Warum sollte sie jetzt lügen?

Ich fasste einen Entschluss und rappelte mich vom Boden auf. Als Erstes würde ich ein paar Erkundigungen über unseren Austauschgast einholen. Im Internet hinterließ schließlich jeder Spuren, irgendwas fand ich bestimmt.

Entweder würde sich herausstellen, dass Cayla die war, die sie vorgab zu sein. Dann war alles in Ordnung und ich würde niemandem etwas von meinen Nachforschungen erzählen.

Oder ich grub wirklich einen dunklen Punkt in Caylas Vergangenheit aus, dann hätte sie tatsächlich etwas über sich verheimlicht. Und Emma hätte die ganze Zeit schon recht gehabt. Was ich allerdings damit anfangen würde, das wusste ich selbst nicht. Ich weigerte mich einfach, darüber nachzudenken, was das hieß, wenn ich mich auch noch in Cayla getäuscht hatte.

Immerhin hatte ich endlich das Gefühl, eine sinnvolle Aufgabe zu haben, als ich mich in meinem Zimmer an den Schreibtisch setzte und in das Feld der Suchmaschine Caylas Namen eingab.

Ich hatte nicht viele Treffer erwartet, doch die Trefferliste schien endlos. McLaughlin schien ein weit verbreiteter Namen in Irland zu sein. Da hatte ich ja einiges vor mir. Ich blies die Luft aus meinen Wangen und klickte den ersten Link an.

Offenbar gab es eine gleichnamige Sportlerin, die schon mehrere Medaillen in Leichtathletik gewonnen hatte. Eine Bildersuche ergab, dass es sich bei »meiner« und der Sportler-Cayla um verschiedene Personen handelte. Ehrlich gesagt, hätte es mich auch ziemlich überrascht, wenn sich Cayla als Sport-Ass herausgestellt hätte. Sie war schlank, aber sportlich kam sie mir nicht gerade vor. Seit sie bei uns war, hatte ich sie noch nicht mal joggen gesehen – von Leichtathletik ganz zu schweigen.

Bilder von der Cayla, die ich kannte, fand ich kein einziges, aber auf der Homepage von einer privaten zweisprachigen Mädchenschule in Dublin tauchte immerhin ihr Name auf. Ich ging auf die Seite der Schule und war froh, dass mein Englisch besser war als mein Mathe. Das meiste verstand ich. Trotzdem war ich froh, den Sprachbutton zu entdecken, ich wählte »Deutsch« als Sprache aus.

Ich klickte mich durch die verschiedenen Menüpunkte

und Fotos. Unter »Aktivitäten« fand ich einen Eintrag über das Austauschprogramm mit mehreren österreichischen und deutschen Schulen. Da waren Fotos von den Schülern und Schülerinnen, die dieses Jahr dafür ausgewählt worden waren.

Bei jedem stand ein kurzer Lebenslauf, ich hielt nach Caylas Foto Ausschau, doch ich fand es nicht. Klar, sie hatte sich mit der neuen Frisur und ihrem Outfit verändert, aber ich wusste ja noch, wie sie aussah, als sie bei uns angekommen war. Ich hätte sie erkannt, da war ich mir sicher.

Es blieb mir nichts weiter übrig, als jedes Bild anzuklicken. Bei einem hübschen Mädchen mit langen dunklen Haaren blieb ich hängen. Ihr Name war Alana und unter ihrem Foto stand, dass sie einen Unfall gehabt hatte und statt ihr nun Cayla als Ersatz mitfahren durfte. Caylas Name war blau unterlegt, und als ich dem Link folgte, fand ich auch ihr Foto.

Ich konnte nicht behaupten, sie wäre schlecht getroffen, aber auf diesem Bild sah Cayla echt noch sehr jung aus. Sie war bestimmt erst vierzehn oder fünfzehn, nur ihre Augen wirkten irgendwie alt. Hätte ich sie damals gekannt, hätte ich bestimmt auch schon Mitleid mit diesem viel zu ernst aussehenden, unscheinbaren Mädchen gehabt.

Ein Unfall hatte also dafür gesorgt, dass Cayla an Alanas Stelle zu uns gekommen war. Ich fragte mich, wieso Cayla das nie erwähnt hatte? Ich spürte einen Funken Bedauern in mir aufsteigen, Alana sah nett aus. Schade, dass wir uns nicht kennengelernt hatten.

Aus Neugier suchte ich nach Alanas Namen im Internet und fand mehrere Einträge über sie. Offenbar sang sie gern und hatte bei verschiedenen Theateraufführungen mitgespielt. Außerdem hatte sie sogar einen Blog, auf dem sie über alles Mögliche postete: Schminktipps, Buchempfehlungen, Kochrezepte, Urlaubsfotos. Unter »Kontakt« konnte man ihr eine Nachricht schicken. Ohne lange zu überlegen, schrieb ich ihr, dass ich über die Schulhomepage auf ihren Namen gestoßen war. Ich erklärte, wer ich war und dass es mir leidtäte, dass sie aufgrund des Unfalles nicht nach Österreich hatte kommen können. Ob es ihr denn in der Zwischenzeit wieder besser ginge?

With best regards, Jana unterschrieb ich meine Mail und schickte sie ab, ehe ich es mir anders überlegte. Jemanden Wildfremden einfach so zu kontaktieren, sah mir normalerweise gar nicht ähnlich – und das noch dazu auf Englisch. Nun hieß es warten.

27

Noch während ich Stück für Stück weitere Informationen wie kleine Puzzlesteine zusammensetzte, ich hatte zum Beispiel ein Telefonverzeichnis von Dublin gefunden und überlegte, welche der McLaughlins wohl Caylas Oma war, ploppte mein Benachrichtigungsfenster auf. Alana hatte mir zurückgeschrieben.

Dear Jana,

danke für deine Nachricht. Ich schreibe dir auf Deutsch zurück, so kann ich ein bisschen deine Sprache trainieren.

Mir fiel ein Stein vom Herzen. Mein Englisch war ganz sicher bei Weitem nicht so gut wie Alanas Deutsch. Wahrscheinlich hätte ich etliche Wörter erst nachschlagen müssen.

Ich las gespannt weiter. Sie schrieb, sie hätte nach dem Unfall sechs Wochen im Krankenhaus gelegen, beide Beine wären gebrochen gewesen, sie hatte mehrmals operiert werden müssen. An eine Reise war nicht zu denken gewesen, was ihr unheimlich leidtat, denn sie hatte sich schon sehr darauf gefreut, nach Österreich zu kommen.

Ich schrieb zurück:

Liebe Alana,

ich finde es auch schade, dass du nicht kommen konntest, wir hätten uns bestimmt gut verstanden. Wie ist denn dieser blöde Unfall passiert?

LG Jana

Ich musste nicht lange auf eine Antwort warten.

Liebe Jana,

es war ein Autounfall. Ich stand am Gehsteig und wollte die Straße überqueren, als mich plötzlich ein Auto erfasst hat ... Ich kann mich an die Sekunden vor dem Zusammenprall kaum erinnern, es ging einfach sehr schnell. Wie genau das alles passiert ist, ist jedenfalls bis heute nicht ganz klar. Es hat niemand etwas gesehen, dafür waren die Menschenmenge und das Gedränge wohl zu groß, aber ich ... ich habe immer noch schlechte Träume deswegen.

Alana

Mir lief ein Schauer über den Rücken und ich tippte:

Liebe Alana,

das klingt ja wirklich schrecklich. Tut mir leid, dass du das durchmachen musstest. Vielleicht klappt es ja irgendwann einmal, dass du doch noch Österreich besuchen kannst. Cayla hat sich hier echt gut eingelebt. Sie hat Freunde gefunden und sie fühlt sich hier sehr wohl. Dir würde es hier bestimmt auch gut gefallen, da bin ich mir sicher.

LG Jana

Die Antwort kam sehr schnell:

Liebe Jana,

ach, Cayla hat Freunde?! Das … nun ja, es wundert mich ein wenig. Sie ist bei uns an der Schule eher eine … wie sagt man, Außenseiterin. Sie hat sich nie mit jemandem verabredet, unterhält sich mit niemandem in den Pausen, obwohl einige von uns es probiert haben, sie einzubinden. Schließlich wissen wir von ihrer Familiensituation und da wollten wir sie nicht allein lassen.

Aber … sie ist komisch. Du hättest sie erleben sollen, als sie erfahren hat, dass sie für das Austauschprogramm bloß auf der Warteliste ist. Da wurde sie regelrecht bösartig. Sie hat gesagt, dass sie alles daransetzen würde, um mit nach Österreich zu kommen. Na ja, und jetzt hat sie es geschafft. Ist ja gut, dass sie bei euch zu Hause so aufblüht, dann habt ihr nichts zu befürchten.

Alana

In mir begann sich alles zu drehen. Cayla und bösartig? Und was meinte Alana mit »dann habt ihr nichts zu befürchten«?? Seit sie hier war, hatte ich noch kein böses oder ungeduldiges Wort von Cayla gehört. Das, was Alana schrieb, schien mir etwas übertrieben. Wahrscheinlich war Cayla einfach geknickt gewesen, bloß auf der Warteliste gelandet zu sein. Schließlich war sie eine sehr gute Schülerin und ehrgeizig, natürlich hatte sie gehofft, mitfahren zu dürfen. Aber deswegen bösartig werden? Nein, das konnte ich mir nicht vorstellen, dafür hatte Cayla doch einen viel zu weichen Kern!

Ich überlegte. Cayla kannte ich oder zumindest wusste ich mehr über sie als Alana. Auch wenn die sehr nett schien und sie mir leidtat, sprachen vielleicht einfach nur

Enttäuschung und Neid aus ihr, weil sie nicht nach Österreich hatte kommen dürfen, Cayla aber schon.

Ich hoffte, dass Alana noch nicht offline gegangen war und mir antworten würde, denn ich musste unbedingt noch mehr Einzelheiten erfahren. Ich schrieb ihr zurück:

Liebe Alana,

ehrlich gesagt, bin ich gerade ein bisschen sprachlos: Cayla soll bösartig sein? Wir haben sie hier immer nur zuvorkommend erlebt.

Aber du hast schon recht, wenn du meinst, sie wäre ein wenig eigenartig. Ich habe noch nie jemand erlebt, der so in sich gekehrt und still gewesen wäre. Zuerst dachte ich, sie wäre bloß schüchtern, aber auch noch jetzt, wo sie uns mittlerweile kennt, zeigt sie sich zurückhaltend. Ich dachte, das käme von ihrer schweren Kindheit. Wusstest du, dass Cayla schon als kleines Kind ihre Mutter verloren hat und bei ihrer Großmutter aufgewachsen ist? Und dass die total arm ist und sich kaum was leisten kann?

Cayla hat erzählt, sie wäre in der Schule wegen ihrer ärmlichen Kleidung ständig gehänselt worden, weil sie mit euch anderen nie mithalten konnte. Ich denke, sie war einfach bitter enttäuscht, aber doch nicht bösartig?!

Und: Was sollten wir von ihr »zu befürchten« haben??

LG Jana

Diesmal musste ich länger auf Alanas Antwort warten. Ich überlegte schon, ob sie sich irgendwie auf den Schlips getreten fühlte. Dabei hatte ich mich doch so bemüht, einen neutralen Ton anzuschlagen.

Ich wollte mich eben wieder meinen Nachforschungen zu Caylas Großmutter widmen, als Alanas Mail doch kam.

Liebe Jana,

Cayla wurde von niemandem gehänselt, schon gar nicht wegen ihrer Kleidung! Wir tragen hier Schuluniformen, die sind alle gleich. Ehrlich gesagt, weiß ich gar nicht, wie Cayla ohne Uniform aussieht. Und wie schon gesagt, anfangs haben wir versucht, ihr das Gefühl zu geben dazuzugehören. Sie hat viele, die auf sie zugegangen sind, mit Beleidigungen und dummen Bemerkungen abgewiesen. Sie hat zwei Einträge in ihrer Schulakte, weil sie wegen Nichtigkeiten Mitschüler verletzt hat. Sie muss immer die Beste sein, in allem – und sie erträgt es nicht, wenn andere ihr den Rang ablaufen. Das haben zwei Mädchen aus meiner Klasse zu spüren bekommen. Cayla musste wegen dieser Sache sogar zur Schulpsychologin, sonst wäre sie von der Schule geflogen.

Erst als es hieß, beim nächsten Eintrag würde ihr Stipendium gestrichen, hat sie sich zusammengerissen und es gab keine weiteren Vorfälle mehr. Aber ich hatte den Eindruck, dass es in ihr immer weitergebrodelt hat. Sie ist voller Verbissenheit und Hass, wenn du mich fragst. Vielleicht weil ihre Mutter so früh gestorben ist und sie bei ihrer Großmutter verwahrlost? Ich weiß es nicht.

Wenn sie bei euch so positiv auffällt, freut mich das wirklich – vor allem für euch und ihre Mitschüler.

Alana

Alanas Mail brachte mich zum Nachdenken. Ich hatte schon heiße Wangen von dem Mail-Austausch und den

Neuigkeiten, die ich dank Alana erfahren hatte. Und bei einer Erkenntnis wurde es mir noch heißer: Es war offensichtlich, dass Cayla mich in einer Sache auf jeden Fall angelogen hatte. Auf den Klassenfotos, die ich mir nun noch mal auf der Schulhomepage ansah, trugen tatsächlich alle Schülerinnen Uniformen: weiße Blusen und dunkelblaue Faltenröcke und Blazer. Alle hatten Tücher mit dem Schullogo darauf um den Hals gebunden. Cayla konnte also wegen ihrer Kleidung nicht gemobbt worden sein. Ihre makellose Fassade bekam erste Risse.

Sollte ich Alana auch glauben, dass Cayla gegen Mitschülerinnen vorgegangen war? Ich musste schlucken. Traute ich das Cayla zu? Sagte Alana die Wahrheit? Mir fiel kein Grund ein, warum sie mir Lügen auftischen sollte. Und wenn Alanas restliche Geschichten über Cayla stimmten, bedeutete es, dass ich mich womöglich in Cayla gründlich getäuscht hatte. Nein, mehr noch, dann hatte sie uns alle mit ihrem unscheinbaren und zarten, feenhaften Äußeren in die Irre geführt.

Emma hatte gleich gesagt, dass ihr Caylas Fehlerlosigkeit suspekt vorkam. Nun stellte sich heraus, dass meine Freundin recht behalten hatte. Was konnte ich Cayla denn überhaupt glauben? Immerhin hatte sie wegen ihrer toten Mutter die Wahrheit gesagt. Alana hatte es bestätigt – und auch, dass Caylas Großmutter sie aufgezogen hatte. Ob ich Caylas Oma unter irgendeinem Vorwand kontaktieren und aushorchen könnte? Ich würde vorsichtig sein müssen, keine Frage. Und mir musste eine gute Ausrede einfallen. Was kostete so ein Anruf nach Irland? Egal, beschloss ich. Wenn meine Eltern mich auf die hohen Telefonkosten ansprachen, würde ich ihnen erklären, dass Cayla mit meinem

Handy ihre Großmutter angerufen hatte, weil die Gebühren mit der Prepaid-Karte viel teurer waren. Bestimmt hätten sie nichts dagegen. Doch dazu brauchte ich die Telefonnummer von Caylas Oma.

Ich zermarterte mir das Gehirn, ob Cayla jemals den Namen ihrer Großmutter erwähnt hatte, doch ich konnte mich nicht mehr daran erinnern. Ob Alana ihn vielleicht kannte?

Kurz entschlossen schrieb ich eine weitere Mail.

Liebe Alana,

darf ich dich noch eine Sache fragen? Ich habe mir eben die Klassenbilder angesehen. Ihr tragt ja wirklich Uniformen, was bedeutet, dass Cayla mich angelogen hat. Ich frage mich, worin noch? Ich würde mich gern mit jemandem in Verbindung setzen, der Cayla ebenfalls kennt.

Vielleicht ihre Oma? Hast du da eine Telefonnummer oder wenigstens ihren Namen? Ich weiß nicht, wo ich danach suchen soll. In Dublin gibt es unheimlich viele Menschen, die McLaughlin heißen.

Liebe Grüße
Jana

Wenige Minuten später ertönte das *Pling*, das eine neue E-Mail ankündigte.

Liebe Jana,

ich habe eben meine Mum nach einer Klassenliste gefragt, die ist Elternvertreter. Caylas Oma heißt Edna McLaughlin. Und die Telefonnummer lautet: 00353 1 73 544 98. Erwähne bloß nicht, dass du die Nummer von mir hast. Wenn meine Mum erfährt, dass ich die persönlichen Daten an jemand weitergegeben habe, gibt es Ärger. Ich weiß nicht, wie und warum Cayla dich wegen der Uniformen angelogen hat. Vielleicht kannst du über ihre Oma mehr herausfinden.

Sorry, Jana, ich muss Schluss machen. Das Ganze regt mich immer noch mehr auf, als ich dachte. Bitte versteh, dass ich einfach von dem Unfall zu sehr mitgenommen bin – und von dem, was in den letzten Wochen alles passiert ist.

Melde dich gerne, wenn du noch mehr wissen willst. Ich schreibe so schnell zurück, wie ich kann.

Alles Liebe aus Dublin

Alana

Ich beeilte mich, ihr zu schreiben, bevor sie tatsächlich offline ging.

Liebe Alana,

danke. Ich verrate niemandem, von wem ich die Nummer habe, versprochen. Vielen Dank, dass du mir hilfst. Ich werde dich auf dem Laufenden halten, wenn ich mehr erfahren habe.

Liebe Grüße nach Dublin

Jana

Unschlüssig starrte ich die Telefonnummer von Caylas Großmutter an. Sollte ich sie wirklich anrufen? Was sollte ich ihr sagen? Mein Englisch war zwar ganz gut, aber ob ich damit eine Konversation bestreiten konnte? In Irland hatten sie bestimmt einen furchtbaren Akzent, den ich kaum verstehen würde. Doch schließlich gab ich mir einen Ruck. Egal, welche Bedenken ich hatte, ich würde es versuchen müssen, schließlich wollte ich doch herausfinden, warum Cayla so viele Dinge über sich verschwiegen hatte. Ehe ich es mir anders überlegen konnte, wählte ich die Nummer, die ich von Alana erhalten hatte.

Gespannt hielt ich den Atem an, während es auf der anderen Seite der Leitung läutete. Einmal, zweimal, dreimal.

»Edna McLaughlin«, meldete sich eine Frau mit leiser Stimme.

Ich stieß die Luft aus. »Mrs McLaughlin, my name is Jana Wenniger from Austria ...«

»Who?«

»Jana Wenniger«, wiederholte ich meinen Namen.

Was sie danach sagte, verstand ich nicht, der Redeschwall klang aber alles andere als freundlich. Es hörte sich nach wüsten Schimpftiraden an und danach drang bloß das Besetztzeichen an mein Ohr.

Jetzt wäre es gut gewesen, einen Plan B zu haben, doch ich hatte mir keine Gedanken darüber gemacht, wie ich weiter vorgehen sollte, wenn Caylas Oma nicht mit mir sprechen wollte. Dass sie einfach auflegen würde, hatte ich nicht erwartet. Schließlich war doch ihre Enkelin gerade bei uns zu Gast!

Gut, dann würde ich den direkten Weg nehmen und Cayla einfach mit den Dingen konfrontieren, die ich erfahren hatte. Diesmal, beschloss ich, würde ich ihr nicht ohne Weiteres jedes Wort glauben.

28

Mama lief wie ein aufgescheuchtes Huhn herum und suchte ihren Bikini. Mia würde zwar nur bei den Nachbarn bleiben, packte aber ebenfalls ihren kleinen Hello-Kitty-Trolley, den sie für die letzte Urlaubsreise von Oma geschenkt bekommen hatte.

Da meine Eltern ohnehin dermaßen im Vor-Reisefieber und schwer beschäftigt waren, konnte ich mir Cayla bestens für ein Gespräch unter vier Augen zur Seite nehmen. Die Gelegenheit war günstig und außerdem wollte ich diese leidige Angelegenheit möglichst schnell hinter mich bringen.

Ich klopfte an Caylas Tür.

»Komm rein.«

Meine Hand legte sich auf die Klinke, zögerte kurz, doch ich ließ mir keine Zeit zum Nachdenken und drückte sie hinunter. »Hast du grad eine Minute? Ich muss mit dir sprechen.«

Cayla nickte, doch als sie meine Unschlüssigkeit bemerkte, runzelte sie die Stirn. »Was ist los?« Sie sah mich besorgt an und ihr blasses Gesicht wirkte freundlich wie immer.

Ich holte tief Luft. »Es stimmt nicht, dass du wegen deiner Kleidung in der Schule gehänselt wurdest. Ihr tragt nämlich alle Schuluniformen. Alle sehen gleich aus. Ich habe mich auf deiner Schulhomepage umgeschaut. Da steht auch, dass du gar nicht für das Austauschprogramm vorgesehen warst. Erst nachdem Alana durch einen Unfall ausfiel, durftest du an ihrer Stelle mit.«

Ich machte eine Pause, um Cayla Zeit für eine Rechtfertigung zu geben, doch sie starrte mich nur ausdruckslos an. Ihr Schweigen machte mich plötzlich wütend. »Hat es dir die Sprache verschlagen?«

Caylas Gesicht bekam überall rote Flecken. »Du spionierst mir nach?«, presste sie schließlich hervor.

»Nein, aber ich habe endlich getan, was ich schon viel eher hätte tun sollen: Erkundigungen über dich einholen.«

»Und was haben deine Nachforschungen über mich ergeben?«, fragte Cayla. Ihre Augen blitzten, sie war richtig wütend, keine Frage.

»Alana hat ges...«, fing ich an, aber Cayla unterbrach mich barsch: »Hat Alana nichts Besseres zu tun, als wieder über mich herzuziehen? Ich hätte wissen müssen, dass sie mir jede Chance missgönnt. Was hat sie dir erzählt?«

Noch vor ein paar Stunden wäre ich weich geworden und hätte Mitleid mit Cayla gehabt. Doch jetzt nicht mehr. Nicht, nachdem Alana und ich einander gemailt hatten – und nachdem ich in das unbekannte Gesicht von Cayla geblickt hatte.

»Dank ihr weiß ich von euren Schuluniformen und dass du überhaupt nur hergekommen bist, weil Alana einen Unfall hatte ... und sie meinte, du hättest zwei Mädchen ohne Grund verletzt, nur weil du eifersüchtig gewesen wärst«, sprudelte es aus mir heraus.

Cayla zupfte am Ärmel ihres Pullovers. Des Pullovers, den meine Mutter ihr gekauft hatte. Ihr Wutanfall schien verpufft, denn plötzlich fragte sie leise: »Ach, und ihr glaubst du, obwohl du sie gar nicht kennst?«

»Ich habe das Gefühl, dass ich dich auch nicht kenne, Cayla. Nicht wirklich. Du hast mir so wenig über dich erzählt. Und jetzt stellt sich heraus, dass du in manchen Dingen gelogen hast. Wie soll ich dir denn noch glauben? Vor allem frage ich mich, was du mir sonst noch für Märchen aufgetischt hast?« Ich wollte, dass endlich alles, was ich herausgefunden hatte, einen größeren Zusammenhang ergab, aber ich sah nur diese einzelnen Puzzleteile vor mir: Caylas Lüge mit den Uniformen, ihr Nachrücken für das Austauschprogramm, die Vorfälle an ihrer Schule in Dublin, Alanas Unfall.

Wie passte das zusammen mit der stets so netten Cayla hier in Österreich, die immer hilfsbereit war, die Freunde gefunden hatte? Die ich als Freundin bezeichnete, die mich wegen Tobias getröstet hatte und ... die mit ihm in der Eisdiele gesessen hatte. Ich verdrängte das Bild aus meinem Kopf. Nein, jetzt ging es um Cayla und ihre Vorgeschichte, die sie uns allen verschwiegen hatte.

»Märchen?« Ich zuckte zusammen, denn Caylas Stimme war wieder lauter geworden und sie war von ihrem Schreibtischstuhl aufgestanden. »Als ob mein Leben je ein Märchen gewesen wäre!«, rief sie, während sie vor mir hin und her lief. Dabei ließ sie mich keine Sekunde aus den Augen, sondern funkelte mich zornig an. »Du wirst nie verstehen, wie das ist, nicht zu wissen, was man am nächsten Tag essen wird, oder wenn man in einer winzigen Wohnung leben muss, die nur wenig größer ist als euer Gästezimmer, in dem ich jetzt schlafe. Und du hast keine Ahnung davon ...«

Aus irgendeinem Grund machten mich Caylas Worte wütend. »Nein, ich weiß das alles nicht. Stimmt. Aber wir haben hier echt versucht, dich an unserem Leben teilhaben zu lassen, dich zu einem Teil der Familie zu machen. Da wäre die Wahrheit wohl nicht zu viel verlangt, oder?« Ich merkte, dass auch ich jetzt lauter geworden war. Dann hob ich beschwichtigend die Hände und atmete durch, um mich ein wenig zu beruhigen. »Cayla, niemand sucht sich sein Leben aus und es tut mir ehrlich leid, dass du so arm aufwachsen musstest. Aber deswegen musst du mich nicht belügen. Dafür kann ich nichts!«

»Du nicht, aber deine stinkreichen Großeltern«, warf Cayla da mit zu Fäusten geballten Händen ein.

Ich glaubte, meinen Ohren nicht zu trauen. »Was haben *meine* Großeltern mit *deiner* Situation zu tun?« Auch wenn ich mit vielem gerechnet hatte, damit nicht. Doch sie gab mir keine Antwort und schüttelte nur unwillig den Kopf.

»Verdammt, was hat *dein* Leben mit *meinen* Großeltern zu tun?«, fragte ich ein zweites Mal.

Cayla zuckte mit den Achseln und hob eine Augenbraue. »Frag sie doch.«

Sie brachte mich beinahe zur Weißglut. So ... schnippisch und voller Wut wie in diesem Gespräch hatte ich Cayla noch nie erlebt. *Sie wurde regelrecht bösartig,* erinnerte ich mich an Alanas Worte, und ich wusste, meine Erkundigungen über Cayla waren noch nicht zu Ende. »Das werde ich auch«, antwortete ich und rauschte aus dem Zimmer.

Das Gespräch mit Cayla hatte ganz und gar nicht den erhofften Erfolg gehabt. Anstatt ein paar Rätsel zu klären, türmten sich nur noch mehr vor mir auf und ich fragte mich, ob der Berg voller Probleme jemals kleiner werden würde. Zudem hatte mir Cayla zum allerersten Mal eine wirklich unangenehme, aufbrausende Seite an sich gezeigt.

Ich wusste nicht, was ich davon halten sollte. Ich wusste nur, wenn Cayla nicht mit der Antwort rausrückte, dann würde ich sie eben rausfinden müssen.

Wie gerne hätte ich mit Mama über alles geredet, doch es blieb bloß bei dem Versuch, weil sie ihren Koffer für den Wochenendtrip packte und dabei hektisch ihre Sachen suchte. »Wo ist das grüne Kleid. Jana, hast du es irgendwo gesehen?«, fragte sie mich und schob die Kleiderbügel in ihrem Schrank von einer Seite auf die andere. »Brauchst du was?«, setzte sie hinzu, als ich im Türrahmen zum Schlafzimmer stehen blieb.

»Ja, ich wollte ...«, setzte ich an.

»Oder nehme ich einfach einen Rock und T-Shirts mit ...«, murmelte Mama vor sich hin. Sie hatte anscheinend schon wieder vergessen, dass ich in der Tür stand, und wandte sich den zwei Koffern zu, in die sie nun nacheinander verschiedene Oberteile und Röcke legte.

»Nein ... ist auch egal«, murmelte ich und ließ sie allein.

Frustriert ging ich in mein Zimmer, um in Ruhe zu überlegen, was ich als Nächstes tun sollte. Cayla hatte meine Großeltern erwähnt. Welche meinte sie überhaupt? Oma und Opa, die Eltern meiner Mutter, hatten bloß eine Doppelhaushälfte und lebten mit einer kleinen Rente nicht gerade auf großem Fuß. Doch die Eltern meines Vaters waren richtig reich. Mein Opa hatte irgendwas mit Geldgeschäften zu tun, was genau, wusste ich nicht. Ich hatte mich dafür nie interessiert. Aber er verdiente genug, sodass meine Großmutter nie arbeiten brauchte und sie sich eine ziemlich große Villa samt Haushälterin und mehrere Urlaube im Jahr leisten konnten. Skiurlaube in St. Moritz, Kreuzfahrten durch die Karibik ...

Ich war mir sicher, dass Cayla die Eltern meines Vaters gemeint hatte. Unschlüssig biss ich mir auf die Lippen. Wahrscheinlich waren sie ohnehin gerade wieder irgendwo auf Weltreise und ich würde sie nicht erreichen. Aber wenn du es nicht versuchst, wirst du es nie erfahren, flüsterte eine hartnäckige Stimme in mir. Ich musste herausfinden, warum Cayla so viel über sich verschwiegen und warum sie ausgerechnet meine Großeltern so offen angeklagt hatte.

Entschlossen blätterte ich meine Handykontakte durch, bis ich die Telefonnummer meiner Großeltern fand. Ehe ich es mir anders überlegen konnte, drückte ich auf die Anruftaste und lauschte dem Tuten.

»Bei Wennigers«, meldete sich die Haushälterin Frau Salmayer.

»Hallo, hier ist Jana. Ist Oma oder Opa da?«

»Oh, Jana. Wie schön, dass du dich meldest! Ich habe dich ja eine Ewigkeit nicht mehr gesehen. Du bist jetzt … wie alt?«

Ich seufzte. »Sechzehn. Frau Salmayer, es ist wirklich dringend …«

»Ja, natürlich, entschuldige. Ich habe mich nur so über deinen Anruf gefreut, wir kriegen dich hier viel zu selten zu Gesicht …! Warte, ich stelle dich zu deiner Großmutter durch.«

Erleichtert atmete ich auf, als ich erneut das Klingelzeichen hörte. Frau Salmayer war echt nett. Früher hatte ich bei meinen Besuchen beinahe mehr Zeit mit ihr in der Küche verbracht als im Wohnzimmer – meine Oma nannte es Salon –, wo ich mich einfach unwohl gefühlt hatte, weil ich ständig fürchtete, gegen eine wertvolle Vase zu stoßen oder den teuren Teppich zu bekleckern.

»Marlene Wenniger«, meldete sich endlich meine Großmutter.

Ich holte tief Luft. »Oma, ich bin's, Jana.«

»Jana, mein Kind. Was für eine Überraschung!« Sie klang erstaunt, aber ehrlich erfreut, mich zu hören.

»Oma, es ist etwas kurzfristig, aber kann ich euch morgen besuchen?« Spontan entschied ich mich dagegen, die Sache am Telefon zu besprechen, dafür war das alles zu kompliziert. Es wäre besser, wenn ich sie persönlich über die Vergangenheit befragte.

Meine Großmutter zögerte einen Moment. Wahrscheinlich hatte ich sie ein bisschen überrumpelt. Doch schließlich meinte sie, natürlich dürfe ich kommen. Es träfe sich sogar ganz gut, weil sie schon nächstes Wochenende für drei Wochen nach Malaga fliegen würden. Sie fragte, ob sie jemand schicken sollte, um mich abzuholen, aber ich verneinte lachend. »Ich nehme den Zug, Oma. Ich bin keine sechs mehr, sondern sechzehn. So gegen Mittag bin ich da.«

Nachdem ich aufgelegt hatte, versuchte ich noch mal, mit meiner Mutter zu sprechen. Zumindest musste ich sie für die Fahrt um Erlaubnis fragen. Ich ging ins Elternschlafzimmer, wo Mia mit einem kleinen Rucksack über den Schultern auf dem Bett saß.

»Na, freust du dich schon auf das Wochenende bei Leonie?«, fragte meine Mutter sie gerade. »Was habt ihr denn alles Schönes vor?«

Man merkte Mama richtig an, dass sie sich jetzt, da die Koffer fertig gepackt und geschlossen waren, wieder entspannte. Sobald Clemens vom Büro nach Hause käme, würden die beiden aufbrechen.

Während Mia erzählte, wie sie mit ihrer besten Freundin

die Einfahrt mit Straßenkreiden verschönern wollte und sie Pfannkuchen backen würden, sah ich auf die Uhr. Es war schon kurz vor vier am Nachmittag – bald wäre Clemens hier.

»Und was habt ihr und Cayla mit der sturmfreien Bude vor? Keine Partys hoffentlich?«, fragte meine Mutter lächelnd und sah mich mit gespielt strengem Blick an.

Ich schüttelte den Kopf, atmete dann einmal tief durch und erzählte Mama von meinen Plänen. »Außerdem habe ich Oma und Opa einfach so lange nicht mehr gesehen und finde das schade«, schloss ich meine Ausführungen.

Mama sah mich erst überrascht an, dann nickte sie nach einigem Überlegen. »Das kommt ziemlich unerwartet. Du warst eine Ewigkeit nicht mehr dort«, befand sie.

»Eben.«

»Ja, also, du kannst natürlich gerne deine Großeltern besuchen. Frag doch Cayla, ob sie vielleicht mit aufs Land möchte!«, schob sie hinterher.

Ich würde mich hüten, dachte ich im Stillen, aber ich nickte.

Dann hörten wir den Schlüssel in der Haustür. Mia stürmte hinaus, um Clemens zu begrüßen.

Mama hievte die beiden Koffer vom Bett, die für ein einziges Wochenende zu groß waren. »Was habe ich da nur wieder alles eingepackt ...!«, seufzte sie und strich mir über das Haar.

Nachdem Clemens wenig später die Koffer ins Auto gebracht hatte, kam auch Cayla aus ihrem Zimmer die Treppe runter.

»Ach, und hier ist die Telefonnummer des Hotels, falls irgendetwas sein sollte.« Meine Mutter deutete auf eine Broschüre auf dem Tisch.

Clemens legte noch einen Umschlag dazu. »Fürs Nötigste sollte das reichen. Tut nichts, was wir nicht auch tun würden.« Er zwinkerte Cayla und mir zu. Ich warf einen Seitenblick zu Cayla, die die ganze Zeit über noch kein Wort gesprochen hatte und bloß finster vor sich hin starrte. Cayla und ich taten zwar, als sei alles normal, aber die Spannung zwischen uns war so groß wie bei einem zu stark aufgeblasenen Luftballon. Ich fürchtete, dass Mama etwas von der gereizten Stimmung zwischen Cayla und mir merken würde, aber sie war in Gedanken wohl schon in dem Wellnesshotel, das Clemens ausgewählt hatte.

»Vielleicht schaust du ja mal kurz nach Mia, wenn du morgen wieder zu Hause bist. Falls sie ...«, fing sie an.

»Mach ich. Mama, bitte! Wir kommen klar. Versprochen. Und mach dir nicht immer so viele Gedanken. Was soll schon sein? Genießt es einfach.«

Sie drückte mir einen Kuss auf mein Haar. »Ja, ich weiß.« Sie seufzte. »Du hast recht.« Sie schlug die Broschüre auf. »So eine Ganzkörperschlammpackung wäre fein.«

Clemens zog sie auf, dass sie sich auch in Mias Sandkasten wälzen könne, und brachte uns damit alle zum Lachen. Mia gefiel die Idee besonders gut und sie erklärte sich sofort dazu bereit, Mama im Sand einzubuddeln.

Dann war Abschied angesagt. Mia warf sich an meinen Bauch und ich drückte sie fest an mich. »Tschüs, Mia-Maus, bis morgen Nachmittag, dann besuche ich dich mal, ja?«, sagte ich. Auch Cayla bekam eine Umarmung von ihr. Wir warteten, bis Clemens wieder zurück war, nachdem er Mia nach nebenan gebracht hatte, dann umarmte meine Mutter Cayla und mich noch mal.

»Macht euch ein schönes Wochenende!«, rief Clemens

kurz darauf aus dem Wagenfenster, während er das Auto auf die Straße lenkte.

Cayla und ich winkten, bis die beiden auf die Hauptstraße gebogen und nicht mehr zu sehen waren. Wir wechselten nicht ein einziges Wort und gingen, als wir wieder im Haus waren, wortlos in unsere Zimmer. Das Wochenende konnte ja heiter werden!

29

Als ich am nächsten Morgen um neun aufstand, machte ich mir leise Frühstück. Dabei fiel mir Clemens' Umschlag in die Hand. Hundert Euro waren darin – aber ich ließ das Geld dort, wo es war. Ich brauchte es nicht, aber vielleicht wollte Cayla später etwas einkaufen. Sie sollte nicht behaupten können, ich hätte ihr kein Geld dagelassen. Meine Eltern hatten Clemens' Wagen genommen, Mamas Autoschlüssel hingen am Bord, sie konnte es also nach Belieben verwenden.

Nach einer Schale Müsli radelte ich dann zum Bahnhof. Der Gedanke, schon bald meine Großeltern zu sehen, erfüllte mich einerseits mit Vorfreude, andererseits stieg leichte Panik in mir auf, weil ich nicht wusste, was mich dort erwartete. Würden sie mir Vorwürfe machen, weil ich sie so lange nicht besucht hatte? Würden sie auf meine Fragen antworten? Was, wenn ich Dinge von den beiden erfuhr, die ich lieber gar nicht wissen wollte?

Als ich kurz vor halb zwölf bei meinen Großeltern klingelte, hatte sich meine Aufregung ein wenig gelegt. Schon der kurze Fußweg vom Bahnhof zum Haus erinnerte mich an früher. Die Bäume und Sträucher entlang des Weges waren größer und höher geworden, aber sonst sah alles noch genauso sauber und gepflegt aus, wie ich es in Erinnerung hatte.

Frau Salmayer öffnete mir so schnell, dass man beinahe denken konnte, sie hätte hinter der Tür auf mich gewartet. Als sie mich sah, schlug sie die Hände zusammen. »Du meine Güte! Du bist ja eine richtige junge Dame geworden. Lass dich ansehen.« Ich grinste und drehte mich einmal um die eigene Achse. »Was bist du gewachsen. Komm rein! Deine Großmutter wartet bereits im Salon auf dich. Ich habe Lammkeule im Rohr. Du bleibst doch zum Essen?«

Während ich ihr ins Wohnzimmer folgte, plapperte sie munter weiter. Ich lächelte in mich hinein. Sie hatte sich im Laufe der Jahre kein bisschen verändert, wenn man mal von ein paar Kilo mehr um die eh schon recht umfangreiche Taille absah.

Meine Großmutter war dafür schmaler geworden und trug ihr Haar nun schulterlang, was ihr viel besser stand als die langen Haare, mit denen ich sie noch vor Augen gehabt hatte.

Sobald ich eintrat, stand sie vom Sofa auf, legte das Buch, in dem sie gelesen hatte, beiseite und umfing mich mit einer Umarmung.

»Ist Opa auch da?«, fragte ich, nachdem sie mich wieder losgelassen hatte.

»Er meinte, er wäre zum Mittagessen wieder zu Hause«, erwiderte sie. »Er ist in aller Frühe zum Golfspielen gefahren und wollte eigentlich den ganzen Tag bleiben. Aber nachdem du deinen Besuch angekündigt hast, wird er mittags zurückkommen.«

Meine Großmutter setzte sich wieder auf das Sofa und klopfte mit ihrer Hand auf den Platz neben sich. »Komm, erzähl mir was von dir. Wir bekommen ja leider so gar nichts mehr von deiner Entwicklung mit.«

Was nicht unbedingt und ausschließlich meine Schuld ist, fügte ich in Gedanken hinzu, sagte aber nichts. Schließlich hätte sie sich auch mal bei uns blicken lassen oder mich anrufen können.

Frau Salmayer brachte einen Krug Eistee – einen selbst aufgebrühten, der viel besser schmeckte als die fertigen. Sie hatte Limettenscheiben, Zitronenmelisse und Eiswürfel hineingetan.

»Den magst du doch so gern«, meinte sie und stellte ein silbernes Tablett mit dem Krug und zwei Gläsern auf den Tisch. Noch ehe ich mich bedanken konnte, war sie auch schon wieder in der Küche verschwunden.

Weil mir sonst nichts Unverfängliches einfiel, erzählte ich Oma von der Schule und von Mamas neuen Projekten.

»Und weißt du schon, was du nach der Schule studieren willst?«, fragte sie.

Ich zuckte mit den Schultern. »Nein, ehrlich gesagt, habe ich mir darüber noch keine Gedanken gemacht.«

Sie winkte ab. »Na, du hast ja auch noch ein bisschen Zeit, um dich zu entscheiden. Aber du weißt, dass wir dir finanziell unter die Arme greifen können. Du solltest eine eigene Wohnung haben, diese Studenten-WGs finde ich ganz schrecklich.«

Ich war mir ziemlich sicher, dass Oma noch nie einen Fuß in eine von »diesen Studenten-WGs« gesetzt hatte. Ich stellte mir so ein Zusammenleben ziemlich lustig vor.

»Mal sehen, wenn es so weit ist. Zuerst muss ich den Abschluss schaffen«, gab ich zurück.

»Wenn du nach deinem Vater kommst, dann machst du die Prüfungen mit links.«

Ich verkniff mir bei ihren Worten ein Grinsen. Mama hatte mir mal ein Zeugnis von meinem Vater gezeigt, das vor Dreien nur so strotzte. Das schien Oma vollkommen verdrängt zu haben. Da sie aber damit bei ihrem Lieblingsthema angekommen war, meinem Vater, unterbrach ich sie nicht. Viele der Geschichten kannte ich bereits, wenn auch ein wenig abgewandelt. Doch einige Dinge hatte ich über meinen Vater noch nicht gewusst und deshalb hörte ich ihr gespannt zu.

Sie war gerade dabei, seine ersten Schwimmversuche mit fünf zu schildern, als plötzlich mein Großvater zur Tür hereinkam. »Ah, da ist ja meine Enkeltochter«, sagte er.

»Hallo Opa«, entgegnete ich und stand auf, um mich von ihm umarmen zu lassen. Weil die beiden mich so herzlich willkommen hießen, war es viel zu leicht, den eigentlichen Grund für meinen Besuch zu verdrängen. Aber ich wusste, dass ich das Thema irgendwann anschneiden musste – ohne auch nur die geringste Ahnung zu haben, welche Reaktion oder Geschichte mich erwarten würde. Mein mulmiges Gefühl von der Hinfahrt kehrte mit aller Macht zurück.

Beim Essen wurde nur über Belanglosigkeiten gesprochen: über bevorstehende und über vergangene Reisen meiner Großeltern, ja, sogar über das Wetter. Ich hatte immer gedacht, das wäre bloß ein Small-Talk-Klischee, aber ich hatte mich offensichtlich getäuscht. Mein Großvater führte in einem zehnminütigen Monolog aus, wie sehr er unter der Klimaverschiebung leide und dass sie deshalb nächstes Jahr den ganzen Sommer mit einer Skandinavienreise verbringen würden.

Erst nachdem Frau Salmayer den Kaffee gebracht hatte – ich beharrte darauf, ebenfalls einen Kaffee zu trinken, aus heißer Schokolade sei ich schon rausgewachsen –, gab ich mir einen Ruck, um endlich auf mein Anliegen zu sprechen zu kommen.

»Wir haben seit ein paar Wochen eine Austauschschülerin aus Irland bei uns zu Hause«, begann ich. »Sie heißt Cayla McLaughlin.«

Während ich den Namen betont langsam und deutlich aussprach, beobachtete ich sehr genau die Gesichter meiner Großeltern. Hatte ich da einen Funken Erkennen in den Augen meines Großvaters wahrgenommen?

»Sie lebt mit ihrer Großmutter in Dublin«, fügte ich hinzu.

Großvater runzelte seine Stirn. »McLaughlin, MacLaughlin ... Ein sehr häufiger irischer Nachname. Ich kannte mal eine Familie McLaughlin.« Er sah meine Großmutter Hilfe suchend an, doch die zuckte nur mit den Schultern.

»Wie heißt denn die Großmutter?«, wandte sich mein Opa an mich.

»Edna«, antwortete ich.

Da zuckte mein Großvater förmlich zusammen und er nickte. »Tatsächlich Edna? Das wäre ja ein großer Zufall ...?!«

»Die gute Edna, aber natürlich! Und Ben!« Meine Großmutter schien im ersten Moment hocherfreut, dann aber legte sich ein Schatten über ihr Gesicht und sie wurde plötzlich ganz ernst.

Ich wusste, dass ich ins Schwarze getroffen hatte – und dass mein Entschluss herzukommen, richtig gewesen war.

Stockend, so kannte ich meinen sonst redegewandten Opa gar nicht, erzählte er jetzt von einem ehemaligen Arbeitskollegen, Ben McLaughlin, der aus beruflichen Gründen mit seiner Frau Edna nach Österreich gekommen war. Er und mein Großvater hatten sich ein Büro geteilt. Bald freundeten sich die Ehefrauen ebenfalls an, sodass sie sich auch in der Freizeit häufig sahen.

Eines Abends, so erzählte Großvater weiter, sei Ben ganz aufgeregt zu ihm gekommen und habe von einem narrensicheren Geschäft berichtet, bei dem er sich einen Riesengewinn ausrechnete. »Er wollte, dass wir beide investieren, doch für mich stank die Sache fünf Kilometer gegen den Wind. Also lehnte ich ab. Deine Großmutter war damals gerade schwanger. Das Risiko, alles zu verlieren, war einfach zu hoch.«

»Da hat er es allein durchgezogen?«, fragte ich, obwohl ich mir ziemlich sicher war, die Antwort zu kennen.

Mein Großvater nickte. »Ich versuchte ihn davon abzuhalten, aber er war davon überzeugt, das große Geld zu machen. Egal welche Argumente ich brachte, er hörte nicht auf mich. Er hat nicht nur sein ganzes Vermögen reingesteckt, er hat sogar ein Darlehen aufgenommen.«

»Und alles verloren«, sprach ich meine Befürchtung aus.

»Ja. Von einem Tag auf den anderen hatten er und Edna alles verspielt, was sie besaßen, und noch mehr. Danach wandte Ben sich verzweifelt an mich, aber da hatte ich meinerseits meine Ersparnisse in dieses Grundstück hier investiert. Deine Großmutter und ich hatten beschlossen, uns ein Haus zu bauen. Ich konnte ihm also nicht helfen.«

»Was hat er dann gemacht?« Die Geschichte war traurig, aber auch spannend. Ich wünschte, sie hätte ein Happy End, doch ich wusste, dass es nicht so war. Sonst wäre Cayla nicht in Armut aufgewachsen.

Meine Großeltern tauschten einen kurzen Blick. Dann setzte meine Oma sanft an: »Ben hat sich umgebracht.« Ich erschrak, auch wenn ich eigentlich schon mit dem

Schlimmsten gerechnet hatte. Dann fuhr Großmutter fort: »Er ließ Edna und seine kleine Tochter mittellos und allein zurück. Wir versuchten, Edna nach Bens Tod ein wenig unter die Arme zu greifen, doch sie verweigerte jedes Hilfsangebot. Sie gab deinem Großvater die Schuld am Selbstmord ihres Mannes.« Sie schüttelte den Kopf und hob eine Hand zum Mund. Sie war sichtlich betroffen, selbst nach so langer Zeit.

»Schließlich packte sie ihre wenigen Habseligkeiten und ihre Tochter und fuhr zurück nach Irland zu ihrer Familie. Seither haben wir nichts mehr von ihr gehört«, beendete Großvater die traurige Geschichte.

In meinem Mund machte sich ein schaler Geschmack breit, gegen den auch die zweite Tasse Kaffee nichts half. »Caylas Mutter ... also Ednas und Bens Tochter ... sie ist vor ein paar Jahren ebenfalls gestorben.«

Eine kleine Weile sprachen wir nichts und hingen unseren Gedanken nach, bis mein Großvater aufstand. »Ich hab da noch was. Vielleicht möchtest du das Cayla geben.«

Er ging aus dem Zimmer und kam bald darauf mit einem elfenbeinfarbigen Umschlag zurück. »Hier, das ist Bens Abschiedsbrief«, sagte er und reichte mir das Kuvert.

Vorne stand in steiler Handschrift Opas Name, hinten war als Absender »Ben McLaughlin« angeführt.

»Darf ich ihn lesen?«

Mein Großvater nickte. Ich nahm das Blatt heraus und faltete es auseinander.

Mein Freund, lieber Georg,

wenn du diese Zeilen liest, gibt es mich nicht mehr. Ich hätte mit Edna und Megan ein schönes Leben führen kön-

nen, doch das habe ich verspielt. Mein Blick war von der Aussicht auf einen dicken Gewinn getrübt, mein Verstand von Geldgier vernebelt. Ich hätte von Anfang an auf dich hören sollen.

Das Geld aus der Lebensversicherung sollte reichen, um wenigstens die Schulden zu tilgen. Trotzdem wird meine Familie deine Unterstützung brauchen. Kümmere dich bitte um Edna und Megan, sie sollen nicht für meine Dummheit leiden müssen. Ich weiß, ich verlange viel von dir, während ich mich feige aus dem Leben stehle, doch ich sehe keinen anderen Weg.

Ich bitte dich noch um einen letzten Gefallen, einen wohl noch viel größeren: Diesen Brief darfst du niemandem zeigen, am besten du vernichtest ihn, nachdem du ihn gelesen hast. Es darf nie herauskommen, dass mein Tod kein Unfall war.

Danke für deine Freundschaft,

Ben

Bei den letzten Zeilen musste ich schlucken. »Wie hat er ...?«, brachte ich hervor.

»Er ist mit dem Auto gegen einen Baum gefahren«, beantwortete mein Großvater meine unausgesprochene Frage. »Allerdings zahlte die Lebensversicherung keinen Schilling. Trotz Bens Bemühungen, seinen Selbstmord wie einen Unfall aussehen zu lassen, stellte der Gutachter fest, dass Ben kurz vor dem Aufprall noch beschleunigt hatte, anstatt zu bremsen. Somit wurde Selbstmord bescheinigt und die Versicherung musste nichts zahlen.«

Meine Großmutter seufzte auf, sie sah richtig mitgenommen aus, und es tat mir leid, dass ich weiterfragen musste, aber jetzt wollte ich den Rest auch noch wissen. Ich wandte mich an meinen Opa: »Warum hast du den Brief trotzdem aufbewahrt?«

Großvater räusperte sich. »Ich konnte nicht anders. Geheim halten musste ich ihn ja nach dem Gutachten durch die Versicherung ohnehin nicht mehr. Aber ich habe ihn keiner Menschenseele gezeigt. Bis heute.«

In meinem Kopf, in dem in den letzten Tagen so viele Gedanken immer wieder aufs Neue gekreist waren, herrschte plötzlich Ruhe. Jetzt wusste ich alles, was ich wissen musste, und ich hatte sogar einen Beweis, der Caylas Vorwurf entkräften würde, dass meine Großeltern ihre Familie und sie um ein gutes Leben gebracht hätten.

Meine Großeltern erzählten noch eine Weile, wie sie versucht hatten, Caylas Großmutter zu kontaktieren, doch die hatte auf keinen ihrer Briefe je geantwortet. Ich wollte nicht unhöflich sein – aber ich musste ständig auf die Uhr schauen.

»Hast du noch etwas vor?«, fragte meine Großmutter, die meine Unruhe bemerkte.

Ich drehte den Brief, den ich immer noch in der Hand hielt, zwischen meinen Fingern. »Nein, also ... ehrlich gesagt, möchte ich Cayla so schnell wie möglich das hier geben. Und in fünfzehn Minuten fährt ein Zug zurück.«

Großvater nickte. »Das verstehen wir. Wir würden uns freuen, wenn du dich bald wieder blicken lässt. Vielleicht möchte Cayla ja ebenfalls mal vorbeikommen?«

Das glaubte ich kaum, doch ich nickte. Meine Großeltern konnten ja nicht wissen, dass Cayla mir vorgeworfen hatte, sie wären schuld an dem Elend ihrer Familie. Ich stand auf und steckte den Brief in meine Tasche. Dann verabschiedete ich mich von meinen Großeltern und versprach, sie nach ihrer Reise nach Malaga wieder zu besuchen.

Noch auf dem Weg zum Bahnhof zog ich mein Handy aus der Tasche und schrieb Cayla eine SMS.

Ich: *Bin gegen fünf zu Hause, dann werden wir die Geschichte ein für alle Mal aufklären. Meine Großeltern trifft keine Schuld – dafür gibt es Beweise.*

Die Antwort erhielt ich, als ich im Zug saß und der gerade losfuhr.

Cayla: *Was fällt dir ein, meine Oma anzurufen? Sie hat sich fürchterlich aufgeregt. Dafür wirst du büßen.*

Ich musste die SMS zweimal lesen, ehe ich den Sinn verstand. *Dafür wirst du büßen.* Mir lief ein Schauer über den Rücken. Warum regte sich Cayla so auf? Dabei hatte ich nicht mal mit ihrer Großmutter gesprochen, sie hatte ja gleich aufgelegt, als sie meinen Namen hörte. Wie sollte ich Cayla bloß begreiflich machen, dass sie einem Riesenirrtum aufgesessen war?

Ich war bestimmt kein ängstlicher Mensch, aber im Moment hatte ich bei dem Gedanken Magenflattern, Cayla alleine entgegentreten zu müssen. Allein gegen diese neue, impulsive, wütende, plötzlich so unberechenbar wirkende Cayla.

Da fiel mir der letzte Anker ein, den ich hatte. Emma. Sie würde mich nicht im Stich lassen. Ich wählte ihre Nummer und biss mir auf die Lippen. Als sie schließlich atemlos abhob, stieß ich vor Erleichterung die Luft aus.

»Jana, verdammt, warum hast du mich nicht zurückgerufen? Es hat mir keine Ruhe gelassen, und weil du mir nicht glauben wolltest, habe ich ein wenig im Internet gestöbert. Cayla ist ...«

Ich unterbrach sie. »Tut mir leid, dass ich dich nicht zurückgerufen habe. Aber ich weiß schon alles. Du hattest recht«, begann ich und erzählte ihr, was ich in Erfahrung gebracht hatte. Sie bestätigte, dass sie genauso recherchiert hatte wie ich – nur Alana hatte sie nicht kontaktiert. Trotzdem wusste auch Emma nun, dass Cayla nachweislich über einige Dinge gelogen hatte.

Ich berichtete ihr vom Besuch bei meinen Großeltern. »Ich habe einen Brief von meinem Opa bekommen, den Caylas Großvater geschrieben hat und der beweist, dass unsere Familie unschuldig ist. Aber ich weiß nicht, wie sie darauf reagiert, wenn ich ihr den gebe. Irgendwie scheint sie sich darauf eingeschossen zu haben, dass wir ihr und das Leben ihrer Großmutter ruiniert haben. Sie hat mich sogar bedroht«, schloss ich.

Emma hatte mir zugehört, ohne mich auch nur ein Mal zu unterbrechen. Erst jetzt sagte sie: »Okay, ich mache mich gleich auf den Weg.«

»Ich brauche noch mindestens eine Stunde.«

»Egal. Vielleicht kann ich aus Cayla ein paar weitere Informationen herauskitzeln. Ach, Jana? Wo ist eigentlich Mia? Doch nicht etwa bei ...«

»... nein, nicht bei Cayla«, unterbrach ich sie. »Sie ist bei Leonie drüben. Aber mir ist irgendwie nicht wohl dabei, wenn du zu unserem Haus fährst. Bist du sicher? Sie ... ich trau Cayla nicht mehr.«

Emma lachte. »Hey, sie weiß ja nicht, dass ich mit dir telefoniert habe. Ich sag ihr einfach, dass ich gekommen bin, um mich mit dir auszusprechen. Dann zieh ich ein wenig über dich her und habe sie damit auf meiner Seite.«

Emmas Plan gefiel mir nicht. Immer wieder echoten Caylas und Alanas Worte in meinem Kopf: *Dafür wirst du büßen. Cayla ist bösartig.* Aber ich sah keine andere Möglichkeit. Und es stimmte: Cayla wusste nicht, was Emma wusste. »Emma?«

»Mhm?«

»Pass auf dich auf.«

30

Ich hatte ein schreckliches Gefühl, das sich ganz unvermittelt einstellte. Zuerst war ich froh gewesen, dass Emma sich so schnell bereit erklärt hatte, mir zu helfen. Aber jetzt fühlte es sich nicht mehr richtig an.

Da pingte mein Handy erneut. Emma hat es sich anders überlegt, war mein erster Gedanke, doch es war eine E-Mail von Alana. Mit einer bösen Vorahnung öffnete ich die Nachricht.

Dear Jana,

entschuldige, dass ich gestern so plötzlich unser Gespräch unterbrochen habe. Das Ganze ist einfach noch zu frisch und ich ertrage es kaum, über diese schrecklichen Ereignisse nachzudenken.

Und speziell die Erinnerung an Cayla weckt nicht gerade angenehme Gefühle in mir.

Es ist nämlich so, dass ich dir noch nicht alles erzählt habe.

Atemlos scrollte ich weiter, während die Landschaft am Zugfenster an mir vorbeirauschte. Doch ich nahm nichts davon wahr, weil ich gebannt auf den kleinen Bildschirm starrte.

Es ist immer heikel, jemandem, den man nicht kennt – in dem Fall dir –, etwas anzuvertrauen, das noch nicht mal die Menschen im eigenen (in dem Fall meinem) näheren Umkreis glauben. Aber ich könnte es mir nicht verzeihen, wenn ich schweigen würde.

Der »Unfall« ... ich habe geschwindelt, als ich sagte, ich könne mich nicht mehr an die Sekunden vor dem Zusammenprall mit dem Auto erinnern. Eigentlich ist es sogar so, dass ich diesen Moment immer wieder nacherlebe und jedes Mal spüre ich die Hand in meinem Rücken, die mich auf die Straße gestoßen hat. Es glaubt mir niemand, die Polizei nicht, meine Eltern nicht, niemand. Aber ich bin mir sicher, dass mein »Unfall« kein Unfall gewesen ist.

Cayla wollte um jeden Preis nach Österreich – und die Auswahl für die Reise war ein paar Tage zuvor getroffen worden. Mein Gefühl sagt mir, dass sie mich vor das Auto geschubst hat, aber ich habe natürlich keine Beweise dafür.

Das solltest du wissen. Passt lieber auf euch auf.

Alana

Meine Hand, die das Smartphone umschloss, zitterte. Beinahe wäre es zu Boden gefallen, wenn ich es nicht schnell festgehalten hätte.

Konnte es sein? Konnte es sein, dass Cayla nachgeholfen hatte, um ... ja, warum eigentlich? ... um zu sehen, in welchem Reichtum die Familie lebte, die ihrer Meinung nach ihr eigenes Leben ruiniert hatte?

Cayla war still, unscheinbar, verschlossen. Aber auch aufbrausend, zornig, unberechenbar. *Das wirst du büßen.* Mein schlechtes Gefühl wuchs, der Kloß in meinem Hals ließ sich schon lange nicht mehr runterschlucken.

Emma fiel mir ein. War sie womöglich in Gefahr? Aber Cayla hatte doch geschrieben, *ich* solle büßen.

Je näher ich Molden kam, desto unruhiger wurde ich. Als ich schließlich aus dem Zug hastete und mich auf mein Fahrrad schwang, trat ich in die Pedale, als wäre ein Ungeheuer hinter mir her.

Vor unserem Haus sprang ich vom Rad und verschwendete erst gar keine Zeit damit, es in die Garage zu stellen. Es dauerte einen Augenblick, bis ich merkte, dass was nicht stimmte. Aus dem gekippten Küchenfenster drangen Rauchschwaden – und von drinnen hörte ich verzweifelte Rufe.

Mia?!

Mein Denken setzte aus, ich fühlte nur noch das Rauschen in meinen Ohren. »Mia, ich bin hier!«, schrie ich, während ich verzweifelt versuchte, die Tür aufzusperren. Der Schlüssel fiel aus meiner Hand, weil sie so zitterte, und ich brauchte zwei weitere Anläufe, bis ich ihn in das Schloss stecken und umdrehen konnte. Endlich schwang die Tür auf und ich bekam einen Schwall Rauch ins Gesicht, den ich vor Schreck einatmete, sodass ich husten musste. »Mia?!«, keuchte ich.

Das Trommeln kam von hinten, aus ihrem Zimmer. Im Laufschritt stürmte ich weiter, vorbei an der Küche, wo der dicke Rauch herkam.

»Mia?«, schrie ich panisch, denn sie antwortete mir nicht und auch ihr Klopfen war nicht mehr zu hören.

Ich merkte, dass meine Lungen nicht genug Sauerstoff bekamen, die Hitze war beinahe unerträglich und Schwindel erfasste mich. Meine Beine wollten nicht weitergehen, sie wollten raus ins Freie, an die frische Luft. Doch ich würde meine kleine Schwester nicht hier drinnen lassen. Niemals!

Ich riss die Zimmertür auf und mein Herz setzte einen Schlag aus, als ich Mias Körper regungslos auf dem Boden liegen sah.

Die Verzweiflung drohte mich zu zerreißen, für den Bruchteil einer Sekunde wollte ich mich neben meine Schwester legen und einfach nur liegen bleiben. Einschlafen. Doch diesen verlockenden Gedanken wischte ich entschlossen beiseite. Stattdessen kroch ich zu Mia, hob sie hoch und wankte mit ihr auf meinem Arm hinaus.

Der Weg ins Haus hinein war mir unendlich weit vorgekommen, doch nach draußen schien er noch viel länger zu sein. Allein der Gedanke, dass wir beide sterben würden, wenn ich es nicht schaffte, verlieh mir jedoch eine Kraft, von der ich bisher nie etwas geahnt hatte. Ich atmete flach durch Mias Pullover, den ich mir vor den Mund hielt, und setzte einen Fuß vor den anderen. Meine Beine bewegten sich wie automatisch, Schritt für Schritt. Ich konnte beinahe nichts mehr sehen, so dicht war der Rauch nun geworden. Meine Lungen brannten und ich wurde von Hustenanfällen geschüttelt. Endlich stolperte ich über die Schwelle nach draußen und ließ mich erschöpft mitsamt Mia auf den Weg fallen. Erst jetzt wagte ich es, meine Schwester näher anzusehen, und Tränen der Erleichterung schossen in meine Augen. Ihr Brustkorb hob und senkte sich. Zwar flach, aber doch. Sie lebte.

Wie ich es bei Tobias gesehen hatte, als er Verena Erste Hilfe geleistet hatte, drehte ich Mia in Seitenlage. Dann nahm ich mein Handy aus der Hosentasche, stieß ein Stoßgebet aus, dass es trotz der Hitze noch funktionierte, und wählte den Notruf.

Jeden Samstag um zehn nach zwölf heulten die Sirenen zur Probe. Und natürlich immer dann, wenn es irgendwo brannte. Diesmal galt der auf- und abschwellende Ton meinem Hilferuf. Minuten später waren die Martinshörner zu hören. Weitere zähe Minuten später rückte die Feuerwehr an, gefolgt vom Notarztwagen.

Aus dem Augenwinkel sah ich, wie eilig Schläuche ausgerollt wurden und vier Männer in Schutzanzügen in unser Haus stürmten.

Der Notarzt kam mit einem Feuerwehrmann zu mir rüber und beugte sich zu Mia hinunter, um sie zu untersuchen. Der Feuerwehrmann fragte mich, ob noch jemand im Haus sei.

»Ich weiß es nicht.« Emma fiel mir ein. Sie wollte doch vorbeikommen. Und Cayla sollte ebenfalls zu Hause sein. »Vielleicht noch zwei Personen. Aber wenn, dann im oberen Stock. Unten war, glaube ich, niemand.« Ich wischte mir die Tränen mit dem Handrücken von den Wangen.

»Du solltest dich ebenfalls untersuchen lassen. Mit einer Rauchgasvergiftung ist nicht zu spaßen und das geht ziemlich schnell«, riet er mir und nahm mich mit zum Rettungswagen, wo Mia bereits auf einer Trage lag.

Aus dem Haus bedeutete einer der Männer, dass sie alle Zimmer durchsucht hatten und keine weiteren Personen im Haus waren.

Mia hatte eine Sauerstoffmaske auf und sah furchtbar klein und zerbrechlich aus. Die Augen waren immer noch geschlossen. »Keine Sorge, es geht ihr den Umständen entsprechend gut.«

»Muss sie ins Krankenhaus?«, fragte ich und konnte meinen Blick kaum von meiner Schwester wenden.

»Ja. Wir bringen sie in das St.-Anna-Kinderspital nach Wien. Wo sind deine Eltern? Jemand sollte sie begleiten.«

»Im Thermenhotel Windmühlen«, antwortete ich und wollte dem Sanitäter eben erklären, dass Mia eigentlich bei den Nachbarn sein sollte, weil meine Eltern übers Wochenende weggefahren waren, als mein Handy klingelte.

Es war Cayla.

»Na, wie hat dir meine kleine Überraschung gefallen?«, feixte sie. Wenn nicht ihre Nummer auf meinem Display gezeigt worden wäre, hätte ich ihre Stimme nicht erkannt, so seltsam kalt und beißend klang sie in meinen Ohren.

»Du?« Ich konnte es nicht fassen! *Cayla* hatte den Brand gelegt? »Du hättest beinahe Mia umgebracht!«, schrie ich außer mir vor Wut und löste damit erneut einen Hustenanfall hervor.

»Aber die war doch ...«, stammelte sie verunsichert, gleich darauf hatte sie sich schon wieder gefasst. »Na, *beinahe* heißt, sie lebt. Aber ich kann nicht garantieren, dass das bei Emma auch der Fall sein wird.«

»Emma?« Ich dachte zuerst, ich hätte mich verhört, dann aber war es, als würde man mir den Boden unter den Füßen wegziehen. Ich schwankte und musste mich an unserem Gartenzaun abstützen. »Wo ist sie?«, rief ich schrill.

Die Stimme aus dem Hörer klang eigentümlich unbeteiligt, fast schon blechern. »Oh, wir haben nur einen kleinen Ausflug gemacht. Zuerst sträubte sie sich, aber ich war *sehr* überzeugend.«

Meine Stimme zitterte vor Wut und vor Verzweiflung. »Cayla, lass sie gehen. Bitte!«

»Ich wette, meine Großmutter hat damals auch um Hilfe gefleht, und keiner von deinem Familienpack hat ihr zugehört. Aber ich will mal nicht so sein. Du kennst bestimmt den alten Bahnübergang, dort warte ich auf den nächsten Zug.«

In meinem Kopf ratterte es. Ich sah zu dem Krankenwagen, in dem Mia lag. Der Sanitäter blickte ungeduldig zu mir herüber. Ich musste eine Entscheidung treffen. Mia war in guten Händen. Während Emma ...

»Ich muss dringend weg. Bitte rufen Sie meine Eltern an. Und klingeln Sie bei unseren Nachbarn, vielleicht kann da wer meine Schwester begleiten«, rief ich dem Sanitäter zu und lief los.

Cayla hatte den Bahnübergang erwähnt. Natürlich kannte ich ihn. Er lag ziemlich abseits und wurde höchstens von Spaziergängern genutzt, seit der Bahnhof neu gebaut und die Strecke modernisiert worden war. Einmal in der Stunde fuhr dort ein Zug vorbei. Mein Blick wanderte zu der Uhr auf meinem Handydisplay. Der nächste Zug? Der fuhr in siebzehn Minuten am Bahnhof los. Neunzehn Minuten blieben vielleicht, bis er den alten Bahnübergang erreichte.

Ich hoffte, dass Cayla noch dran war. »Cayla, bitte, sei vernünftig! Selbst mit dem Fahrrad schaffe ich es nicht, rechtzeitig dort zu sein.« Ich war diese Strecke schon öfter gefahren. Unter zwanzig Minuten war sie nicht zu bewältigen.

»Dann würde ich mich an deiner Stelle beeilen«, gab sie zurück und legte auf.

Fieberhaft dachte ich nach. Hatte Cayla Emma tatsächlich bei sich? Meine Freundin war nicht gerade zimperlich. Schon im Kindergarten war sie ziemlich wehrhaft gewesen. Wie hatte Cayla sie überwältigen können? Und ... hatte

Cayla mich nicht die ganze Zeit über belogen, woher sollte ich wissen, ob sie jetzt die Wahrheit sagte?

Doch dann rief ich mir ihre Stimme in Erinnerung und mir lief Gänsehaut über den Rücken. Selbst wenn sie, was Emma betraf, geblufft hatte, musste ich zu ihr. Sie hatte gesagt, *sie* würde auf den nächsten Zug warten. Sie würde eine Riesendummheit begehen – ob mit oder ohne Emma. Und sosehr ich sie auch dafür hasste, was sie mir und meiner Familie angetan hatte, konnte ich sie doch nicht einfach sterben lassen.

Die einzige Möglichkeit, die mir einfiel, noch vor dem Zug beim Bahnübergang zu sein, war mit dem Auto. Tobias! Was auch immer zwischen uns gewesen und kaputtgegangen war, zählte im Moment nicht. Wenn er nicht mir zuliebe helfen wollte, dann bestimmt Caylas wegen. Hektisch fuhr ich mit dem Finger über mein Handydisplay und suchte seine Telefonnummer.

Er hob nach dem zweiten Klingeln ab. Ich ließ ihn nicht zu Wort kommen. »Tobias, Cayla will sich etwas antun. Ich bin mir nicht sicher, vielleicht hat sie auch Emma bei sich. Wir müssen in ...«, ich stockte und sah auf die Uhr, ehe ich weitersprach, »... in dreizehn Minuten am alten Bahnübergang sein. Ich fürchte, sie will sich vor den Zug werfen.«

»Was? Aber ... wieso ...?«

»Wir haben keine Zeit, ich erkläre dir alles dann.«

Ich hörte ihn durchatmen, ehe er sagte: »Okay, warte am Ende deiner Straße auf mich.«

Ohne auf den Feuerwehrmann zu achten, der auf mich zusteuerte und mir irgendwas zurief, sprintete ich los. Den pfeifenden Atem und das Brennen in meiner Lunge ignorierte ich, so gut es ging. In meinem Kopf dröhnte jeder

Schritt, den ich machte. Es klang beinahe wie »Em-ma, Emma, Cay-la, Cay-la«. Trotz der Schmerzen lief ich schneller. Ich würde es mir niemals verzeihen, wenn ich zu spät kam.

In dem Moment, als ich die Straßenecke erreichte, hielt Tobias am Gehsteigrand. Ich riss die Tür auf und warf mich auf den Beifahrersitz. Noch ehe ich die Autotür richtig geschlossen hatte, gab er bereits wieder Gas.

Starr blickte er nach vorne, und während ich hastig am Sicherheitsgurt nestelte, um mich anzuschnallen, überlegte ich, ob er sich bloß auf das Fahren konzentrieren musste oder ob er mich einfach nicht ansehen wollte.

»Kannst du nicht schneller fahren?«, bat ich ihn und sah auf die Uhrenanzeige am Autoradio. Zehn Minuten. Das würde echt knapp werden.

»Ich tu schon mein Bestes«, presste er durch die zusammengekniffenen Lippen hervor. »Kannst du mir jetzt erklären, warum du verbrannt riechst und ich jedes Tempolimit überschreiten soll, noch dazu, ohne einen Führerschein zu besitzen? Ich habe am Telefon irgendwie nur die Hälfte verstanden.«

»Pfeif auf die Geschwindigkeitsbeschränkung und fahr einfach. Cayla will sich vor den Zug werfen. Und der kommt in genau ... acht Minuten.«

Mein Appell zeigte Wirkung, er gab mehr Gas.

»Aber was ist eigentlich passiert? Ich meine, wenn ich hier schon unser Leben aufs Spiel setze«, sagte er.

Wo sollte ich anfangen? »Cayla ist gefährlich, das hat mir eine von ihren Mitschülerinnen aus Dublin gesagt, aber ich hatte es einfach nicht wahrhaben wollen«, fing ich an.

»Cayla ... gefährlich?« Er warf mir einen kurzen Blick zu und machte prompt einen Schlenker auf die Gegenfahrbahn. Ich stieß einen schrillen Schrei aus, als der Lkw, der uns entgegenkam, hupte, obwohl er noch weit entfernt war. Erschrocken lenkte Tobias wieder zurück auf unsere Straßenhälfte und bremste ein wenig ab.

»Bitte, schau auf die Straße und hör einfach nur zu. Alana ist das Mädchen, das eigentlich anstelle von Cayla zu uns hätte kommen sollen«, begann ich mit meiner Erklärung. Dann erzählte ich ihm in Kurzfassung alles, was ich wusste, und endete mit dem Brand und wie ich Mia aus dem Haus geholt, die Feuerwehr gerufen und danach Caylas Anruf erhalten hatte. »Und jetzt bleiben uns noch sechs Minuten, um sie zu retten.«

»Das schaffen wir«, sagte er bestimmt und legte für einen Moment seine Hand auf meine, ehe er auf das Gaspedal trat.

Eine Minute später waren wir da. Schon von Weitem sah ich Mamas Auto mitten auf den Gleisen stehen. War Cayla tatsächlich so verrückt? So verzweifelt? Noch ehe Tobias ganz gestoppt hatte, war ich schon ausgestiegen und hetzte zu dem Fahrzeug. Die Fahrertür stand offen, doch von Cayla war weit und breit nichts zu sehen. Stattdessen hörte ich ein gedämpftes Wimmern von der Rückbank. Emma!, durchfuhr es mich wie ein Blitzschlag.

»Emma! Warte, ich helfe dir!«

Noch bevor ich einen Schritt in ihre Richtung machen konnte, wurde ich an meinem Haar nach hinten gerissen. Ein heißer, brennender Schmerz überzog meine gesamte Kopfhaut und ich schrie auf.

Cayla warf sich auf mich und stieß mich zu Boden. Spitze Steine bohrten sich in meine Knie und schürften mir beide Hände auf. Doch der Schmerz sorgte dafür, dass ich klar denken konnte. »Tobias, kümmere dich um Emma!«, rief ich, so laut ich konnte, während ich versuchte, Cayla von mir abzuschütteln. Ich hoffte, er hatte mich gehört.

»Du machst alles kaputt«, schrie Cayla außer sich. Ihr sonst so zartes Feengesicht hatte sich in eine hasserfüllte Fratze verwandelt.

Irgendwie musste ich es schaffen, sie für einen Moment abzulenken. »Ich habe einen Brief von deinem Großvater«, brachte ich keuchend hervor. Tatsächlich zeigten meine Worte Wirkung. Sie ließ von mir ab und ich konnte mich hochrappeln. Bereit, jederzeit wieder auf mich loszugehen, stand sie mit funkelnden Augen vor mir. Nicht nur ich war außer Atem geraten, auch Caylas Brustkorb hob und senkte sich schnell.

»Ich hab ihn bei mir«, lockte ich sie und tastete mich mit den Füßen rückwärts. Als Erstes musste ich weg von den Gleisen – und das schnell. Der Zug konnte jederzeit hier sein, ich hatte jegliches Zeitgefühl verloren. Aus den Augenwinkeln sah ich, dass Tobias sich in Mamas Auto setzte, er drehte den Zündschlüssel, doch der Motor starb ab. »Verdammt!«, hörte ich ihn fluchen, ehe er einen weiteren Versuch startete.

»Dein Großvater hat sein ganzes Vermögen verspielt«, sagte ich und machte einen weiteren Schritt nach hinten, weg aus der Gefahrenzone. Cayla folgte mir.

»Das ist eine Lüge! Er ist dem Rat deines Großvaters gefolgt und hat nur seinetwegen alles verloren.«

Ich schüttelte den Kopf. »Deine Großmutter *wollte* das glauben, aber ich habe hier den Beweis, dass das nicht stimmt.«

Endlich war ich weg von den Gleisen. Trotzdem schritt

ich weiter zurück, damit Cayla ebenfalls in Sicherheit kam. Tobias mühte sich immer noch mit Mamas Auto ab. Da hörte ich das Zugsignal.

»Tobias, rette Emma! Und Cayla, runter von den Gleisen!«, schrie ich. Einen scheinbar unendlichen Augenblick schien sie nachzudenken, dann machte sie einen Satz und wäre beinahe gefallen. »Aaah, mein Fuß steckt fest!« In ihrer Stimme klang Panik. Mit einem Blick erkannte ich, dass sich ihr rechter Schuh in der Weiche eingeklemmt hatte.

Der Zug hupte erneut, diesmal war er schon bedeutend näher. Ohne weiter nachzudenken, rannte ich zu Cayla und streckte ihr die Hände entgegen. Sie zögerte nur einen Moment, dann ergriff sie sie, und ich zog, als würde nicht ihres, sondern mein Leben davon abhängen. Ein drittes, lang gezogenes Signal ertönte und ich riss mit aller Kraft an Caylas Arm. Ihr Fuß schlüpfte endlich aus dem Schuh und durch den Schwung wurden wir beide nach hinten geworfen. Gleichzeitig hörte ich den Motor von Mamas Auto aufjaulen, gleich darauf wurde jedes weitere Geräusch vom Vorbeidonnern des Zuges verschluckt. Ich wappnete mich für ohrenbetäubendes Kreischen von Metall auf Metall ... Hatte es Tobias geschafft, das Auto von den Gleisen zu fahren? Ich kniff die Augen zusammen und ballte meine Hände zu Fäusten. Doch ich hörte weder den Zug bremsen, noch flogen mir Trümmer des Autos um die Ohren. Mein Albtraum war nicht wahr geworden.

»Du hast mich gerettet ... nach allem, was ich getan habe, hast du mich gerettet«, stammelte Cayla. Sie war kreidebleich – wie ich aussah, wollte ich lieber gar nicht erst wissen.

Ohne ihr eine Antwort zu geben, stemmte ich mich hoch

und fühlte mich dabei, als wäre ich hundert Jahre alt. Jeder Knochen, jeder Muskel schmerzte.

Von der anderen Seite der Gleise winkte mir Tobias zu. Er sah mitgenommen aus, aber er grinste. »Emma geht's gut«, rief er zu mir herüber.

Cayla stand inzwischen neben mir. Der Brief fiel mir ein. Hoffentlich hatte ich ihn nicht unterwegs hierher oder bei meinem Kampf mit Cayla verloren. Doch er war immer noch in meiner Hosentasche, in die ich ihn eingesteckt hatte.

Schweigend reichte ich ihn Cayla.

Während sie die letzten Worte ihres Großvaters las, lief ich zu Tobias hinüber, der mittlerweile Emma von ihren Fesseln und dem Knebel befreit hatte.

»Diese verrückte Psycho-Kuh«, schimpfte Emma. »Wir wären beinahe alle draufgegangen!«

»Geht es dir gut?«, fragte ich meine Freundin besorgt und drückte sie fest an mich. Emmas Gesicht war ganz blass, ihre Haare hatten sich aus dem Zopf gelöst und hingen ihr wirr ins Gesicht. Sie zitterte am ganzen Körper und auch meine Knie schlotterten.

»Ja, geht schon. Bis auf die Beule, die mir Cayla verpasst hat, als sie mich k. o. schlug. Mit einer Pfanne! Wie im Comic, echt absurd, wenn es nicht so ernst wäre.« Sie schnaubte. »Ich kam gerade zu eurem Haus, als sie Zeitungspapier in den Mülleimer gestopft hatte und ihn anzünden wollte. Als ich versuchte, sie daran zu hindern, griff sie nach der Pfanne, die auf dem Herd stand, und na ja, irgendwie muss sie mich ins Auto geschafft und verschnürt haben. Jedenfalls, als ich wieder klar denken konnte, lag ich auf der Rückbank. Den Rest kennst du ja.«

Ich blickte zu Cayla, die den Brief ihres Großvaters offenbar zu Ende gelesen hatte. Über ihre Wangen liefen Tränen. Sie hatte noch nie so verloren und einsam ausgesehen wie in diesem Moment. Gestern noch wäre ich aus Mitleid zerflossen, doch jetzt ließen mich ihre Tränen kalt. Trotzdem wollte ich wissen, was sie zu alldem bewogen hatte. Nur deshalb ging ich zu ihr hinüber. »Glaubst du mir jetzt, dass meine Familie keine Schuld trifft?«

Sie nickte langsam und holte Luft. Dann begann sie mit der Erklärung, auf die ich gewartet hatte. »Meine Oma hat, seit ich denken kann, nur davon erzählt, wie unser Leben verlaufen wäre, wenn es deine Großeltern nicht gegeben hätte. Wir hätten in einem großen Haus gewohnt, eine Putzfrau und genug Geld gehabt. Als Mädchen träumte ich immer davon, dass mein Leben bloß ein Irrtum wäre und ich ganz woandershin gehörte. Als ich älter wurde und ich die Sachen haben wollte, die jedes andere Kind hat, hieß es immer, wir könnten uns das leisten, wenn die Wennigers uns nicht in den Ruin gestürzt hätten. Der Name deiner Familie stand für alles Böse und Schlimme, was uns widerfahren ist. Selbst als meine Mutter an einer Überdosis starb, wart ihr schuld. Hätten wir das Leben geführt, das uns laut meiner Großmutter zustand, wäre sie nie in diese Drogenkreise hineingeschlittert.«

»Und trotzdem hast du ausgerechnet uns als Gastfamilie ausgewählt?« Ich verstand es einfach nicht.

Sie bedachte mich mit einem abfälligen Blick. »Nicht trotzdem, sondern genau deswegen.«

»Aber eigentlich war jemand anderes für uns vorgesehen.«

Cayla schnaubte. »Alana, sie hat beinahe meine Pläne

durchkreuzt. Nachdem ich ein ganzes Jahr alles über deine Familie in Erfahrung gebracht hatte, wusste ich, dass ich nach Österreich muss. Ich wollte deinen Großvater zur Rede stellen, wollte mir holen, was eigentlich mir gehört. Im Internet findet man so ziemlich alles, was man sucht. Die Firma deines Großvaters. Artikel über ihn in der Zeitung, der Name seines Sohnes, die Hochzeits- und später die Todesanzeige. Die einzige Schwierigkeit war, dass deine Mutter geheiratet hatte und nun nicht mehr Wenniger heißt. Aber immerhin ist sie eine bekannte Innenarchitektin und irgendwo im Netz fand ich dann auch eine Biografie von ihr. Der Rest war einfach.«

Ich starrte Cayla mit offenem Mund an. »Du hast uns ausspioniert?« Ich war fassungslos.

Sie lächelte. »Ich würde eher sagen, ich habe gut recherchiert. Dann kam das Angebot für dieses Austauschprogramm. Ich entdeckte unter den Gasteltern den Namen deiner Mutter – und ich wusste, dass das Schicksal es endlich gut mit mir meinte.«

»Offenbar hast du den Wink des Schicksals aber falsch verstanden: Es war gar nicht geplant, dass du nach Österreich kommst.«

»Manchmal muss man dem Schicksal ein wenig nachhelfen«, meinte sie lächelnd. Die Art, wie sie ihre Lippen verzog, jagte mir einen Schauer über den Rücken. Es war kein richtiges Lächeln, eher ein hinterhältiges Grinsen. Also steckte sie wirklich hinter Alanas Unfall?! Cayla war so blind vor Hass gewesen, dass sie sogar den Tod einer Mitschülerin in Kauf genommen hätte, um ihre Rachepläne zu verwirklichen?

Sie holte tief Luft und seufzte. »Und als ich dann ankam

und euer Haus sah ... verdammt, du hast sogar ein eigenes Badezimmer! Du hast alles: eine Familie, eine süße kleine Schwester, eine Mutter, die sich um dich sorgt, Freunde ... Tobias. Und ich? Ich habe nichts.«

Als sie Mia erwähnte, brauste ich vor Wut auf. »Meine kleine, süße Schwester wäre heute fast wegen dir gestorben!! Nur weil du eifersüchtig auf mein Leben warst?!«

»Ich wollte nicht, dass ihr was passiert. Ich weiß, dass ich dich belogen habe, aber es ist die Wahrheit. Ich mag Mia. Sie hätte gar nicht dort sein dürfen. Was hat sie überhaupt im Haus gewollt?«

Ich verschränkte die Arme vor der Brust. »Keine Ahnung, ich konnte sie nicht fragen.«

»Wie geht es ihr?«, fragte Cayla und sie klang aufrichtig besorgt.

Nur deswegen antwortete ich ihr: »Als ich sie verlassen habe, hieß es, sie sei stabil und würde wieder gesund.« Ich fühlte mich so schwach und ausgelaugt. »Ich dachte ehrlich, du wärst meine Freundin, ich habe dir vertraut, dir sogar von der Party erzählt ... oh!« Erst jetzt machte es in meinem Hirn »klick«. Meine Eltern hatten gar nicht von Clemens' Tennispartner von meiner Anwesenheit erfahren, wie ich die ganze Zeit über gedacht hatte. Cayla hatte es ihnen erzählt.

Sie schien meine Gedanken zu lesen – wieder einmal –, denn sie blickte verlegen zu Boden.

»Was noch, Cayla?« In meinem Magen machte sich eisige Kälte breit. Sie wollte mir *alles* nehmen, was mir lieb und wichtig war, das hatte sie ja gerade erst ausgesprochen. »Meine Freunde?«, sprach ich meine Befürchtung laut aus.

»Es war leicht, sie gegen dich aufzubringen. Du hattest

mir selbst dein Passwort für Facebook gegeben. Ich hatte sogar dein Einverständnis, in deinem Namen zu posten, schon vergessen?«

Das alles kam mir vor, als wäre es Ewigkeiten her gewesen. »Und was ist mit Tobias?«, ich deutete mit dem Kopf zu ihm hinüber. Ich konnte seinen besorgten Gesichtsausdruck sehen. Galt dieser mir oder Cayla?

»Tobias? Er war nur ein weiteres Teilchen im großen Ganzen, das dein Leben so abartig perfekt gemacht hat. Als du mit ihm zusammengekommen bist, dachte ich, ich muss deine Verliebtheit zerstören. Du hast es nicht verdient, so glücklich zu sein, wenn ich mein ganzes Leben so unglücklich gewesen bin. Zuerst hatte ich gehofft, dass der Hausarrest euch auseinanderbringt, doch stattdessen hat er zu dir gehalten und wollte dich sogar besuchen kommen. Da hab ich ihm in deinem Namen eine Nachricht geschickt, dass du ihn nicht sehen willst. Er hat mir, also dir, viele Nachrichten geschrieben – die habe ich alle gelöscht, keine einzige beantwortet. Irgendwann hat er dann aufgegeben.«

In meinem Kopf ratterten die Gedanken. Hatte er deshalb bei uns zu Hause angerufen, um abzusagen? Und warum hatte er sich kurz darauf mit Cayla getroffen?

Cayla sprach schon weiter und beantwortete eine meiner ungestellten Fragen: »Der arme Kerl hat mich um ein Treffen in der Eisdiele gebeten, weil er hoffte, ich könne dich umstimmen.«

»Aber du konntest doch gar nicht wissen, dass mein Hausarrest verlängert werden würde …«

Sie grinste. »Du musst zugeben, die Geschichte mit dem Unfall war ziemlich glaubwürdig.«

Jetzt war ich wirklich fassungslos. »Du hast dir selbst …?« Ich stockte. »Du hast sogar geblutet!«

»Ein kleines Opfer, das ich bringen musste. War nicht weiter schlimm und hat auch gar nicht wehgetan.«

Ich raufte mir die Haare. In Cayla tat sich ein Abgrund auf, vor dem ich mich bei jedem weiteren Wort von ihr mehr ängstigte. »Lass mich raten. Dass meine Freunde sich alle von mir abgewendet haben, habe ich auch dir zu verdanken.«

Sie zuckte leichthin mit den Schultern. »Die waren ohnehin keine echten Freunde, damit habe ich dir sogar einen Gefallen getan. Ich brauchte bloß ein bisschen sticheln und provozieren. Sie wären nie auf die Idee gekommen, dass die Nachrichten und Posts nicht von dir stammten. Du musst doch zugeben, dass es ein genialer Schachzug von mir war, Lisa zu bitten, das Foto von dir und Dominik zu entfernen. Damit habe ich jeden Zweifel ausgeräumt, ich könne nicht du sein.«

Unwillkürlich musste ich zugeben, dass Cayla wirklich an alles gedacht hatte. Und sie hatte recht: Ohne ihre Einmischung hätte ich wohl nie erkannt, wie fies Verena, Lisa, Bastian und selbst Lukas waren. Auf deren Freundschaft konnte ich tatsächlich getrost verzichten, aber der Gedanke, dass ich Emma ebenfalls beinahe verloren hätte, ließ meine Wut auf Cayla erneut anschwellen.

»Weißt du, was? Du hast in allem versagt«, sagte ich mit bebender Stimme. »Du hast es nicht geschafft, mich und meine Familie auseinanderzubringen. Und du hast mir meine beste Freundin nicht nehmen können. Unser Haus steht noch und wir werden weiter darin wohnen. Und das mit Tobias … das bieg ich auch wieder hin.«

Mit diesen Worten ließ ich sie stehen und ging zu meinen Freunden hinüber. Als hätte Tobias meine letzten Worte mit angehört, legte er den Arm um meine Schulter. »Alles okay mit dir?«

Ich kuschelte mich an ihn. »Ja. Jetzt schon.«

»Hey, ihr Turteltauben, können wir irgendwie wieder heimfahren?«, meldete sich Emma zu Wort.

»Gleich. Zuerst muss ich noch etwas Dringendes erledigen«, gab ich zurück, drehte mich zu Tobias und küsste ihn auf den Mund. »Es tut mir so leid, Cayla hat beinahe alles kaputtgemacht! Die Nachricht, dass ich dich nicht sehen will, hat *sie* geschrieben«, erklärte ich ihm.

Emma riss bei meinen Worten die Augen auf und ihre Kinnlade klappte sichtbar herunter.

Tobias schüttelte sprachlos den Kopf, dann gestand er: »Ich war danach ziemlich fertig, aber ich wollte es mir mit deinem Stiefvater nicht verscherzen, deshalb habe ich noch mal angerufen, um zu sagen, dass ich nicht kommen könne.«

Ich drückte seine Hand. Ich war so froh, dass wir nun alles klären konnten, was zwischen uns gestanden hatte. Da fiel mir ein: »Cayla hat behauptet, sie hätte dich am gleichen Tag mit Lisa an der Tankstelle gesehen.«

»Das kann sein. Lisa lässt ja keine Gelegenheit aus, um mich vollzutexten. Und was ist mit dem Foto von dir und Dominik auf Facebook? Das hat einen regelrechten Shitstorm ausgelöst.« Er schaute mich besorgt an.

»Das hat Lisa gepostet. Es ist bei der letzten Klassenfahrt entstanden und weder aktuell noch steckt was dahinter. Wir sind nur Freunde.«

Tobias nahm eine Strähne aus meinem Haar und ließ sie durch seine Finger gleiten. »Ich wusste, dass es kein neues

Foto sein konnte. Dein Haar ist damals noch ein Stück kürzer gewesen«, erklärte er lächelnd.

Emma klatschte in die Hände. »Sorry, aber können wir los? Wenn ich hier länger stehen muss, schlage ich noch Wurzeln. Und die Liebesszene wollt ihr dann vielleicht eh unter euch ...?« Sie zwinkerte uns zu.

Nun musste ich lachen. »Okay, lasst uns gehen.« Mein Blick blieb an Tobias und Emma hängen, ich war so froh, die beiden wieder in meinem Leben zu haben.

Vor lauter Geständnissen und Erklärungen hatte ich gar nicht mehr auf Cayla geachtet. Und als ich mich nun nach ihr umschaute, war sie verschwunden.

Wir nahmen das Auto von Tobias' Vater zurück. Diesmal fuhr er wesentlich langsamer und vorsichtiger. Als Erstes brachte er mich nach Hause, wo die Feuerwehr bereits abgerückt war, stattdessen wartete Leonies Mama in der offenen Haustür auf mich. Wortlos schloss sie mich in die Arme. »Weißt du, wie es Mia geht?«, fragte ich sie.

»Als sie sie ins Krankenhaus gebracht haben, war sie bereits wieder ansprechbar. Frank ist mit ihr mitgefahren. Nicht auszudenken, wenn du nicht rechtzeitig gekommen wärst. Sie hatte Felix vergessen und wollte ihn holen.«

Frank war Leonies Papa und ich war dankbar, dass Mia nicht alleine bleiben musste.

»Kannst du mich hinbringen?«, fragte ich sie.

»Klar. Deine Eltern werden auch bestimmt bald hier sein. Ich habe sie angerufen.«

»Danke.« Mehr brachte ich für den Moment nicht heraus.

»Du siehst ziemlich schmutzig aus«, rümpfte Mia die Nase, als sie mich in ihr Krankenzimmer kommen sah.

Ich drückte ihr Felix in den Arm, den ich noch schnell von zu Hause mitgenommen hatte.

»Bäh, wie du stinkst!«, sagte sie zu ihrem Stoffhund, drückte ihn aber liebevoll an sich.

»Tja, ich fürchte, er wird ein Bad brauchen. Da hilft alles nichts.« Ich legte mich zu ihr ins Bett und strich über ihre Locken. Unendliche Erleichterung durchströmte mich bei ihrem Anblick. Es ging ihr gut.

Eine Weile lagen wir zusammengekuschelt. »Weißt du, ich glaube, Cayla hat Mamas Pullover kaputt gemacht. Und das Foto auch«, sagte sie unvermittelt.

Ich setzte mich auf. Noch vor ein paar Tagen hätte ich das für Blödsinn abgetan, doch nun war ich sicher, dass sie recht hatte. Cayla hatte alles Mögliche angestellt, um Unfrieden zu stiften.

»Da könntest du recht haben, Mia-Maus. Aber wie kommst du plötzlich darauf?«

»Weil sie wie eine Fee aussieht und in Irland Feen böse Wesen sind. Das hat mir Leonies Mama erzählt.«

Ich lächelte. Mia hatte wieder mal das Wesentlichste erfasst.

Wenig später kamen Mama und Clemens ins Krankenzimmer und stürzten an Mias Bett. »Oh mein Gott!«, rief meine Mutter aus und küsste uns beide immer und immer wieder.

»Mama!«, rief Mia und selbst mir war danach, mich in die Arme meiner Mutter zu werfen, so glücklich war ich, sie zu sehen.

Mama wischte sich über die Augen. »Ich bin so froh, dass euch nichts passiert ist.«

Während Clemens bei Mia blieb, ging ich mit meiner

Mutter in die Cafeteria des Krankenhauses. Mia hatte sich eine Cola zu trinken gewünscht und angesichts der Umstände hatte meine Mutter nachgegeben. Wir nahmen die Treppe ins Erdgeschoss und ich nutzte die Gelegenheit, um ihr die ganze Geschichte zu erzählen.

»Das ist einfach unglaublich«, brachte sie danach hervor.

»Ja, und jetzt hat sie unser Haus angezündet und Mia ...« Ich kämpfte mit den Tränen.

Sie zog mich an sich und umarmte mich. »Jana, das Haus, das Auto ... das sind materielle Dinge. Die sind ersetzbar. Aber du und Mia, unsere Familie, das sind die Dinge, die wirklich zählen. Es war großartig, wie du heute reagiert hast. Und es tut mir leid, dass ich Cayla mehr geglaubt habe als dir und Mia. Wo steckt Cayla überhaupt? Ich hoffe, sie ist so klug und packt ihre Sachen. Ich weiß nicht, was ich mit ihr anstelle, wenn sie mir über den Weg läuft.«

»Keine Ahnung, wohin sie verschwunden ist«, gab ich zu und öffnete die Tür zu Mias Krankenzimmer. Grinsend hielt ich die Flasche Cola hoch und zwinkerte meiner Schwester zu.

Epilog

Seit zwei Wochen wohnten wir wieder in unserem Zuhause. Nachdem wir am Tag des Brandes nur das Notwendigste zusammengerafft hatten und bei Mamas Eltern eingezogen waren, tat es gut, endlich wieder nach Hause zu kommen. Mia war schon zwei Tage später aus dem Krankenhaus entlassen worden, Clemens hatte Tag und Nacht an ihrem Bett gewacht und Mama und ich hatten die beiden täglich besucht.

Heute Morgen waren die Tischler gekommen, um die neue Küche aufzubauen. Zum Glück hatte es in unserem Haus mehr geraucht als gebrannt, sodass die Einrichtung vor allem unter dem Löschwasser gelitten hatte.

Heute würde alles wieder neu werden: Die Wände waren frisch gestrichen und ich war mir sicher, wenn die neuen Möbel erst drinnen waren, würde nichts mehr daran erinnern, dass es hier gebrannt hatte. Sogar der Geruch, der sich in jeder Ritze festgesetzt zu haben schien, war mittlerweile fast verschwunden.

Tobias und ich waren ein Paar, Clemens und Mama hatten ihn nun endlich kennengelernt und er durfte mich besuchen, wann immer er wollte. Er und mein Stiefvater hatten sich sogar demnächst zum Tennisspielen verabredet.

Ich sah auf die Uhr, denn gleich würde Tobias mich abholen, um mit mir zum Jugendzentrum zu radeln. Die Fahrprüfung hatte er zwar mit Bravour bestanden, doch den Führerschein konnte er erst in zwei Monaten, an seinem achtzehnten Geburtstag, von der Behörde abholen.

Es blieb noch Zeit genug, um schnell meine Mails zu checken.

E-Mail from Cayla McLaughlin to Jana Wenniger

Das war die zehnte Mail, die ich von Cayla seit ihrem Verschwinden erhalten hatte. Ich seufzte und öffnete sie. Die ersten beiden hatte ich nicht mal gelesen, zu tief saß noch die Verletzung in mir. Doch als sie nicht aufgab und ich die dritte Nachricht von ihr bekam, war meine Neugier größer als die Kränkung. Sie schrieb, wie leid ihr alles tue und dass sie unterwegs nach Hause war. Beantwortet hatte ich ihr bisher keine einzige ihrer E-Mails.

Liebe Jana,

ich weiß nicht, ob du meine Nachrichten liest, aber ich hoffe darauf. Dass du mir nicht zurückschreibst, kann ich verstehen.

Ich habe meiner Großmutter den Brief gezeigt. Sie war vollkommen aufgelöst. Die Lüge, mit der sie mehr als die Hälfte ihres Lebens verbracht und mir als Wahrheit verkauft hat, konnte sie nicht mehr aufrechterhalten.

Es tut mir leid, dass du durch mich und meine Verblendung so viel Kummer erleiden musstest. Erst jetzt habe ich gemerkt, wie sehr ich mich vom Hass meiner Großmutter habe anstecken und leiten lassen. Sie ist eine alte, kranke Frau. Ich kann sie trotz aller Fehler, die sie hat, trotz der

Lügen, die sie mir erzählt und mit denen sie mich aufgezogen hat, nicht alleinlassen.

Seit sie den Brief gelesen hat, geht es ihr noch schlechter als vorher. Es scheint fast, als hätte sie in den vielen Jahren von ihren Hassgefühlen gezehrt. Als wäre dieser Hass ihr einziger Antrieb gewesen.

Jana, ich weiß, dass ich Schlimmes getan habe. Ich kann mich nur immer wieder aufrichtig bei dir für alles entschuldigen.

Meinst du, du wirst mir vielleicht verzeihen können?

Ich habe erst jetzt erkannt, dass du die einzige Freundin warst, die ich je hatte. Vielleicht können wir irgendwann wieder Freunde sein? Das würde mir unglaublich viel bedeuten.

Dublin ist gar nicht so schlecht, wie ich es euch weismachen wollte. Du könntest mich hier einmal besuchen kommen.

Alles Liebe und grüße Mia von mir

Cayla

Von unten hörte ich die Stimme meiner Mutter: »Jana! Tobias ist hier!«

Ich spürte in mich hinein. Dann klickte ich auf »Antworten«.

Cayla,

das mit deiner Großmutter tut mir leid. Ich hoffe, sie wird irgendwann mit der Wahrheit umgehen können.

Ich habe durch diese ganze Sache gelernt, dass Freundschaft zu kostbar ist, um sie wahllos an jeden zu verschenken, deshalb glaube ich nicht, dass wir jemals wie-

der Freunde werden können. Aber ich verzeihe dir. Damit musst du dich begnügen. Ich hoffe, dass du dadurch deine alten Lasten loswirst, und wünsche dir alles erdenklich Gute für einen Neuanfang.

Irgendwo hab ich mal gelesen, dass man nichts für seine Eltern oder für seine Erziehung kann. Aber jeder bestimmt selbst, ob er ein Idiot sein will oder nicht. Es ist einfach, die Verantwortung für sein Handeln abzugeben und anderen die Schuld zuzuschieben. Aber mein Vater hat immer gesagt, man müsse bereit sein, die Konsequenzen für sein Handeln zu übernehmen. Das sind die Worte, die ich dir mitgeben will.

Jana

Ich las mir die letzten Sätze noch einmal durch und klickte auf »Senden«.

»Jana!«

Ich nahm meinen Pullover vom Bett und lief die Treppen hinab.

Tobias zupfte an einer meiner Haarsträhnen. Durch meine Rettungsaktion hatte mein Haar einiges abbekommen, sodass ich es nun schulterlang trug.

»Meine Schöne, wieso hast du so lange gebraucht?«

Ich musste lächeln. Trotz der neuen Frisur war ich immer noch »seine Schöne«. Ich schlüpfte in meine Stiefel, denn mittlerweile war es kalt geworden. »Wir sind dann weg«, rief ich noch meiner Mutter zu.

Schnell zog ich die Eingangstür zu, ehe sie mich ermahnen konnte, pünktlich wieder zu Hause zu sein, drückte Tobias einen Kuss auf die Lippen und beantwortete erst jetzt seine Frage: »Ich habe noch ein wenig Ballast abwerfen müssen.«

Bei Cayla und ihrer Großmutter habe ich gesehen, was Hass alles anrichten konnte, er hatte sie vergiftet, ihr ganzes Leben hatte unter seinem Einfluss gestanden. Ich war davon überzeugt, dass es stimmte, was ich ihr geschrieben hatte: Man konnte selbst bestimmen. Ich hatte die Wahl zwischen hassen und verzeihen. Ich hatte mich für das Richtige entschieden.

Das Böse hat seine guten Seiten – Die Arena Thriller

Tamina Berger

978-3-401-60026-0

Elfengift

Leni freut sich auf die Ferien am Meer, ohne Eltern in der Strandhütte ihrer Tante. Nicht mal ihr Halbbruder Christopher, der plötzlich auftaucht, kann ihr die Ferien vermiesen. Doch schon bald merkt Leni, dass etwas mit der Hütte nicht stimmt: Nachts hört sie Geräusche, und Albträume suchen sie heim. Leni weiß nicht, dass an diesem Ort eine Gefahr lauert, der sie längst zu nahe gekommen ist.

978-3-401-06864-0

Engelsträne

Ida wollte es dieses Jahr im Internat ruhig angehen lassen. Aber seit ihre Freundin Jassi sie zur Theater-AG überredet hat, muss sie nicht nur mitansehen, wie Luisa mit ihrem Schwarm Lukas flirtet. Sie soll auch noch das Schul-Theaterstück schreiben! Als Ida bei ihren Recherchen schließlich auf die Story zweier verschwundener Internatsschülerinnen stößt, gerät sie plötzlich in Lebensgefahr.

978-3-401-06808-4

Frostengel

Theresa kann nicht glauben, dass ihre beste Freundin Julia Selbstmord begangen hat. In der Nacht, in der sie von der Brücke gesprungen sein soll, war sie nicht allein. Hat nicht der undurchschaubare Leon Julia seit Wochen verfolgt? Doch als Theresa anfängt, in Julias Vergangenheit nachzuforschen, erfährt sie Dinge, die besser nie ans Licht gekommen wären.

Arena

Alle Titel auch als
E-Book erhältlich

Jeder Band:
Klappenbroschur
www.arena-verlag.de

Das Böse hat seine guten Seiten – Die Arena Thriller

Beatrix Gurian

978-3-401-06865-7

Nixenrache

Abifahrt auf einem Segelboot vor der kroatischen Küste inklusive Tauchkurs – Holly ist begeistert! Wie ein Schatten liegt jedoch der Tod ihres Klassenkameraden Nick über der Reise, der vor einigen Monaten bei einem Unfall ums Leben kam. Vor allem Hollys beste Freundin Nina leidet sehr darunter, da sie Nick geliebt hat. Plötzlich häufen sich die gefährlichen Ereignisse. Versucht jemand Holly umzubringen?

978-3-401-06604-2

Lügenherz

Mila ist die Freundin, nach der Ally sich immer gesehnt hat. Als Mila sie bittet, ihr bei der Umsetzung eines Racheplans zu helfen, zögert Ally nicht lange. Schließlich handelt es sich dabei um Landgraf – einen ihrer Lehrer, den sie noch nie leiden konnte. Als Mila aber jedes Maß aus den Augen verliert, will Ally ihre Freundin stoppen. Ein tödlicher Wettlauf gegen die Zeit beginnt.

Auch als Hörbuch erhältlich

978-3-401-06386-7

Höllenflirt

Toni ist unsterblich verliebt. Noch nie hat sie einen Menschen getroffen, der sie so fasziniert. Für Valle würde sie einfach alles tun – und das will sie ihm auch beweisen. Die kleine Mutprobe gerät jedoch außer Kontrolle und Toni gelangt an ihre Grenzen. Noch weiß sie nicht, dass dies erst der Anfang ist. Denn Valles Vergangenheit birgt ein düsteres Geheimnis, das nicht nur Tonis Leben in Gefahr bringt.

Arena

Alle Titel auch als E-Book erhältlich

Jeder Band: Klappenbroschur
www.arena-verlag.de

Das Böse hat seine guten Seiten – Die Arena Thriller

Bettina Brömme

978-3-401-60121-2

Schmetterlingsschrei

Ein Fallschirmsprung zum 17. Geburtstag stellt Alices Leben auf den Kopf: Sie denkt nur noch daran – und an ihren gutaussehenden Sprunglehrer. Doch auf dem Trainingsplatz häufen sich seltsame Vorkommnisse, die schließlich in einem furchtbaren Unfall gipfeln. Alles deutet auf Sabotage hin – und der Verdacht fällt auf Alice. Ihre Suche nach dem wahren Schuldigen bringt sie selbst in tödliche Gefahr.

978-3-401-06841-1

Frostherz

Anne ist nicht wie andere Mädchen. Sie lebt zurückgezogen, ihr Vater überwacht jeden ihrer Schritte. Doch dann lernt sie Cornelius kennen, und mit ihm gemeinsam wagt sie es endlich, sich aufzulehnen. Was sie nicht ahnt: Den Vater quält ein schreckliches Familiengeheimnis, und es gibt jemanden, der auch vor Mord nicht zurückschreckt, um dieses Geheimnis für immer zu wahren.

978-3-401-06603-5

Rachekuss

Als Flora aus Brasilien nach Deutschland übersiedelt, fühlt sie sich fremd und ausgeschlossen. Nur die zarte, blonde Carina freundet sich mit ihr an. Die beiden sind bald unzertrennlich. Dann sieht sich Flora plötzlich einer schmutzigen Verleumdungskampagne ausgesetzt. Und als sie schließlich sogar des Mordes bezichtigt wird, will niemand an ihre Unschuld glauben.

Arena

Alle Titel auch als
E-Book erhältlich

Jeder Band:
Klappenbroschur
www.arena-verlag.de

Manuela Martini

Puppenrache

Sara glaubt sich in Sicherheit – bis sie eines Abends *ihn* sieht. Hals über Kopf verlässt sie die Stadt. Und tatsächlich: Er ist aus dem Gefängnis geflohen und hat nur ein Ziel: sich an Sara zu rächen. Als Stephen sich auf die Suche nach seiner plötzlich verschwundenen Freundin macht, kommt er Saras Vergangenheit auf die Spur. Und bringt dabei Dinge ans Licht, die besser für immer im Dunkeln geruht hätten.

978-3-401-06551-9

Sommernachtsschrei

Franziska kehrt an den Ort zurück, an dem das unfassbar Schreckliche geschehen ist. Vor einem Jahr hat sie während der Sommerparty am See ihren Freund umgebracht. Aber die entscheidenden Minuten sind in ihrer Erinnerung wie ausgelöscht. Warum nur ist dieser furchtbare Unfall passiert? Als Franziska Licht in das Dunkel bringen will, steht plötzlich ihr eigenes Leben auf dem Spiel.

978-3-401-06418-5

Auch als Hörbuch erhältlich

Sommerfrost

Es ist Sommer, die Hitze brütet über Marbella und Lyra genießt die Ferien. Doch dann geschieht etwas Schreckliches. Ein junges Mädchen wird tot aufgefunden. Plötzlich scheinen die verwinkelten Altstadtgässchen zur tödlichen Falle zu werden. Und Lyra hat das Gefühl, dass ihre Mutter ihr etwas verschweigt. Als Lyra auf ein düsteres Geheimnis stößt, weiß sie nicht, wem sie noch trauen kann.

978-3-401-06305-8